ハヤカワ・ミステリ

DANN McDORMAN

ポケミス読者よ信ずるなかれ

WEST HEART KILL

ダン・マクドーマン
田村義進訳

TOKYO HAYAKAWA BOOKS

A HAYAKAWA
POCKET MYSTERY BOOK

WEST HEART KILL
by
DANN McDORMAN

Translated by
YOSHINOBU TAMURA
First published 2024 in Japan by
HAYAKAWA PUBLISHING, INC.
This book is published in Japan by
arrangement with
DAVID BLACK LITERARY AGENCY, INC., NEW YORK,
through TUTTLE-MORI AGENCY, INC., TOKYO.

装幀／水戸部 功

キャロラインに

ポケミス読者よ信ずるなかれ

木曜日

〝去年、きみが庭に埋めた死体だが、芽を出しはじめたかい〟

このマーダー・ミステリは、ほかのすべてのマーダー・ミステリと同様、読者が〝雰囲気〟と見なすものを呼び起こすことから始まる。それは収集整理されたディテールの積み重ねからなり、そこから心理や時間や場所についての作り話として読者に共有されるものが生みだされる。もちろん、いちどきにではない。そこが勘どころだ。ミステリ作家は、ほかのすべての作家と同じように、吝嗇《けち》であるべきで、事実は小出しにしなければならない。すべての小説は謎解きだから。すべての読者は探偵だから。

すべてのミステリが主人公から始まるわけではないが、本書は主人公から始まる。彼は車の助手席にすわっている。本稿のこの冒頭部分で、車の年式やモデルやメーカーを述べはしない。それではあまりにも芸がなさすぎる。そうではなく、あなたの目に見えるのは、主人公が８トラックのカセットをダッシュボードの挿入口にさしこんでいるところだ。音楽が転がりでる。ウイングスの『スピード・オブ・サウンド』――〝彼らを入れてやってくれ〟。主人公は何かを吸っている。マリファナ煙草だ。それをもうひとりの登場人物に渡す。ドライバーだ。この段落では存在がほのめかされるだけで、詳《つまび》らかにされることはない。ふたりの男――そう、ふたりはどちらも男だ。彼らは同じような服装をしている。映画やテレビで見たことはあると思うが、現在のものではない。手がかりが募っていく……

そして、いままさしくこの瞬間、会話が始まる。

「そこの狩猟クラブでは何を狩っているんだい」

「主に鹿。それからキジ。たまにはクマも」

「人間は？」

「その場合は、おたがいにってことになるね」

　ふたりは笑うが、あなたはぞくっとしている。あなたはいま『猟奇島』のようなプロットを頭に思い描いている。金持ちの異常者が何も知らない男たちを自分の島に連れてきて、狩りの標的にするという話だ。これはそういった類《たぐ》いの話なのか。でも、ちょっと待っていただきたい。ふたりはまた話しはじめている。

「われわれはクラブでいちばんの貧乏家族でね。追いだされないのは、クラブの創設メンバーだからにすぎない」

「何家族くらいいるんだい」

「三十五家族ほど。いや、もうちょっとかな。みなここに小屋《キャビン》を持っている。数年おきぐらいに一組が脱けたり、一組が加わったりする。会費はべらぼうだ」

「その会費で得られるものは？」

「狩猟場。魚釣りやカヌー遊びができる湖。クラブハウス。食事つきの盛大なパーティー」

「今回のように？」

「そう。独立記念日には花火があがる。あとは戦没者追悼記念日《メモリアル・ディ》、労働者の日《レイバー・ディ》、元日……そういった日には、遠慮なく大酒を食らい、他人の女房に色目を使うことができる」

「浮気をするのなら、もっと安あがりな方法があると思うが」

「金はみな腐るほど持っている。いまは持っていない者でも、以前は持っていた。連中が本当に手に入れたいと思っているのは、世間から隔離されることだ。プライバシーであり、何マイルも続く無人の小道であり、自分たちの秘密を埋めるための墓所だ」

「ぼくみたいなどこの馬の骨とも知れない者を誘ってかまわないのかい」

「だいじょうぶ。彼らはきみを新しい遊び道具としか見ていない。手から手へ順々に投げて渡し、あとで酒を飲みながら笑いものにするだけだ」

「素晴らしい」

「街を離れるだけでも価値はある。あの街は腐りかけている。しかも、いまはとんでもなく暑い。それに、きみは仕事にあぶれていると言ってただろ」

「ひとつ引き受けた」

「というと？」

「つまらない調査の仕事だ。街なかの仕事でもない」

「わかった。答える必要はない。とにかく、きみはご婦人たちから気にいられると思うよ」

　マリファナ煙草はまだ吸いおえていない。そのとき、州警察のパトカーと擦《す》れちがい、ふたりは用心深くバックミラーに目をやる。やばい。見られたかも。Uターンし、警光灯を光らせ、サイレンを鳴らしながら、こっちへ向かってきたらどうしよう……ここにきてようやく両者の会話からいくつかの手がかりがおさまるべきところへおさまりはじめる。先のことはまだ何もわからないが、あなたはすでに確信している。主人公はこの週末に招待された余所者《よそもの》であり、車を運転しているのはこの狩猟クラブについての予備知識の巧みな説明役であると。これで日付もわかったし、だいたいの年代もわかった。このクラブの社会的経済的な背景や会員のモラルに関してもおおよその察しはつくだろう。あなたがそんなに堅物ではなく、このような性的なほのめかしに眉をひそめるようなことはないにせよ、それはあなたがミステリに求めているものではない。実際のところ、あなたはこの本のストーリーがセックスや暴力や悪ふざけで飾りたてられたり、ぼやかされたりしていることを望んでいないはずだ。読者が信を置き、繰りかえし戻ってくる本物の作家に、そのような安っぽいまやかしは必要ない。

　パトカーは視界から遠ざかり、ふたりはほっと胸を撫でおろす。ラジオのスイッチを入れると、天気が下り坂であることが報じられ、ここからふたりの話はわれわれがかかわる必要のない事柄に移る。古い友人、政治、映画、音楽……ふたりは旧知の間柄だが、ここ数年は縁遠くなっているようであり、あなたは彼らがなぜいま再会したのだろうと考えている。これも謎の一部かもしれないと思っている。

そして、あなたは先の〝調査〟という言葉についても思案をめぐらせ、主人公は私立探偵なのだろうかと考えている。本書がこのジャンルの心地よい公式に則っているのは間違いない。もちろん探偵は出てくる。出てこなければならない。よろしい。としたら、この先のプロットのおおよその輪郭を把握し、偽の手がかりや目くらましが用意されていることは容易に理解できる。たとえば、この作家は真実を見え見えのところ（盗まれた手紙が置かれていたマントルピースの上の状差しとか）に隠そうとしているのではないかとか。あとはこの形式のルールが守られることを祈るだけだ。フェアでないミステリは最悪の詐欺だから。

そういったルールについてはあとでまた触れることにしよう。いまふたりの車は幹線道路をはずれて未舗装の道に入り、タイヤは砂利を踏みならしている。その道の先には狩猟クラブがあり、あなたはそこに死が待っていると予感している……道ぞいのあちこちの立ち木に、進入禁止のオレンジ色の標識が釘で打ちつけられ、いずれにも〝ウェスト・ハート〟というクラブ名と紋章が記されている。その紋章はクマの頭とその後ろで交差する二挺のライフルを組みあわせたもので、髑髏《どくろ》印を想起せずにはいられない。

未舗装の道をしばらく走ったあと、小さな川にかかる古い木の橋を渡ると、ぽつりぽつりと家が見えてくる。車を運転している男はそれを小屋《キャビン》と呼んだが、実際は小さくもなければ、粗末でもない。都会の富裕層が田舎に建てた別荘《セカンドハウス》——いや、もしかしたら三番目か四番目の家かもしれない。木々の向こうに湖がきらめいているのが見える。子供たちが水しぶきをあげている。流行《はや》りのサングラスをかけ、サンオイルを塗った女たちが砂浜に寝そべっている……そして、ふたりはウェスト・ハートのクラブハウスの前にやってくる。

「こんなに大きいとは思わなかったよ」

「五十部屋くらいあるかな。クラブが解散になったら、豪華なホテルに生まれ変わるかもしれない」

「そんなことになる可能性はあるのかい」

肩をすくめる動作。あなたはその仕草を興味深く受けとめる。それはつまり返事を濁したということだ。

そして、あなたの鋭い視線は、主人公の目がクラブハウスを観察しているのを見てとっている。木と石造りの三階建て。一昔前の著名なリゾートホテル風の豪壮な建造物だ。正面から側面にまわりこむようなかたちで、太い木の柱に支えられたポーチがしつらえられ、週末の祝賀行事のために半円形の星条旗がかけられている。なかに入ると、羽目板と薄暗い隅のせいで迷宮をさまよっているような気になるにちがいない。一階には、ダイニングホールと厨房《ちゅうぼう》、それに巨大な暖炉がしつらえられた大広間がある。聞いたところによると、暖炉のメンテナンスは管理人の仕事で、火は十一月から三月までほとんど毎日途絶えることがないという。二階には図書室と書斎といくつかのゲストルームがあり、三階はフロア全体がゲストルームになっている。地下室は主に保管庫として使われていて、クラブのワイン・セラーもそこにある。あなたはそれがポーの『アモンティリャアドの酒樽』を思い起こさせるディテールだと思っているにちがいない。

しかし、われらが主人公がそういったことを知るのはもっとあとのことで、いまは〝6の集い〟のほうに目を向けている。それはクラブの会員がその日はじめての（人前で、という意味で）酒を飲みにくる時間にちなんで名づけられたもので、ひそかに〝5の集い〟

や、さらには〝12の集い〟を楽しんでいる者もいるという月並みなジョークもある。十数人の男女がポーチに集い、片手にカクテルを持ち、もう一方の手に煙草を持って、ゴシップを交換したり、悲劇を嘲笑《あざわら》ったり、ジョークにしかつめらしくうなずいたりしている。そのあとに続く話のなかには、ジェラルド・フォード、落花生の栽培、ＰＬＯ、コンコルド、そして建国二百年祭に打ちあげられる花火の価格高騰といったことが含まれていて、それらは個々に生々しい現実の構成要素だが、全体として見ると現実を模してつくられたものであり、そこにいる者たちは気晴らしのために死の無言劇を演じているように思える。少なくとも現時点では、話の背景にあるものを補足する努力は払われておらず、とりとめもない話の断片を立ち聞きしているだけでは、戸惑い、憶測をめぐらせるしかなく、明かりがともっていない部屋で手探りをしているような気分にならざるをえない。

明日はやはり狩りをするつもりかい。

彼はいまここに来ているのか。

何エーカーを伐採するつもりだい。

今朝、朝食のときに彼女を見たか。

何時に？　わたしは新しいライフルを持っていくよ。

誰のこと？

崖の向こう側全部と聞いている。

彼女、本当に見る影もなかったわ。

六時？

入会を希望し……

千エーカーはあるはずよ。

先週、ジュリアは彼女がまた湖で裸になっているのを見たらしい。

七時にしよう。夜遅くになるかもしれないから。

正直に言うと？　もちろん嫌いだよ。

情けない話ね。以前、伐採権を売ったことは？

彼女、ずいぶん老けこんでしまったわね。かわいそうに。

ほかにも声をかけたほうがよかったな。

同感だ。あの男は……ウェスト・ハートに向いてない。どういう意味かわかるな。

何十年もまえだと思う。絶望的だな。

せめて外見だけでもきちんとしておくべきだと思うんだがね。

ラムジーとダンカンに訊いてみる。

ジョンがやつにご執心なのは、やつが金を持っているから。それだけのことさ。

見苦しいわね。

彼女のバスルームの棚を想像できるかい。薬局と間違えるかも。

オットーは?

あの男が何を考えているのか知らんが、ひとりで〝クラブを救う〟なんてことができるとは思えないね。

もちろん木はまた生えてくる。土地を売るよりはいい。

彼女を放っておいちゃいけない。もちろん、ダンカンは手をさしのべようとした。

歩くのも一苦労だよ。なにしろあの脚だから。

救う価値がないと考える者がいるのは当然のことだ。

手遅れになるまえになんとかしなきゃ。

みんながんばってきたんだ。ちがうか。

そして、紹介の労がとられ、そこであなたはようやく主人公の名前がアダム・マカニスだということを学ぶ。その少しあとには、車を運転していた男の名前もわかる。ジェームズ・ブレイク。彼のここでの役割は主要な登場人物をあなたに引きあわせることだ。いずれも、アングロサクソンの上流人士にふさわしい、さらに言うなら、ニューイングランドの忘れられた墓地を雨に濡れながらとぼとぼと歩いているときに頭に浮かぶような名前ばかりだ……マイアー、ガーモンド、カルドウェル、バー、タルボット……それぞれの身体的特徴のおかげで、誰が誰かわからなくなるようなことはない。こめかみに傷あとがあり、それを髪で隠している女。顎の肉がたるんだ、黄ばんだ顔の男。足を引きずっている青年。黒い髪の一部が白くなった女。そういったことを知れば、当然ながら疑問が湧いてくる。こめかみの傷はどこでどんなふうに負ったのか。血色が悪いのは飲酒が原因の黄疸《おうだん》なのか。どんな事故や怪我が原因で足をひきずるようになったのか。そのときのことを悔やむ気持ちはいまもまだ残っているのか。どんな悲劇あるいは恐怖のせいで、髪の一部が白くなったのか。

あなたは警戒している。ミステリ通のあなたはそういった新しい登場人物のひとりが殺人犯である可能性が高いことを知っている。でも、それは誰なのか。あなたは著者が手がかりをいかにもわざとらしいものにしない技術を持っていることを祈っている。目の肥えた読者にとっては、不適切な形容詞や副詞、あるいはセンテンスやフレーズの微妙な揺らぎさえ、小説の最後のオチを示唆する結果につながりかねない。実際のところ、あなたは本書が従来どおり巻頭に登場人物のリストを掲載することを望む一方で、その危険性について一抹《いちまつ》の不安を抱いてもいる。たとえば、自分がそうだと主張する自分ではなかった場合とか、ふたりの登場人物がじつは、何十年にもわたる邪悪な復讐劇をたくらんでいる同一人物であった場合、作家はこのジレンマをどのように解決すればいいのか。そのようなふたりを登場人物のリストで別個に書きだしたら、最後の謎解きのあと、それはフェアでないということになるのではないか。もっと言うなら、すべての登場人物は、事実を一部省略しているという点で、あなたに嘘をついていることになるのではないか。

登場人物

ガーモンド家

ジョン・ガーモンド……ウェスト・ハート・クラブの会長。[redacted]

ジェーン・ガーモンド（旧姓タルボット）……レジナルド・タルボットの妹。[redacted]

ラムジー・ガーモンド……息子。[redacted]

マイアー家

ダンカン・マイアー……[redacted]

クローディア・マイアー

オットー・マイアー……息子。足を引きずって歩いている。そうなったのは[redacted]

ブレイク家

ドクター・ロジャー・ブレイク
メレディス・ブレイク
ジェームズ・ブレイク……息子。アダム・マカニスの大学時代の友人
エマ・ブレイク……娘。大学を卒業したばかり。
ドクター・セオドア・ブレイク……故人。ロジャー・ブレイクの父親。[redacted]

バー家

ウォーレン・バー……[redacted]
スーザン・バー……[redacted]
ラルフ・ウェイクフィールド……甥

タルボット家

レジナルド・タルボット……ウェスト・ハート・クラブの経理担当。ジェーン・ガーモンドの兄。[redacted]
[redacted]

ジュリア・タルボット……妊娠中

カルドウェル家

アレックス・カルドウェル……寡夫
アマンダ・カルドウェル……故人。[redacted]
トリップ・カルドウェル……息子。故人。死亡原因は[redacted]

アダム・マカニス……ジェームズ・ブレイクの大学時代の友人。私立探偵。依頼人は[redacted]

ジョナサン・ゴールド……ウェスト・ハート・クラブの会員候補。[redacted]

フレッド・シフレット……ウェスト・ハートの管理人

＊

あなたがこのリストに目をこらしているとき、マカニスはひとりでクラブハウスを見てまわっていた。そこに人けはまったくなく、厨房から皿が立てる音とスタッフのおしゃべりの声が聞こえてくるだけだ。手には半分空になったドリンクを持っているが、それは言いわけのための小道具であり、かたちだけのものでしかない。自分は内輪の人間で、ポーチの人だかりから離れて屋敷内をぶらついているだけで、他意はなく、何かを調べてまわっているのではないということを示すためのものだ。この静かな時間に、本稿はようやく主人公の説明にとりかかる。年は三十五。だが、外見はもう少し上に見える。ぼさぼさの黒い髪で、耳にかかっている。濃い口ひげのせいで、やや強面《こわもて》の感がある。状況によっては役に立つこともあるが、ほとんどの場合プラスにはならない。目じりにはカラスの足あとがあるが、それは微笑みによってではなく、他人に対する不信の念や、度重なる裏切りに顔をしかめたり、目を細めたりする習慣によって刻まれたものだ。瞳の色は淡いブルー。女性からその点を指摘されると、〝母親譲り〟と答えることが多い。その瞳がひそかに語るのは、悲しみと、用心深さと、心の傷だ。誰かに嘘をつかれたときに宿る当惑と失望だ。鼻は数年前に当然予期していなければならなかったパンチを食らって、わずかに曲がっている。左手の甲には、そこで葉巻の火を揉み消されたあとが丸く白い引きつれになって残っていて、そのときの判断の甘さと引き受ける価値のなかったリスクを否が応でも思いださせる。

いまでもスーツは仕事のための必要悪であると思っている。カジュアルなセットアップではなく、きちんとしたスーツだ。どんな安物でも、どれだけ傷《いた》んでいても、スーツ姿なら、ひとはドアをあけて話をしてくれる。財布を開いて、バッジをちらっと見せるときにも、大いに役に立つ。相手がよほど目をこらして見ないかぎり、本物で通る。ネクタイは緩く結んでいる。夜ベッドに入るまえに服を脱ぐことを覚えていたとき、それは脱いだシャツに付いたままになっていることが多い。

　今回の小旅行では、茶色のスーツに黄色いシャツ、それにオレンジとトマト柄のネクタイをあわせている。数時間のドライブのあと、JCペニーの謳《うた》い文句と裏腹に、身に着けているものは上から下まで皺《しわ》だらけだ。

　このときマカニスは階段をのぼって二階に来ていた。陽は沈みつつあり、図書室は薄暗い。ドアの横に、小さな真鍮《しんちゅう》のプレートがかかっている。〝ブレイク夫妻の私的コレクションの寄贈に感謝する　一九二九年十二月〟。そう、マカニスはあなたと同じことを考えている。寄贈はもちろん節税のためだ。一九二九年の世界恐慌を機に、図書室や図書館には革装の書物があふれるようになった。書棚のひとつは狩りと釣りの本で占められ、もうひとつの書棚に並んでいるのはウェスト・ハート関連の資料で、そのなかには数十年分のクラブの会報を印刷製本したものも含まれている。壁のひとつには書棚がなく、かわりに鹿の頭の剥製がふたつ飾られ、そのまわりにクラブの歴代会長の名前とそれぞれ五年間の在籍年を記した二十数枚の真鍮の銘板が掲げられている。マカニスが思案顔でそれを見つめていたとき、ひとりの男が部屋に入ってくる。経理担当のレジナルド・タルボットだ。背が低くて、落ち着きのない男で、眼鏡をかけ、髪の生え際が後退し、絶え間なくまばたきをしている。

「やあ。きみが例の探偵さんだね。マカダムスだったっけ」

「マカニスです。アダム・マカニス」

「そうだった。きみがジェームズと話をしているのを立ち聞きしたんだよ。別室を探しているのかい」

「えっ？」

「おっと失礼。トイレのことだ。ここではそう言っているんだよ」

「笑えます。いいえ、ただちょっと屋敷のなかを見てまわっていただけです」

レジナルド・タルボットは目をしばたたきながら言う。「何かを調べているんじゃないだろうね」

「いいえ、そんなことはしていませんよ。いまは勤務時間外です」

「きみが犯罪を探していなくても、犯罪のほうがきみを探しているかもしれない。推理小説ではたいていそうだ。探偵の休暇中に、そこのホテルの宿泊客が行方不明になったりする」

「たいてい死体で見つかる。でも、いいえ、ぼくの場合はちがいます。実際のんびり骨休めをしているときに死体に出くわすことはまずありません。いまはおかわりを頼もうと思っていたところなんです」マカニスはグラスを持ちあげてみせる。

「酒なら、いくらでも遠慮なく」

「ただひとつおやっと思ったことが……」

「というと？」

「ここにはクラブのすべての会長の銘板があるんでしょうか」

「そう思うけど、どうして？」

「三〇年代に何があったのかちょっと気になりまして」

「どういう意味だろう」

「会長職はつねに五年ごとに後任に引き継がれています。でも、一九三五年から一九四〇年までのものがないんです。ホレス・バーが一九三〇年から一九三五年まで。ラッセル・カルドウェルが一九四〇年から一九四五年まで」

レジナルド・タルボットは身を乗りだす。「たしかに。変だな」

「何か思いあたることはありませんか」

「ないね。どうしてもというなら、ここの古顔に訊けばいい。わたしにはどうでもいいことのようにしか思えないがね」

「実際どうでもいいことなんでしょう。習い性《しょう》になっているので」

「探偵は探偵するもの、というわけだね」

「そういうことです」

「まあいい。とにかく飲んでくれ」レジナルド・タルボットは何食わぬ顔でドアのほうに歩いていく。だが、そのさりげなさは下手な役者の過剰演技のように見える。「部外者が付き添いなしで屋敷内を歩きまわって、われわれの秘密を暴くというのは、あまり褒められたことじゃないと思うよ」

＊

ポーチに出ると、〝6の集い〟は宴たけなわで、その夜の最初の一杯、あるいは二杯、いや三杯目の酒が一同を饒舌《じょうぜつ》にしている。マカニスはつい先ほどおかわりしたピムズをちびちび飲みながら、〝6の集い〟の参加者を観察し、自分が前もって用意してきた一件書類（それをおさめたマニラ・フォルダーは一泊用の小さな荷物の水着の下に隠されている）にある名前と照らしあわせている。

〝6の集い〟の参加者は、茶色とオレンジと黄色、それに当時はやったベビー・ブルーなどの服を着ている。著者は各人の服装の描写を固有名詞と商標に頼るのがベストであると考えているようだ――ウエア・デイティド®とアクリラン®のサンサベルト®スラックス、オーロン®アクリルの軽量セーター、フォートレル®ポリエステルのジーンズ、コットンとダクロン®ポリエステルのパーマプレスト®ダブルニット（バンロル®のウェストバンド付き）のスラックス、トレビーラ®とコーデル®ポリエステルのスラックス、バンロン®のポロシャツ、シルケット加工されたデュレン®コットンのジャージ、ウルトリアーナ®ニットのボタンアップ・シャツ、アーネル®トリアセテートのプリント柄半袖シャツ、アヴリル®ナイロンのスカート、アントロン®ナイロンとナイエスタ®ダブルニットのトップス、キアナ®シルクのブラウス、サニガード®のソックス、クレイトン®熱可塑《かそ》性ゴム底のウェッジヒール・シューズ、通気性のあるポールベア®クロコダイル型押し革の爪先部分……

　ほとんどの男性はアイゾット・ラコステやブルックス・ブラザーズのポロシャツ姿だが、流行に敏感な一部の者はハックアプーのタイトな総柄シャツを思い思いの数だけボタンをはずして着ている。年寄り連中はビル・ブラスのピンクやカナリア色のスポーツ・ジャケット、そして突きでた腹に細すぎるチェックのズボン。

　当然ながら、女性の服装はあなたの想像力をより強く刺激する。リリー・ピュリッツァーのノースリーブのペザント・ブラウスと足首までの丈のマキシスカート。オースティン・ヒルのプリンセス・ジャンパーと同柄のシルクのスカーフ。スキルのオレンジの花柄ブラウス。メドーバンクのスラックス、ハーマン・ガイストのジャージ、ゴードン・フィラデルフィアのプルオン・キュロット……こんなふうに一時代前のファッション・ブランドをチェックしながら、ここにきて、あなたは本作にここまで女性が登場していないことを訝《いぶか》しみはじめているにちがいない——どうも気になる。女性が被害者や殺人犯であったり、犯行の動機になったりすることは多い。女性嫌いのシャーロック・ホームズにとっても、短篇第一作に登場するアイリーン・アドラーが長年にわたってかけがえのない人物でありつづけているように思える。あるシャーロキアンに言わせるなら、性的に無色の聖典のなかで、頬にさす紅を感じさせる唯一の女性なのである。それで、いまあなたはアダム・マカニスがジェーン・ガーモンドと話をしているのを見てほっとしている。こめかみに傷あとがあり、映画『コール・ガール』風の長いブロンドの髪はそれを隠しきれていない。ヘーゼル色の瞳と白い肌。マカニスより十歳ほど年上で、ダイアン・フォン・ファステンバーグの緑色のラップアラウンド・ドレスを着ている。口もとには、作家なら〝かすかな悲しみ〟と表現するであろうものがある。生涯にわたって人知れず書きつづけていた詩や、何十年もまえに死亡した不運な恋人からの色褪《あ》せた手紙の束が入った香水つきの包みを、死後に家族が発見する古《いにしえ》の女性といってもいい。

「ご主人はクラブの会長のジョンですね」と、マカニスは言う。

「ええ」

「つまり、あなたはファースト・レディというわけですね」

ジェーン・ガーモンドは首を振る。「それはどうでしょう。ただ大変なだけの役職です。書類仕事ばかりの。実際のところ、会長職は家族から家族へ順繰りに引き継がれているんです。焚き火を囲んで法螺貝をまわしているようなものです」

「『蠅の王』ですね」

「そうです。とにかく、それはそんなに特別なものじゃありません。ここには元会長が何人もいます」

「たとえば？」

「そうですね。たとえばドクター・ブレイクとか、ダンカン・マイアーとか」

「あなたは結婚して、ここのクラブの会員になったんですか」

ジェーン・ガーモンドは白ワインを品よくゆっくり

一口飲む。グラスのなかに入っている角氷が小さな音を立てる。「あなたはいつもホストを質問攻めにするんですか」

「それは会話といえませんか」

「いまのは冗談ですよ。いいえ、そうじゃありません。わたしは最初からの会員です。生まれたときからの。わたしの旧姓はタルボット。レジナルド・タルボットはわたしの兄です」

「ついさっき図書室で会いました」

「ええ。あなたたちがそこから出てくるのを見ました。わたしは長くここにいます。何人かは子供のころからの付きあいです。十代のころはみなここでいっしょに夏を過ごしました」

　マカニスは黙っている。あなたはこのテクニックに心当たりがあると思う。優れた尋問者はみな沈黙が相手にギャップを埋めさせようとすることを知っている。特にその相手が罪悪感によって居心地の悪さを感じているときには、懸命に気まずさを取り繕おうとする。本人はそうしたほうがより自然で罪がないように見えると考えているかもしれないが、実際はその逆だ。ひとを喜ばせようとするのは人間の悲しい本性であり、それが探偵や詐欺師につけこむ隙を与える。

「この傷はそのときについたものです」と、ジェーン・ガーモンドは言って、こめかみに手をのばす。「ダンカン・マイアーが打ったパチンコ玉が当たったんです。顔じゅう血まみれになりました」

「それはひどい。罰《ばち》が当たればいい」

「彼の父を知っていたら、そういう言葉は出てこないでしょうね。ダンカンは鞭《むち》打たれ、その悲鳴は湖ごしにも聞こえたくらいです」

　マカニスは話を先に進めようとするが、そこにとつぜん邪魔が入る。メレディス・ブレイクと、髪の一部が白くなったクローディア・マイアー、それにふたりの若い男——足を引きずっているクローディアの息子オットー・マイアーと、ジェーンの息子ラムジー・ガーモンドだ。

　マカニスは礼儀正しく世間話に応じ、質問を受け流しながら、新たに話の輪に加わった者たちを観察し、自身の一件書類の無味乾燥な事実に彩りを添えていく。すでに調べがついているのは、出生証明書や学校の記録簿に記されたもろもろの日付や事柄で、ラムジー・ガーモンドの場合は、そこにチンケな逮捕歴がひとつ付け加えられている。アイビー・リーグで悪ふざけが過ぎ、たまたま厳格な判事、あるいはたまたま当日虫の居所が悪かった判事の元に引っぱりだされたのだ。オットー・マイアーは黒い髪、長身。見た目はあまりよろしくない。引きずっているほうの脚にネジを四分の一回転余計に締めたかのように、胴体が傾《かし》ぎ、左右の肩の高さがちがっている。ラムジー・ガーモンドはその対極にいるような青年だ。ブロンドの髪、青灰色の目。顔も体格もいい。ボート・レースのクルーといった雰囲気を漂わせている。握手をするときには、昔なじみのようにマカニスの肩を軽く叩いた。その顔から笑みが絶えることはない。この先には、洋々とした明るい未来が待っているにちがいない。

　くだんの一件書類に記されたところによると、オットーとラムジーの生まれは数ヵ月しか離れていない。夏や週末や休日はいつもここでいっしょに過ごしたにちがいない。兄弟のような、あるいは少なくとも生涯の友人のような親密さだが、マカニスの目には、運命的なコイン・トスの裏と表のように映っている。

「……探偵なんですか」と、ラムジー・ガーモンドは尋ねている。

「えっ？」

「そうなんですね」

　何かを聞き逃したにちがいない。

「悪いけど、質問の意味がよくわからない」

「探偵の仕事ってなんとなく面白そうだと思って」

「映画とちがうよ」

「税務弁護士よりもずっと刺激的だと思うけど」と、ラムジー・ガーモンド。

「扱う金額によるね」

「ラムジーは父親のところで働いているんです」と、ジェーン・ガーモンドが言う。「なんの面白みもない仕事です。本当に」

「なにも遠慮することはありません」と、オットー・マイアーは言う。「探偵の話を聞かせてください」

マカニスはため息をつく。彼が引き受ける仕事は悲劇のなかでももっともありふれたものがほとんどだ。浮気とか、横領とか、行方不明者捜し（ひどいときにはネコ）とか。もちろん、もう少し興味深い依頼が来ることもたまにはある。生中継のローカル・ニュースで徴兵カードを燃やした息子を〝政府関係者の力を借りて〟バンクーバーから帰国させてもらいたいとか。夫を殺すのにどれくらいの費用がかかるかと尋ねられたこともある。昨年は、生みの母親を捜してほしいという若者から涙ながらの依頼を受けた。

ときには保険会社の者が訪ねてくることもある。しぶしぶ。彼らはそれをスラム探訪と考えている。さしだされた名刺を病原菌の媒介物であるかのように親指と人差し指でつまんで、マカニスのオフィスを不愉快そうに見まわしていた者もいる。

「火災案件です、ミスター・マカニス。家族経営の小さな商店が燃えたんです」

「過失によるものだが、放火の疑いがあると見ているんですね」

「もちろん」

「どうしてです」

「いつだってそうですから」と、保険会社の男は言った。

私事に見せかけた法人の仕事を引き受けたこともある。依頼人はぱりっとしたスーツ姿の弁護士風の男で、不倫の証拠を押さえてもらいたいとのことだった。

「あなたの奥さんですか」

「いいえ、ちがいます」

「だったら、何を気にしているんです」

「何も気にしていませんよ。ただ、われわれとしてはどうしてもたしかめておく必要があることなんです」

「われわれというのは誰です」

返事はかえってこなかった。だが、マカニスがのちに知ったところによると、調査対象の男は大がかりで面倒な企業買収を仕掛けた大手銀行の最高幹部だった。と同時に、愚かで無分別な男でもあった。依頼人が望んでいた不倫現場の写真を手に入れるのは容易だった。それからほどなくして、新聞に買収劇は失敗に終わったという記事が載った。

もっと私的で、しち面倒くさい依頼を受けたこともある。息子のヘロインをやめさせてくれと父親に頼まれたのだ。

「そのような依頼を受けることはめったにありません」と、マカニスは言った。「あなたに必要なのは医者です。あるいはセラピスト。もしかしたら司祭かもしれない」

「わかっています。でも、そのまえに供給源を断つ必要があるんです。息子の友人なんですが……そいつが悪党でして。それが供給源です。ヤクの売人なんです」

話の道筋がようやく見えてきた。「で、何をしろと?」

「わたしの息子に近づかないほうがいいということをその男にわからせてもらいたいのです」

その言葉――〝わからせる〟。なかなか便利な言葉だ。意味深で、いくらでも言い逃れがきく。それが何を意味するかはわかっている。ブラスナックル、革張りの金属棒。バーやレストランから出てくるところを物陰で待ち伏せし、素早くボコボコにする。相手はひざまずき、なんでも言われたとおりにすると泣きながら約束する。このような汚れ仕事の依頼はこれまで何度あったが、引き受けたことは一度もなかった。けれども、このときはどうしてもということだったので、折れて、〝調べてみる〟と答えた。その結果、ヤクの売人は、息子の友人ではなく、息子だということがわかった。

　あなたはマカニスがこういった仕事に乗り気でないことに好感を抱いているにちがいない。あなたのお気にいりの探偵は、寡黙で、余計なことは何も言わず、ポーカーフェイスと用心深さを売りものにしているはずだ。だが、相手が何かを探りだすために必要だと思う者である場合には、いらだちを募らせる種でしかなく、逆効果にしかならないことが多い。そういった者から話を聞くためには、自分も話をしなければならず、それゆえ探偵たる者はみな相手の好奇心を満足させるためのストーリーを持っている必要がある。それはかならずしも本当のことでなくてもいいが、本当であると感じさせるものでなければならず、その話を聞いている者を調べたり質問をしたりするときに役立つものでなければならない。

　そして、ここからがマカニスがいまそこにいる者に語っている話になる。それをかねてより考えていたひとことで言うなら——

カルトの仕事

胸糞の悪くなる仕事だった。カリフォルニアのカルト教団に洗脳された娘を捜しだし、連れもどしてくれと両親から懇願されたのだ。数週間にわたる張りこみ、潜入、大量のライフルが保管された地下室、ヘロイン常用者がたむろするピープルズ・パーク。教祖はアユーヴァ・ダエーワと呼ばれているが、本名はマンハッタン生まれのデイヴィッド・シャーウィン。それは彼が組織した二度目の教団で、最初のは不渡り小切手を出して起訴されたときに解散したらしい。依頼人の娘は、一九七四年五月十七日ロサンゼルスのアジトで、警察との銃撃戦のさなかに起きた火災によって焼死したシンバイオニーズ解放軍の〝声〟である〝ジェリーナ将軍〟ことアンジェラ・アトウッドと親交があったこともわかった。としたら、事態はより厄介なものになるかもしれない。そう思ったが、彼女が見つかったときにはそのことを両親に伝えなかった。教団には子供たちを気遣う愛情深い両親から小切手を含む多くの贈り物が届けられていて、表向きは〝欺瞞《ぎまん》に満ちた現実の苦しみから子供たちを救うために使われている〟ことになっていたが、実際にはすべてデイヴィッド・シャーウィン名義の教祖の銀行口座に入っていた。若い女の信徒たちを服従させるために、ハシシやＬＳＤやヘロインが使われていることもわかった。カルトがらみの仕事はまえにも一度経験しており、言葉による説得では埒《らち》があかないことはわかっていた。それで、採ったのが拉致という強硬手段だった。昼日中バークレー・グロッサリー・ストアからの帰り道、紙袋を持って、別の信徒といっしょに歩いていたところに近づいていき、無理やりレンタカーに押しこみ、手錠をかけたのだ。そして、マカニスの長めの髪と口ひげにもかかわらず、「豚！　ファシスト！　糞ったれ！」と罵られながら、両親が心配そうに待っている丘の上の貸し別荘に連れていった。問題はそこからだった。事前の打ちあわせでは、洗脳を解く専門家か心理学者が待機しているはずだったが、そうではなかった。医師である父親は娘の腕に注射をうち、その足でナパの精神病院へ向かった。わかっているかぎり、娘はいまもそこにいる。父親が砂利と砂ぼこりを舞いあげながら走り去るまえに言ったのは、請求書を送ってくれという言葉だけだった。

*

「なんてひどい話でしょう」と、クローディア・マイアーは言う。その白い顔には不快感がはっきりと見てとれる。滑らかな弧を描く眉、高い頬骨。人見知りをする性格のようだが、マカニスはそれを自信のなさのあらわれと見ている。言うなれば、セリフを習ったことがないのに舞台に立たされた女優のようなものだ。

「それで、どうしたんです」と、オットー・マイアーが訊く。

「小切手を換金した」

「彼女を助けようとしなかったんですか」と、ジェーン・ガーモンドが訊く。

「どうしようもない。彼女の両親は法的保護者です。そして、彼女は麻薬常用者であり、カルトのメンバーだった。裁判所の仕事はそうやって娘たちに処女性を取り戻させることです。もちろん、比喩的に言えばの話だけど」

「あなたは彼女を助けるべきでした」と、クローディア・マイアーが穏やかな口調で言う。

「ぼくはつねに最善を尽くしています。いいセリフがあります。〝このような卑《いや》しい街を、卑しくない男が歩いていかねばならない〟」

「なんです、それは」

「レイモンド・チャンドラー。私立探偵は高潔な人間でなければならないと言っているんです。もっとも、本人はそのような人物ではなかったけど。ダシール・ハメットはそのような人物だった。考え方も大きくちがっていた」

「とにかくよかったですわ。ジェームズと再会を果たすことができて」と、メレディス・ブレイクは巧みに話題を変える。それからほかの者に向かって、「アダムとは本当に久しぶりなんです……十年ぶりかしら」

「もっとです」

「どういういきさつで再会することになったんです」

　メレディス・ブレイクは微笑んでいて、礼儀正しいが、目から鼻に抜ける鋭さがある。祖母の顔に弁護士の目の持ち主といったところだ。マクベス夫人もかくやと思われる。彼女が魔法使いから野心を授かったとすれば、夫とともにそれを叶えるにちがいない。濃いグレーの髪をお団子にまとめ、〝実用的〟という表現がもっとも適切と思える花柄のドレスを着ている。マカニスは思いだす。その昔、週末になると、汚れた洗濯物を持ち、おいしい家庭料理を期待して、ジェームズといっしょにタクシーに乗り、ドクターが冗談半分に六〇年代の東部の〝神の国〟と呼んでいた夫妻の自宅を何度も訪れたものだ。夫の診療部長職就任を祝うカクテル・パーティーでは、オードブルを運んだり、飲み物を注いだりしながら会場の図書室を歩きまわり、無言でゲストの品定めをしていた。彼女は利口な女性だ。夫よりも、家族の誰よりも。彼女がいま本当に尋ねているのは——なぜあなたはここにいるの？

「じつは」と、マカニスは答える。「ぼくのほうからジェームズに連絡をとったんです」

「ええ、それは聞いています。でも、理由は聞いていません」

「昔のわれわれの共通の友人にたまたま出会いましてね」

「女の子？」と、オットー・マイアーが言う。

「いいえ。ルームメイトだった男で、ジェームズの近況を尋ねられたが、ぼくは何も答えられなかった。それで電話をかけたんです」

「どうやって電話番号を知ったんです」と、メレディス・ブレイクが訊く。

マカニスは微笑む。「ぼくは探偵です」

メレディス・ブレイクはうなずくが、満足はしていないように見える。「そうでしたね。さて、今回あなたをお招きしたのは、週末にちょっとした行事があるからです。大かがり火、油を塗ったスイカのリレー、卵投げ、花火。嵐のせいでお流れにならなければいいんですが。せっかく予定を一日早めたんです」

「嵐のことはラジオで聞きました。ずいぶん大きな嵐のようですね。ここにはいつごろ来るんでしょう」

「今夜はだいじょうぶです」と、クローディア・マイアーが答える。

「来るのは明日の夜遅く」と、メレディス・ブレイクは言う。「花火のあとです。もしかしたら、停電になるかもしれません。もちろん発電機は用意してあります。問題は道路です。なにしろ土と砂利の道ですから。一部を舗装するという話も出てはいるんですが、まだ実現していません。橋のこともあります。古い橋です。とても古い橋なんです」

「あなたはここに閉じこめられるかもしれません」と、ラムジー・ガーモンドが言う。

「神のご加護を」と、マカニスは笑いとばす。

＊

しばらくして、マカニスはクローディア・マイアーがひとりぽつねんとポーチの隅にすわっているのを見つける。その上の横木には、半円形の星条旗がかけられていて、その横のテーブルには、半分空になった白ワインのボトルが置かれている。服装は数年前に流行ったライラック柄のサンドレス。年は四十代後半、あるいはもう少し上かもしれない。髪の色は黒。だが、前髪は白くなり、そのまわりも色褪せつつある。痩せている。痩せすぎといっていいかもしれない。顔をあげたとき、マカニスは奇妙な感覚を覚えた。彼女が自分自身の目の後ろから覗いているような。あるいは、四人が独房の窓の鉄格子ごしに見ているような。

「ごいっしょしてもかまいませんか」

「もちろん」クローディア・マイアーは言って、空いた席をワイングラスで指し示す。「ここの人たちはとても付きあいきれない。そう思いませんか」

「そんなことはありませんよ」

「彼らのことを知らないからです。主人はわたしがこの場に顔を出すのを恥じています」

「〝6の集い〟ということですか」

クローディア・マイアーはくすっと笑い、マカニスは別の女性を見たような気になる。彼女がかつてそうであったような女性、あるいは一時そういうときがあったであろう女性といっていいかもしれない。何が変わったのか。

「あなたはここで耳慣れない言葉をいくつか聞いたと思います」と、クローディア・マイアーは言う。

「〝別室〟というのを知っていますか」

「ええ。幸いなことに」

「ここウェスト・ハートには、独特の言葉があります。それは排除のための言葉です。もちろん、実際に排除するためのものかどうかはわかりません。でも、とにかくそうなんです。外部の人間には理解しにくいと思います。いつかはそれを学ぶことができるし、話すこともできるようになります。でも、自然に話すことはいつまでたってもできません。どういう意味かおわかりでしょうか。もちろんダンカンは生まれたときから自然に話せていました」

「それは金持ちの言葉です」

「そうかもしれません。ただ、いまのクラブは以前とはちがいます」

　マカニスは言葉を継がず、彼女にその先を話させるための時間を与えたが、なんの反応もなかったので、仕方なしに話題を変えることにする。「先ほどのぼくの話で気分を害したとしたら謝ります」

「あれはただの話だったんですか」

「つまり、本当の話だったのかどうかということですか」

「ええ」

「本当の話じゃないと言ったら、気が休まりますか」

「いいえ」

「本当の話です。残念ながら」

「ひとを監禁するのは簡単です。その気になりさえすれば、誰にでもできることです。あの父親のように。言いわけはいくらでもできます。精神に変調をきたしているとか。わが身に危険が及ぶ恐れがあるとか。そうするのが本人のためだとか。反駁《はんばく》の余地はありません。ちがいますか。片方に善を行ないたいという者がいれば、もう一方にそれを悪を行なう手段として利用する者がいます」

「自分は善悪を判断基準にしないようにしています」

「ほかにはどんな判断基準があるんです」クローディア・マイアーは言って、ワイングラスを空にする。「あなたは信心深いほうですか、ミスター・マカニス」

「そんなには」

「わたしはもともと信心深いほうじゃありませんでした。でも、その後、信仰を得て、また信仰を失いました」

「最初に信仰を失うのは悲劇です。二度目に失うのは不注意です」

　口もとにまた笑みが浮かぶ。「それはジョークですね」

「ええ、そうです」

「善悪を判断基準にしないのは、自分がどっちに転ぶかわからないからですか」

「ずいぶん辛辣《しんらつ》ですね、ミセス・マイアー。はじめてお会いして、まだいくらもたっていないというのに」

「ごめんなさい」

「またジョークですよ。ジョークになっていないかもしれないが。とにかくもうやめます」

「べつにかまいません。わたしは自分がどのように行動したらいいか忘れることがときどきあるんです。世間には守らなければならないルールや常識が多くあります。そのすべてを守るのは容易なことじゃありません。間違いは往々にして起きます。すると、ひとは白い目で見て、陰でささやきます。馬鹿なクローディアがまたあそこに行く。馬鹿なクローディアがまた独りごとを言っている。馬鹿なクローディアがまた湖で裸になっている。もちろん、守るべきことは時間や、場所、いっしょにいるひと、天気、あるいは星の位置によって変わります……あなたは占星術に興味をお持ちかしら、ミスター・マカニス」

「正直に言うと、ノーです」

「わたしもそうです。でも、折に触れて考えずにはいられないのです。わたしたちのありようを支配する何かがどこかにあるのではないかと。たとえば、月とか。一兆トンの岩がわたしたちの頭上に重しのように浮かび、地球の潮を満ち引きさせている。それがわたしたちに影響を及ぼさないと断言できるでしょうか。たとえば睡眠とか生理とかに。ほかにもわたしたちの知らないところでどんな影響を及ぼしているかわかりません」ここでクローディア・マイアーはとつぜん言葉を途切らせる。マカニスの顔に当惑の表情が浮かんでいるのを見たからだろう。「ごめんなさい。ひとりでしゃべっていました」

「だいじょうぶですよ」

「ときどき我を忘れてしまうんです。なんという興味深い言葉なんでしょう——我を忘れる。ひとはどうやって我を忘れるのか。あなたはそのような経験がおありですか、ミスター・マカニス」

「望むほど頻繁《ひんぱん》にはありません」

　夕方の風が線路に沿って旗布を揺すっている。このポーチのはずれの一角は〝6の集い〟から少し離れていて、静かで、心地いい。クラブハウスのそばを流れる小川のほうから、鳥のさえずりが聞こえてくる。頭上の梁《はり》に吊るされたウィンドチャイムがチリンチリンと鳴っている。

「わたしがつくったんです」と、クローディア・マイアーは探偵の視線を追いながら言う。

「素敵です」

「以前はピアノを弾いていました。いまはウィンドチャイムをつくっています。ひとつが〝ド〟で、もうひとつは〝レ〟。〝ファ〟や〝ソ〟もあります。風向きによっては、ベートーベンの『歓喜の歌』の演奏も可能です。もちろん完全じゃありませんが」

「自分にはそれで充分です」

　クローディア・マイアーはワインをグラスに注ぎ足す。「探偵というのは孤独な職業なんでしょうね」

「でも、多くのひとと話します」

「探偵がするのは話じゃなくて、質問です。同じじゃない」

「たしかに」

「お仕事中はひとりで過ごすことが多いんでしょ」

「ええ」

「特に長い時間を費やすのは、ええっと……」

「張りこみ？」

「そう。張りこみです。そのような孤独な時間に、ひとはいろいろなことを考えるものです。考え、考え、考えつづけます……そうなんです。それがわたしのしていることなんです」

「ひとりでいても、孤独ではありません」

　クローディア・マイアーは微笑む。「おっしゃるとおりです。もちろん、その逆も真です。わたしがもっとも孤独を感じるのは、群衆のなかにいるときです。だから、わたしはここに来ているんです。森のなかを何時間歩いても誰にも出くわしません。一度などは三日間誰とも話さなかったこともあります。話し方を忘れてしまったのじゃないかと心配になったくらい。でも、じつを言うと、とても楽しかったんです。人里離れたところで深遠な秘密を解きあかそうとしている修道士のような気分でした」

「おっしゃりたいことはよくわかります。ぼくの仕事の大半は秘密を解くことです」

「他人の秘密を解くのは簡単です。むずかしいのは自分の秘密を解くこと」クローディア・マイアーは子供もしくは狂信者のようにまばたきをせずにじっと探偵を見つめている。好奇心が旺盛で、自己主張が強いが、自分ではそのわきまえのなさについてまったく気づいていないか、でなければまったく気にしていないように見える。マカニスは信心を試されている者のような目で見つめかえしている。「では、わたしはこのあたりで失礼させてもらいます。忙しい夜が控えているので。ウェスト・ハートで楽しい時間をお過ごしくださいね」そして、謎めいた言葉を付け加える。「今夜はあなたも多忙をきわめることになるでしょうから」

　クローディア・マイアーは立ち去り、謎のひとこととともにその場に取り残されたマカニスは考える——なんだか不思議な女性だ。彼女が言ったことはたしかに急所を突いている。自分自身これまで何度、孤立し、孤独を味わい、他人を疑い、裏切りを例外としてではなく当然のこととして受けいれてきたか。依頼人がオフィスのドアをあけた瞬間にあきらかになる欺瞞。スモークフィルムを貼った窓の向こうでじゃれあっている人影を、その近くにとめた車のなかからひたすら見つめているだけの夜。水滴が滴り落ちるゴミ袋から引っぱりだしたレシート、ヤク中のすわった目に見つめられながら、二本の指のあいだにはさんで振る五ドル札……くだらない依頼とくだらない仕事の数々。悲劇と喜劇、そしてそのどちらともつかないストーリーが詰まったファイル・キャビネット。

　デキサミルかウィスキー、あるいはその両方をやりすぎた長い夜、ときどき思うことがあるのだが、そういった個々の仕事は、たとえそれらが単発で、おたがいなんのつながりもないように見えても、実際はひとつところにおさまるもので、組みたてるのに一生かかるパズルの断片のようなものに思える。カミソリの刃のように鋭く、だが偽りの明晰さで考えるのは、自分が本当に探しているのは自分自身ということだ。

　マカニスがクラブハウスの正面に向かって歩いていたとき、とつぜん悲鳴が……

＊

　とつぜん悲鳴が空気を切り裂く。ポーチで驚きの視線が交わされ、飲み物がこぼれ、赤ん坊が泣きだし、あなたは筋肉をこわばらせる。これは作家が話を中断し、さらに先へ進ませるための仕掛けのひとつであるとあなたは感じている。その創意性は科学者がとつぜんの衝撃的な進化と呼ぶものに値する。それでも、あなたはいまひとつすっきりしていない。まだ何ページも読み進んでいないのに、ちょっと早すぎるのではないか。謎の提示はもう少し控えめにすべきではないか。この種の小説の本当のひそかな愉しみは、凡庸な結末（正直に言うが、じつに多い）ではなく、そこに至るハラハラドキドキ感にあるのではないか。マジシャンがなんの前口上もなくいきなりカードを当てたら、観客は微妙な顔で劇場をあとにすることになるだろう。

しかしながら、とりあえずいまはそのような疑念をいったん脇に置いて、クラブハウスの角を曲がったところにいる人々のところへ行ってみよう。玄関前にとまっている車の後ろに、一匹の犬の死骸が横たわっている。かたわらにひとりの男が膝をついている。寡夫のアレックス・カルドウェルだ。

「本当に申しわけない。見えてなかったんだ。そこにいるとは思わなかったんだ」

ダンカン・マイアーが前に進みでる。顔を真っ赤にして、拳を握りしめている。「この野郎！」

「事故なんだ。わざとじゃない」

「あんたは嘘つきだ。あんたは嘘つきだと言ったんだよ」

ほかの者は誰も何も言わない。

アレックス・カルドウェルは立ちあがる。「いい加減にしろ、ダンカン」

「犬から離れろ」と、ダンカン・マイアーがどなりつける。

アレックス・カルドウェルは一歩あとずさりする。「これは事故じゃない。わざとだ。あんたはわたしを傷つけたがっていた。クローディアとオットーを傷つけたがっていた。だから、こんなことをしたんだ」

アレックス・カルドウェルは車まわしに集まった人々のほうを向く。それから、バーで喧嘩になりかけて逃げ腰になっているように、てのひらをさっと前に突きだす。「誤解もいいところだ」そして、クラブの会長のほうを向く。「わたしがそんなことをするはずはない。わかってるよな、ジョン」

ジョン・ガーモンドはゆっくりと前に進みでる。「きみは家に帰ったほうがいい、アレックス」それから、ダンカン・マイアーのほうを向く。「あとで電話する。そのときにこの問題を話しあおう」

「誓ってもいい。見えてなかったんだ」

「とにかく家に帰れ、アレックス」

アレックス・カルドウェルはためらっている。家に帰ることが罪を認めたことになるかどうか確信が持てないのだろう。考えようによったら、犯行現場から姿を消すことになるのだから。しかし同時に、死骸に嫌悪感を覚えてもいるにちがいない。古代からのタブーである死を恐れ、そこから逃げたい、無視したい、忘れたいという気持ちも強くあるにちがいない。ジョン・ガーモンドに小さな声で何か言ってから、車に乗りこみ、走り去るまえにあらためてみんなに向かって言う。「これは事故なんだ。本当にすまないことをした」

このとき、オットー・マイアーが足を引きずりながら前に進みでて、地面に膝をつく。ジェーン・ガーモンドがさしだしたレジャーシートを受けとって、犬の死骸にかけてやる。

ダンカン・マイアーはジョン・ガーモンドに言う。

「少しのあいだ息子を見ていてもらえるかな。わたしは車を取りにいかなきゃならない」

「何をするつもりなんだ」

「犬を葬るんだよ」

「そうじゃなくて、アレックスに対してという意味だ」

ダンカン・マイアーの目にはなんの表情も浮かんでいない。そのまま後ろを向いて歩き去る。

*

マカニスは現場を見ている。と同時に、現場を見ている者たちをも見ている。相手の顔から何かを読みとろうとしているベテランのギャンブラーのように。

ラムジー・ガーモンドは友人のオットー・マイアーの肩に手をかけている。ジェームズ・ブレイクは母親に何かささやきかけている。ジェーン・ガーモンドは夫と気ぜわしげに話しこんでいる。まだ紹介されていない黄疸の男は、内輪のジョークを楽しんでいるかのようににやにやしている。その隣で、栗色の髪の女性が首をまわしてマカニスを見つめる。それで、マカニスは自分が窃視者になったような気になる。暗い部屋の窓を双眼鏡で覗き見していたとき、逆にそこから覗かれていたことがわかったような感じだ。身体に衝撃が走るほどのあからさまな視線。媚びているのではないが、咎《とが》めだてているふうでもない。挑戦的な視線だ。挑戦を受けいれるか、それともこちらから反撃に出るかをいますぐ選ばなければならない。マカニスは見つめかえし、自分が相手に興味を持っていることをさりげなく、礼を失さないよう、分をわきまえつつ伝えようとする。けれども、この種のゲームはあまり得意としていないので、相手からどのようなメッセージがかえってきたかも、そもそもメッセージがかえってきたかどうかもわからない。

マカニスはその場を離れ、クラブハウスにちらっと目をやる。ポーチにクローディア・マイアーがひとりで立っている。その手でナプキンを小さく引き裂き、切れ端が夕刻の微風に漂っていくのをぼんやりと眺めている。マカニスはそっちに一歩足を踏みだしたが、彼女は急に身体の向きを変えて歩き去る。

*

夕食をとるためにブレイク宅に戻る途中、アダム・マカニスとジェームズ・ブレイクはトラックに荷積みをしている男に出くわす。汗まみれのデニムのワークシャツ、汚れた手、もじゃもじゃの髭《ひげ》。あなたはその外見の意味するものをすぐに理解する——別の社会的経済的な階級に属する者。おそらく管理人のフレッド・シフレットだろう。その推測は、のちの短い会話で正しかったことがあきらかになる。そこで話されたのは、クラブに関するもろもろの事柄だが、いずれもさして重要ではないように思える——小川にかかる橋のそばにクマがいたこと、テニスのネットを新調しなければならないこと、落雷で倒れたカシの木がタルボット・ウェイをふさいでいること。けれども、あなたはほとんど聞いていない。あなたが気にしているのは、このシフレットという男の車の後ろに、防水シートに半分ほど覆われた〝危険物〟が積まれていることだ。チェーンソー、バール、斧、ナタ、農薬や毒物の缶……どれも汚れていたり錆《さ》びついたりしているが、それでも真夜中に手袋をはめた手によって荷台から降ろされ、誰かの命を奪ったあと、湖に投げ捨てられ、それっきりになるか、でなかったら警察による数日間の捜索の結果見つかるということは充分に考えられる。長年にわたって気まぐれな金持ちたちに仕えてきた管理人が、これまでさんざんいやな思いをさせられたので、恨みつらみを募らせ、とうとう復讐を思いたったとしても不思議ではない。

もちろん、間違っている可能性はある。ドラマの第一幕に出てくる銃は最終幕までに発砲されなければならないという〝チェーホフの原理〟は、かならず守らなければならないものではない。実際のところ、巧妙な作家はその原理を逆手にとることもある。けれども、とどのつまりミステリを楽しむ前提となるのは、通常は神秘主義者や狂信者だけにしか許されていない予感であり、世界は言外の意味によって満たされているという信念である。年老いた未婚女性の死と屋根裏部屋のひび割れた鏡や、不道徳な手紙の束と子供の墓石のあいだに秘された関係を誰が知りうるだろう。読者は特定のパターンが明確になるまで、あちこちにある糸をひとつひとつ丁寧に結びあわせていかなければならない。そうしないと、たとえば、暖炉の上にかかっているライフルを見たり、一シーンか二シーンあとに出てくる向こう見ずなティーンエイジャーのいたずらに気づいたりしたとしても、彼らがもうすぐ父殺しという古代より続く喜びを味わうことは決して予測できないだろう。

それがこのジャンルの好ましい点だとあなたは考えている。そのことを誠実に実行に移そうとしている作家は、すべての読者にアクセス可能な真実——たとえそれが嘘によって巧みにカモフラージュされていたとしても——に行きつくためのルールを明示しなければならない。

ルール

T・S・エリオットは五つ、ホルヘ・ルイス・ボルヘスは六つ、ロナルド・ノックスは十（有名な〝十戒〟）、S・S・ヴァン・ダインは二十のルールをあげている。アガサ・クリスティーはもちろんすべてのルールを理解しているが、ほとんどのルールを見事に破っている。

ミステリはその誕生時からルールを守ると同時に破ることを余儀なくされている。ボルヘスは探偵小説の構造について述べた一九四五年のエッセイのなかで、作家のジレンマという難問を解決できると本気で考えている者がいるだろうかと強い口調で疑問を呈している。

〝語られるすべてのものは結果を予言しなければならない。と同時に、それらの多様で多岐にわたる予言は、古代の神託のように秘密であらねばならず、最後の謎解きのなかでのみ理解されるものでなければならない。作家はこういった二通りの技法に習熟していることを求められる。最初の章で提示した問題の解決は必要不可欠だが、同時にそれは予想外のものでなければならない〟

何より重要なルールはフェアであることだ。読者にルール違反だと感じさせてはならない。殺人犯は話のなかに頻繁に登場する人物であり、正直にさしだされた手がかりによって読者が導きだせる動機と手段を有していなければならない。ミステリのなかには、結末近くで話を中断し、舞台でいうところの〝第四の壁〟をとっぱらって読者に直接語りかけるものもある。

〝さて、これで事件の解決に必要な証拠はすべて出揃ったわけです……〟云々。一九七〇年代なかばの、短命に終わったテレビシリーズ『エラリー・クイーン』では、探偵役の俳優が途中で演技をやめ、カメラのほうを向いて、こんなふうに語りかける。

〝あなたにぜひ覚えておいていただきたいのは、ドアがどうなったのかということに加えて、絨毯の上のブランデーグラスとマニングの膝の痣《あざ》です。よろしいですね〟

エルキュール・ポアロは『白昼の悪魔』の映画版（小説にそのようなシーンはない）で、同じような口上を別の登場人物に向けてさりげなく述べている。そこでは、容疑者のひとりを困らせたり喜ばせたりするために、事件を解決に導く手がかりの数々が列挙される――〝水泳帽、風呂、ボトル、腕時計、ダイヤモンド、正午の号砲、海の微風、絶壁〟。キングズリィ・エイミスの『リヴァーサイドの殺人』では、カバー表紙が読者に挑戦している。〝著者と知恵比べをし、謎を解いてください〟。そして、ご丁寧にこう付け加えている。〝六一ページ、八二ページ、一六〇ページ参照〟。

フェアプレーもこのくらいのレベルまでくると、その造作はそんなに単純なものではなくなる。実際、アガサ・クリスティーの『秘密ノート』には、殺人の動機や手口が何ページにもわたってリストアップされている（それがなんのために書かれたかを知らなければ、読者はぎょっとして、サイコパスのレシピ本ではないかと思うかもしれない）。イタロ・カルヴィーノは一九七三年に発表された短篇『忌まわしい家の火災』のなかで、しかるべきデータを入力しさえすれば、幾通りもの犯罪を生みだしたり解決したりできるコンピューターを現出させている（そこでは、その家のなかで起きる可能性のある十二の犯罪が引きあいに出されていて、その構成要素の組みあわせ方は全部で四億七千九百万千六百通りあることになっている）。それから数十年後のいま、〝ミステリ・プロット・ジェネレーター〟なるアプリは、主人公や脇役からプロットやどんでん返し《ツイスト》！（いつも感嘆符つき）まで百万のバリエーションをオンラインでつくりだしてくれる。

一九六〇年代フランスのアバンギャルド文学グループ〝ウリポ〟は、小説の構造上の面倒な責め苦をみずからに課した。ジョルジュ・ペレックは〝ストーリー生成マシン〟と称する複雑な公式を案出し、〝e〟の文字を一度も使わずに小説を書いた（この欠落は失踪者を捜す主人公と共鳴している）、ジャン・レスキュールは〝S＋7法〟という奇想を編みだした。作中のすべての名詞を特定の辞書のなかのその名詞から七番目にある名詞と置きかえるのだ（言うまでもなく、結果は採用する辞書によって変わってくる）。本書の冒頭の一節をこの〝S＋7法〟で書きなおすと次のようになる。

〝この殺人競走馬は、ほかのすべての殺人競走馬と同様、収穫者が〝退化〟と見なすものを呼び起こすことから始まる。それは収集整理されたディテールの迂回路からなり、そこから道徳や火口や疫病のナパーム弾として収穫者に共有されるものが生みだされる。もちろん、いちどきにではない。そこが勘どころだ。ささやきは、ほかのすべてのささやきと同様、不幸であるべきで、夢想は小出しにしなければならない。すべての裸体は薪の山だから。すべての収穫者は無精者だから〟

この種の戯れは間違いなく読者に忍耐を強いる。おそらく早々に読者を疲れさせてしまうだろう。しかし、ミステリ作家のウリポに対する主要な関心事は、その著名なメンバーであるレイモン・クノーが自分たちのことを描写した次の言葉にある――〝自分たちが脱出するための迷路を自分たちでつくったネズミ〟

＊

アダム・マカニスはブレイク宅で荷ほどきをしている。水着、ハイキング用のウエア、ディナー・ジャケット。クラブ関連の一件書類が入ったマニラ・フォルダー。そして、もちろんコルト・ディテクティブ・スペシャル・シリーズ3。正直なところ、時代遅れの感のある武器だが、古いものを守るのは悪いことではないとかねがね思っている。閉め忘れたドアの向こうにひとの気配を感じて、拳銃を着替えの下に滑りこませ、何食わぬ顔で振りかえる。若い女が見つめている。拳銃を見ただろうか。いや、たぶん見ていない。

「葉っぱを持ってる？」と、彼女は訊く。

マカニスは目をしばたたく。「どうしてそんなことを訊くんだい」

「葉っぱの匂いがしたから」

「ノックするのが礼儀じゃないか」

「ドアは開いてたわ」そして、ノックをする真似をする。「コンコン」

「きみはエマだね」

「まえに会ったことあるでしょ。覚えてないの？」

「申しわけない」

「ショックだわ」

本当は覚えている。大学時代、市内のブレイク宅を訪れたとき、彼女はまだ子供で、ホラーといっていいくらいの見てくれだった。歯の矯正具、ニキビ、おどおどした物腰。しかし、いまはまったくの別人であり……あなたはこのあとの一くさりを読んで、作家の描写が本質的に覗き見と空想の産物であることを痛感する。とりわけ、それが学者連中のいう〝男目線〟なるものを想起させるときには。陽に焼けた太腿、ダメージ・デニムのショートパンツ、星条旗をかたどった赤と白と青のビキニ・トップ、頰を縁どるレイヤーカットのブロンド、ところどころに散らばるそばかす……このような描写は、お察しのとおり、作家が創りだすキャラクター以上に作家自身をあなたの前にさらけだす。

「あいにくだね」

「葉っぱのこと？」

「そうだ」

「がっかりだわ。わたしの売人は街で麻薬捜査官にパクられちゃったの。そして、新しい売人はまだ見つかっていない」

「それは悲劇だ。でも、ジェームズは初心《うぶ》な妹が麻薬漬けになるのを望んでいないと思うよ」

「初心？　わたしは兄よりずっと大人よ。中絶も経験してる。ヨーロッパには二回行った。ロサンゼルスのビーチで寝たこともある。ジョン・ベルーシといっしょにコカインをやったこともある」

「両親はさぞ誇りに思うだろうね」

「ふたりがクスリやワインやウォッカを飲んでないときにたしかめてみて」目には好奇の色が浮かんでいる。

「どうして兄はあなたに連絡をとったのかしら。何年も会っていなかったのに」

　マカニスはためらい、それからしぶしぶといった感じで答える。それが正しい選択なのかどうかはおそらく自分でもわかっていない。「じつはこっちから連絡したんだ」

「どういう風の吹きまわしで？　いまは学生時代以上になんの面白みもない男なのに」

　メレディス・ブレイクには共通の友人にたまたま出会ったので電話をかけたと言ったが、そんな言い草が彼女に通用するとは思えない。それで、こう言う。

「きみにとってここはとても退屈な場所であるようだね」

「退屈どころの話じゃないわ。とにかく、葉っぱのことで気が変わったら教えてちょうだい。じゃ、またあとで」

*

　ディナーの用意は整っている。殺人事件をテーマにした小説の常として、ここは重要なシーンだ。あなたは紅茶かコーヒーをもう一杯飲もうとしているかもしれない。これからしばらくは細心の注意が必要になると思い、電話をミュートにしたり、ドアを閉めたりしているかもしれない。あなたは注意深く観察しなければならない。誰がやってきたか、誰が出ていったか。それは何時ごろのことか。誰が飲んだくれたか。その理由は何か。誰が何を言ったか。誰が口をつぐんだか。わけても大事なのは、作者が何をどう描写するかだ。

どんな鋭い視線が交わされるのか。誰の頬がとつぜん赤くなるのか。誰の笑いが引きつっているように見えるのか。

料理はブレイク宅の湖を望む石造りのテラスに置かれた長いテーブルに供される。もう夜になっている。心地よい微風が松の木々を揺らしている。湖のほとりでカエルが鳴いている。ハイファイ装置にはニール・セダカのレコードがかかっている。ホストはドクター・ブレイクとミセス・ブレイク、それにふたりの子ジェームズとエマ。ゲストはジョンおよびジェーン・ガーモンド。ウォーレンおよびスーザン・バー。いまは居間の隅のソファーで書きものをしているラルフ・ウェイクフィールドという少年。アダム・マカニス。そしてもうひとり、初登場のジョナサン・ゴールド。気むずかしげな顔をした男で、ネクタイを締め、どことはなしに戸惑っているように見える。

スーザン・バーというのはクラブハウスの前でマカニスを見つめていた女性だ。真っ赤な唇、期待と危険を感じさせる微笑。マカニスと握手をしたとき、ベークライトのブレスレットがジャラッと鳴る。マスカラのせいでくすんだように見える目で、値踏みするようにマカニスを見つめている——あなたは何をさしだすことができるの？

「お知りあいになれて嬉しいわ」とスーザン・バーが言ったとき、ふたりはほかの者から離れて、居間のレコードプレーヤーのそばのカウンターの前にいた。

「それで、あなたは誰のことを調べてるの？」

「べつに誰も」

「だとしたら、ちょっと退屈なんじゃない」

「あなたのことを調べていると言えばよかったのかな」

スーザン・バーは肩をすくめる。「わたしはいつだって誰かに疑われているような気がしてる」

「あれはあなたのお子さんですか？」マカニスは言っ

て、ソファーでノートに何か書いている少年を指さす。

「まさか。子供がいるように見える？　あれは姉の子よ。姉はフランスに行ってて、一ヵ月ほど帰ってこないの」

「いま何をしてるんです」

「数学の問題を解いてるのよ。宿題じゃなくて、好きでやってる。ちょっと変わってるの」

「非凡ってことですね」

「そう」

スーザン・バーは魅力的な女性で、そのことは自分でもよくわかっているようだ。栗色の長いストレートヘアで、前髪をジェーン・バーキン風にしている。目の色もやはり栗色で、黒いアイライナーとマスカラでアクセントをつけている。着ているのはピスタチオ色のウルトラスエードのシフトドレス。ここではちょっと派手すぎるかもしれないが、他人にどう思われるかなど気にしていないにちがいない。

マカニスは訊く。「ところで、こういうクラブでは、みんな何をどんなふうに楽しんでいるんでしょう」

「そうね。週末の過ごし方は昔から少しも変わってないわ。焚き火とか、花火とか。あなたがそれを楽しめるかどうかはわからないけど。あとは、お酒。若者たちはドラッグ。そこに大人の入りこむ余地はない。大人たちは昔ながらの気晴らしに――」

部屋の向こうからウォーレン・バーが妻に声をかける。スーザン・バーは顔をしかめ、香水の香りを残して立ち去る。マカニスはひとりカウンターの前に立って、どこのブランドだろうと思案をめぐらせる。ホルストン？　シャネル？　そのとき、メレディス・ブレイクが彼の腕を取る。そして外に連れていって、ジョナサン・ゴールドを紹介する。あとはビターズ・アンド・ソーダを渡すと、それでホステスとしての役割は終わり、すぐにその場を離れる。ジョナサン・ゴールドは薄い唇以外にこれといった特徴のない、青白い顔の男で、その身のこなしに無駄なものは一切ない。彼の話を聞いたら、どの言葉も面白みのない皮肉の色をかすかに帯びていることがわかる。

「それで、あなたは探偵なんですってね」と、ジョナサン・ゴールドは言う。

「ええ」

「いまも何かを調べているんですか」

　マカニスはテラスに目をやる。ほかの客との距離はあまりない。用心が必要なほど近い。「そうです」と、小声で答える。

「すごいですね。それで、何を調べているんです」

「それはちょっとお話しできません。少なくともここでは」

「そうでしょう。もちろんです。よくわかります」

　ジョナサン・ゴールドは言葉を置き、ハイボールグラスを傾ける。それによって、この場でいま酒を飲んでいないのは、マカニスひとりだけということになる。それはそんなに酒が好きではないということかもしれない。あるいは、好きすぎるということかもしれない。

「調査の進み具合は？　そのくらいなら話していただけるのでは」と、ジョナサン・ゴールドは食いさがる。

「まだ始まったばかりです。でも、なんの問題もありません。そんなに手間はかからないと思います」

「興味しんしんです」ジョナサン・ゴールドはここで何かに思いあたったかのように頭を傾ける。「いまふと思ったんですが……」

「なんです」

「あなたはわたしのことを調べているんじゃないかと。わたしに気づかれることなく」口もとにいたずらっぽい笑みが浮かぶ。「ひょっとして、わたしは容疑者なんでしょうか」

　一瞬の沈黙のあと、マカニスは言う。「心配することはありませんよ、ミスター・ゴールド。もちろん、何かよくないことをしたのでなければ」

返事をするかわりに、ジョナサン・ゴールドは空を見あげる。テラスにはランタンの明かりがあるが、それでも空には満天の美しい星がきらめいているのが見える。そこから星座の話になる。「子供のころ夢中になっていましてね」と言って、指さしはじめる。大熊座、小熊座、竜座、カシオペア座……だが、マカニスにはどれがどれかわからない。教科書に出ていた図形にはなんの意味もない。星と星の結びつけ方はいくらでもあり、どんなかたちでも好きなようにつくれる。星座などというものは単なるまやかしでしかない。

「子供のころ、わたしは先生《ラビ》から神のなせるわざについていろいろ教わりました」と、ジョナサン・ゴールドは思案顔で言う。「もちろん神はもう死んでいます。タイム誌にもそう書かれていました」

「その記事はまだ読んでいません」と、マカニスは答える。

　ふたりの他愛もない会話は続く。思わせぶりで、曖昧で、あなたはそこに空虚さを感じとる。言われないことや訊かれないことがいくつもあるし、マカニスは新来のジョナサン・ゴールドに答えを促すような質問をしない——いったい何者なのかとか、なぜここに来たのかとか。作家はこのような細部に無頓着なのか。それとも、答えがわかっていることは訊かないということなのか。

「ウェスト・ハートを楽しんでいますか」と、ジョン・ガーモンドがやってきて声をかける。クラブの会長で、四十代後半のハンサムな男だ。金をかけて整えた髪。こめかみのところは白くなりつつある。陽焼けした肌。フェアウェイで何時間も五番アイアンを振っているか、テニスコートで陽の光に目を細めながらサーブのトスの練習をしているのだろう。白いポロシャツは身体にぴったりとフィットし、引き締まった腹をさりげなく誇示している。

「ええ。ありがとうございます」と、マカニスは言う。

「戻ってこられて嬉しいです」と、ジョナサン・ゴールド。

「祝日の準備は整っています。町からも何人か手伝いに来てもらうことになっています。楽しい週末をお過ごしください」ジョン・ガーモンドは言い、それからジョナサン・ゴールドのほうを向く。「ちょっと先走りかもしれませんが、入会申請の件についてはなんの問題もありませんので、ご安心ください」

「ありがとう。みなさんに歓迎してもらえればいいんですが」

「いまはそうでなくても、すぐにそうなるでしょう。書類はもう提出しましたか」

「いいえ、まだです。預金口座があちこちに散らばっていましてね。ひとつにまとめるのに時間がかかるんです」

「なるほど」

「急がないといけませんか」

「いいえ、そんなことはありませんよ。何か必要なことがあれば遠慮なくおっしゃってください」

ドクター・ブレイクが居間から姿を現わす。〝シャンパンをあけましょうか〟というのが永遠の大問題であるかのように、手にドン・ペリニヨンのボトルを持って歩いている。

マカニスは思う。ドクター・ブレイクはこのまえ会ったときからまったくといっていいほど年をとっていない。ふわりとした白髪。悠揚迫らぬ穏やかな物腰。知らないひとが見たら、笑い皺が刻まれた顔と思うかもしれない。だが、マカニスはかねてよりそれを演技のように感じている。同僚にはスコッチ・アンド・ソーダを飲みながらこんなふうに言っているにちがいない。「医者であることで唯一困るのは、ろくでもない患者がいることだよ」たまさかガードをさげたときには、そっけなく、横柄で、自分が勝ち組で、相手が負け組だと確信している男の鼻持ちのならなさが表に出る。

「シャンパンで何を祝うの？」と、ジェーン・ガーモンドが訊く。

「なんでもいい。どんなことでもいい。何もなくてもいい」

「どうしても理由が必要なの？」と、スーザン・バー。

「いいや、べつに」

「ドナルド・カルドウェルを偲《しの》ぶためにというのはどうかしら」と、メレディス・ブレイク。

「何があったんですか」と、マカニスが訊く。

「アレックス・カルドウェルの叔父さんなのよ。大みそかの夜シャンパンをサーベルであけようとして、自分の親指を切り落としてしまったことがある」

「それはひどい」

「たいした被害じゃない」と、ウォーレン・バーがつぶやく。「もうひとつの親指が残っていたのが不思議なくらいだよ」

「よしなさい、ウォーレン」

「そのサーベルはどこで手に入れたんです」と、マカニスが訊く。

「正確に言うと、サーベルじゃなくて、肉切り包丁なんだがね」

ドクター・ブレイクは少しずつボトルの栓をあけ、ポンという小さな音が鳴る。「尼さんの屁だ」

マカニスはエマ・ブレイクに目で説明を求める。

「大きな音を立ててコルクを飛ばすのは野蛮人だけ」エマは言いながら、ジーンズのポケットからクロムめっきのシガレット・ケースを取りだす。なかにはバージニア・スリムが入っている。「ゆっくりあけたら、尼さんのおならのような音しかしない」

「きみならどんなふうにあけても、大きな音はしないと思うよ」と、マカニスは言う。

＊

食事のまえに、マカニスはトイレに行くために家のなかに戻る。ブレイク夫妻の寝室の前を通りすぎたとき、そこに忍びこみ、なかを調べたいという衝動に駆られる。クローゼットを覗いたり、壁をこつこつと叩いたり。マットレスとマットレスのあいだに手を滑りこませたり、ナイトテーブルの引出しの下に封筒がテープで貼りつけられていないかどうかチェックしたり。

そう思うのは脅迫観念、もしくは本能のせいだ。痒《かゆ》いところは、どうしても引っかきたくなる。しかし、そうするのは危険が大きすぎる。少しためらったあと、トイレに向かい、なかに入ると、ドアを閉め、そこのキャビネットをあける。その小さな戸棚に、家族の秘密になるようなものがなんの隠しだてもせず無造作に置かれていることには、いつもながらに驚かされる。

読者はみな本質的に窃視者であり、あなたは探偵の肩ごしに薬瓶のラベルを覗き見るのをためらわない。

不眠症の証拠となるもの——アスピリン。バリウム。フルラゼパム。少々恥ずかしいもの——痔疾患治療薬《プリパレーションH》、膣の痒みどめ《バジシル》。普通に予想できるもの——降圧剤《ミノキシジル》。卵胞ホルモン薬《プレマリン》。好奇心をそそられるもの——中枢神《リタ》経興奮剤《リン》。向精神薬《クエイルード300》。あなたは思う。作家はその気になれば個人の薬品棚の中身だけで所有者の一代記を書くことができる。そして、こうも思う。睡眠薬の大量摂取は、しばしば（確実ではないが）殺人の手段になる。

庭に戻る途中、マカニスはキッチンで話している声をふと耳にする。ホストのドクター・ブレイクの声だ。

「言ったじゃないか。あの男をここに呼びたくなかったんだ」

「仕方がないでしょ」と、メレディス・ブレイクが言う。「まえもってジョンに頼まれていたから」

「それでも、家には入れたくない」

「どうして」

「わかってるはずだ」

「たった二、三時間のことよ」

「それだけじゃない。あいつは会員になろうとしているんだ」

　話し声が近づいてきたので、マカニスは素早く居間に入る。そこに先ほどの少年がいた。年は十歳くらい。大きな石の暖炉の前に置かれたグリーンの合皮のソファーにすわり、このときもまだノートに向かっている。ベルボトムのジーンズ、青と白のラガーシャツ、ジョックスの赤いスニーカー。うつむいて何かを書いているので、顔は茶色いまっすぐな髪に覆い隠されている。

「きみがラルフだね」と、マカニスは言う。

「ぼくの名前はラルフ・ウェイクフィールド」少年は顔をあげずに答える。「フルネームで呼ばれることはめったにないけどね」

「いま何をしてるんだい、ラルフ」

「算数。文章問題を解いてるんだよ」

「おじさんは文章問題が嫌いだった。むずかしい？」

　少年は肩をすくめる。「ちっとも」

「好きでやってるんだね。宿題じゃなくて」

「学校は関係ないよ。いまは夏休みだし」

「そりゃそうだ。夏休みを楽しんでるかい」

「さあね」

「ここで叔父さんや叔母さんといっしょに過ごすのは？」

「さあね」そのあいだも鉛筆の動きがとまることはない。「叔母さんは叔父さんがあんまり好きじゃない」

「本当に？」マカニスは笑わないように気をつけながら言う。「そのようなことを何か言ってたのかい」

「いいや。でも、わかるんだ」ここではじめて顔があがる。「おじさんは本当に探偵なの？」

「どうして知ってるんだい」

「そう言ってるのを聞いたから」

「盗み聞きをしてたんだね」

「どういう意味、盗み聞きって」

「他人の話をこっそり聞くってことだよ。場合によっては、ひとに聞かれたくないことを聞くときもある。それが探偵の仕事なんだよ」

「探偵の仕事は悪党をつかまえることだと思ってたけど」

「そういうこともある。ときにはね」マカニスはソファーに皺くちゃの紙があることに気づく。「それはなんだい」

「それって？」

「その紙のことだよ」

少年はちらっとそこに目をやる。「地図だよ。ぼくが描いた」

「見てもいい？」

返事はない。マカニスは紙を拾いあげる。最初は何かわからない。書かれた文字は小さく、描かれた線はナショナル・ジオグラフィック誌で見たエジプトの墓の見取り図のように見える（その雑誌は張りこみのとき用に何冊かまとめて車の後部座席に積み重ねてある）。そのイメージが少しずつ変わっていく。目の錯覚で老婆が若い娘に変わるように。しばらくしてそれが本当は何か理解できるようになる。

ラルフの地図
カルドウェル家
オールドバーン方向
マイアー家
舟小屋
海賊島
堰堤
ロープの
ブランコ
砂浜
ガーモンド家
テニス
コート
ウェスト・
ハート通り
方向
ブレイク家
クラブハウス
グリーンフィールド通り
遊び場
タルボット家
バー家
ウェスト・ハート川
狩猟地

「なるほど。これはウェスト・ハートの地図なんだね」

「そうだよ」

「上手に描けてるね」

「ありがとう」と、ラルフは言う。「ほしかったらあげるよ」

「本当に？」

「もういらないから」

　マカニスはもう一度地図に目をやり、それから丁寧にたたんでポケットに入れる。

「ありがとう」

「悪党を見つけて、それが誰かを殺した誰かだったら……」ラルフは首を振り、それから言いなおす。「つまり、それが殺人犯だったら、おじさんはその男を殺すの？」

「普通は殺さない。どうしてもというとき以外は」

「じゃ、誰が殺すの」

「どういう意味だい」

「ひとを殺した者は殺されなきゃならない。でないとフェアじゃない」

「そう考える者は多い。でも、悪と悪を足しても善にはならないと考える者もいる」

「マイナスかけるマイナスはプラスになる」

「本当に？　知らなかったよ」

「じゃ、殺人犯を殺すのは誰なの？　裁判官？」

「ある意味ではそうだ。裁判官か陪審員ということになるね。でも、実際に手を下すのは、刑務所の係員だ。ただし、死刑は十年以上執行されてない」

「どうして？」

「さあ、それはわからない。法律の問題になる」

「だったら殺人犯はどうなるの」

「刑務所に入れられる。たいていは長い期間」

「ぼくだったら殺す。殺さなきゃならないときには。ぼくを殺そうとしているなら」ラルフは言って、ノートに戻る。「誰だってそうすると思うよ」

「きみの言うとおりだと思う。でも、ひとはそれ以外の理由でもひとを殺す」

＊

ディナーのメニューは、カジノ風クラム（貝は氷を入れたコールマンのクーラーボックスで街から運ばれてきたものだ。それがジェームズ・ブレイクの車の後部座席に積まれているのをマカニスは見ている）、冷たいサワーチェリー・スープ、マコモの実を詰めたコーニッシュ・チキン。ワインはまず数本のお手軽なグリューナーから。そのあとに一九七〇年産のボルドーが途絶えることなく供される。その場の空気はどことなく張りつめている。マカニスはそこに数十年の歴史を感じずにはいられない。重みのある言葉。みんながわかっているので、あえて口にされない言葉。それは昔ながらの内輪のジョークで、何がおかしいのか忘れてしまっていて、話のオチで笑うこともできないでいるように思える。

「それでは、探偵さん。今度はあなたの話を聞かせてちょうだい」と、メレディス・ブレイクがマカニスのほうを向いて、他愛もない話題の提供を求める。

「そうとも。ディナーをご馳走になったお返しに」と、ウォーレン・バーが笑いながら付け加える。

「よさないか、ウォーレン」と、ドクター・ブレイクが戒める。

「話すことなど何もありませんよ」と、マカニスは言う。

「仕事じゃなくて、あなた自身についてよ。結婚してらっしゃるの？」

「いいえ」

「結婚したことは？」

「ありません」

「親密になったことは？」

「もちろんあります。土曜の夜ごとに」

「独身を後悔したことは？」

「日曜日の朝ごとに」

「アダムはジェームズと大学でいっしょだったのよ」と、メレディス・ブレイクはみんなに告げる。「でも、あなたは卒業するまえに大学を辞めたのよね。あれは十三年前だったかしら。それとも十四年前？」

「まあ、そんなところです」

「それ以来ずっと探偵をしてらしたの？」

「そうでもありません。いろいろな仕事をしました」

「たとえば？」

マカニスは指を折りながら列挙する。「テキサスの石油掘削会社。ワシントンの材木商。フィリピン人の漁船。黄金の三角地帯でのアヘンの輸送。シンガポールのナイトクラブで用心棒をしていたこともあります。その後、日本赤軍のメンバーと知りあうことになり……」

「わたしたちをからかってるのね」メレディス・ブレイクは棘《とげ》のある口調で言い、目で間違えようのないメッセージを送る——いい加減にして。

「そんなことはない。座を盛りあげようとしているだけです」

「ベトナムには行ったんですか？」と、ジェーン・ガーモンドが訊く。

マカニスは言いよどむ。「いいえ。幸運なことに心雑音があったので」

「それは幸運と言えないだろうね」と、ドクター・ブレイク。

「いつかそのせいでぽっくり逝くかもしれません。でも、今日じゃない。望むらくは明日でもない」

「明後日《あさって》でも、明々後日《しあさって》でもないことを祈って」スーザン・バーがグラスをあげて乾杯の真似をする。

「毎年毎年、われわれは何も気づくことなく死なずに過ごしているんですね」ジョナサン・ゴールドが食卓のまわりを見まわしながら言う。「その日を知ったら、われわれの暮らしはどう変わるか。その日を正確に予測できたら、われわれはそれを祝うだろうか」

ぎこちない沈黙。マカニスは酒を一口飲む。

しばらくしてエマ・ブレイクが自分でワインのおかわりを注ぎながら言う。「残酷な話ね」

マカニスはメレディス・ブレイクが娘の白いペザント・ブラウスの上の陽に焼けた肩を咎めるような目で見ていることに気づく。

「としたら、ほかの三百六十四日は気楽に過ごしていいということになります」と、ジョナサン・ゴールドが言う。

「わたしは知りたいと思わないね」と、ジョン・ガーモンド。

「わたしも」妻のジェーン・ガーモンドが同調する。

「わたしは知りたい」と、ウォーレン・バー。

夏の温かい夜に、ウォーレン・バーは少し汗をかいている。大柄で、ずんぐりしているが、太ってはいない。黄ばんだ肌。あなたはそれが先ほどクラブハウスにいた男のひとりの特徴であることを思いだしているにちがいない。タロットカードの人物のひとりを想起させる黄疸の男。すでにワインをやめて、ダブルのスコッチをあおっている。

「わたしはパーティーを開きたいね」と、ウォーレン・バーは続ける。「その日に死んだら、パーティーはお通夜になる。死ななかったら、もう一年生きのびられるので、お祝いになる。どちらになるにしても飲める」

「この憂鬱な会話をなんとかしてもらえないかしら、探偵さん」と、エマ・ブレイクが言う。

マカニスは快く応じる。「ウェスト・ハートについて興味があります。さっきクラブハウスの歴代会長のリストを見ました。ずいぶん古くまで遡《さかのぼ》れるんですね」

「前世紀の終わりまで」と、ジョン・ガーモンドが言う。「創設したのは四つの家族でね。すべての家族がいまも残っている。ガーモンド家、ブレイク家、バー家、それにタルボット家。土地が安かったときにみんなで買ったんだよ」

説明は続く。百年以上前の話になるが、ニューヨーク州ハートには、ユートピアンのシェーカー教徒がつくったコミュニティがあった。シェーカー教徒が礼拝中に震えたり、悶《もだ》えたり、踊り狂ったりして、文字どおりシェークしていたころのことだ。いまでは新しい幹線道路の両側に数件のあばら家があるだけで、町の名前が記された銘板は恋する若者たちに盗まれ、その数を減らしつづけている。イースト・ハートという地域もあり、そこには廃墟となった採石場と、かつて鉱山労働者が寝泊まりしていた宿舎がいまも残っている。

ウェスト・ハートというのは、一八九六年にクラブの創設者が購入した森につけた名前だ。当初は九百エーカーだったが、数十年のあいだにどんどん大きくなっていき、第二次世界大戦後まもなく現在の広さになった。

「みんなここで狩りをするんですね」と、マカニスは訊く。

「みんな銃を持っている」と、ウォーレン・バーが答える。「銃ですることはいろいろある」

「クローゼットには骸骨が詰まっている。床板の下には秘密が隠されている。そういう意味でしょうか」

「それを見つけだすのがあなたの仕事でしょ」と、エマ・ブレイクが言う。

「いまは仕事中じゃないので」

「あなたは、ミスター・マカニス、われわれを買いかぶっているようだね」と、ドクター・ブレイクが言う。

「誰もがそれぞれのストーリーを持っているものよ」と、スーザン・バー。「大事なのは、それをどんなふうに話すかってこと。そうでしょ、探偵さん」

マカニスはうなずいて、グラスをあげる。「ウェスト・ハートの会員各位に。そして、それぞれのストーリーに」

「クラブは変わってしまった」と、ウォーレン・バーがつぶやく。

ジョン・ガーモンドがそこに鋭い一瞥《いちべつ》をくれる。

「でも、また昔のようになるさ」

「宝くじに当たったらね」

「食事の席でお金の話をするのはお行儀が悪いわ」と、メレディス・ブレイク。

「しかも、よそから来た人たちの前で」夫が付け加える。

ジョナサン・ゴールドが言う。「だったら、政治の話をしましょうか。それとも宗教の話？　あるいは、政治がらみの宗教の話？」

「いまの時代にふさわしい常変わることのない古き良き話題だけよ」と、スーザン・バー。「愛、憎しみ、性、そして死」

「それはひとまとめにできそうですね」と、マカニスが言う。

「やっぱりなんとなく宗教の話になってきているみたい」と、メレディス・ブレイク。

ジョナサン・ゴールドが身を乗りだす。「わたしはウェスト・ハート初のユダヤ人になるかもしれませんね」

テーブルに沈黙が垂れこめる。ラルフ少年ひとりが食事中ずっと小さな声でハミングをしている。

ドクター・ブレイクが沈黙を破る。「何のことだかさっぱりわかりませんな」

「それは驚きました。当然わかっていると思っていました。その件については議論なさったのかと。ちがいますか」

「誓ってもいいが、ミスター・ゴールド――」

「ジョナサンと呼んでください」ジョナサン・ゴールドは微笑みながら言う。「いずれわれわれは隣人になるんですから」

「わかりました。誓ってもいいが、ジョナサン、われわれはあなたの入会申請についてまだなんの話もしていません」

「でも、これはクラブを変えるいいチャンスです。ちがいますか」

「それはいま話しあうことじゃありません」

「もちろん。わたしは自分が歓迎されているかどうか知りたいだけです」

「馬鹿を言っちゃいけない」ジョン・ガーモンドが口をはさむ。「歓迎されているに決まってるじゃありませんか」

「よかった。外の世界は変わりつつあります。でも、変化は一律じゃありません。もっと遅れてやってくるところもある。密室でご先祖さまの霊に囲まれていたのでは、ものの見方、考え方は当然変わってきます」

ウォーレン・バーがわざとらしく笑う。それから、みんなに向かって言う。「どうやらわれわれの重大な秘密をあかすときが来たようだ。これ以上隠しだてはできない」

「いったいなんの話をしているんだ、ウォーレン」ドクター・ブレイクの口調は冷ややかだ。

ウォーレン・バーは無視する。そして、ジョナサン・ゴールドに向かって言う。「あなたには真実を知る権利がある。これは狩猟クラブじゃない。そうであったことは一度だってない。じつは、マルクス主義の革命家集団なんだ。われわれは武器を隠し持っている。明日、銀行を襲うことになっている。人民の反乱に備えての資金を調達するために。賽《さい》は投げられた。あんたの入会儀式は警備員の殺害だ」

「やめろ、ウォーレン」と、ジョン・ガーモンドが言う。

「夫を許してやってください」と、スーザン・バーが言う。「自分ではユーモアがあると思ってるので」

「場をなごませようとしただけだよ」ウォーレン・バーはふてぶてしく微笑んでいる。「誰かがしなきゃいけないことだ。でも、ジョナサン――おっと、失礼。ジョナサンと呼んでいいかな」

「どうしてもというなら」

「では、ジョナサン、わたしも隣人たちに同意する。たしかに時代は変わりつつある。ここウェスト・ハートでも。最近のわれわれは大らかで、寛大になりつつある。新人はいつだって大歓迎だよ」ウォーレン・バーは言って、妻のほうを向く。「ちがうかい、スーザン」

「あなたがそう言うのなら」

「スーザンは新人をお迎えするのを楽しみにしている。おもてなしには特に気を使っている」そして今度はガーモンド家のほうを向いて、「あなたたちの家ではどうです。おもてなしに意を注いでいますか」

「特には」と、ジェーン・ガーモンドが答える。

「変だな。あなたたちはもっと人づきあいがいいと思っていたんだが」

「思いちがいです」ジェーン・ガーモンドは言う。その口調は棘々しい。

「それは失礼」ウォーレン・バーは言い、それからふたりの客のほうを向く。「知らないといけないから言っておくが、わたしはあまり優秀な社交家じゃない。さて、そろそろもう一杯やる時間だな」

ウォーレン・バーは席を立ち、家のなかのカウンターのほうへ千鳥足で歩いていく。あなたは彼のようなタイプの男を知っている。本のページについた染みのようにせっかくのパーティーを台なしにする鼻つまみ者。部屋に入ってくると、いつもまわりが暗くなったような気がする。あなたは彼の妻を気の毒に思うにちがいない。たとえそれがこのシーンの狙いのひとつであり、テーブルのまわりにいくつかの手がかりとともに残されたエピソードであるとわかっていたとしても。あてこすり、虫の知らせ、適切とは思えないコメント。注意深く蒔《ま》かれ、のちに芽を出すかもしれない種。ゆっくり浮かびあがってくるバックストーリー。

それでも、まだ読者はこのウォーレン・バーという男に対する警戒心を解いていない。一般論として、マーダー・ミステリにおいては、いちばん死にそうもない人物が死ぬことになっている。けれども、ひねくれた作家なら、あなたがこの定石を知っていると仮定し、ウォーレン・バーのような人物を早い段階で目立たせて、のちに被害者はまったく別の人間だったということにするかもしれない。いや、もっとひねくれた作家なら、まわりまわって元に戻り、裏の裏をかき、あなたの期待を利用あるいは悪用して、当初の人物に死をもたらすかもしれない。もちろん、手練《てだ》れの作家のなかには、殺人犯の正体を隠したり暴いたりするために、これと同じトリックを使う者もいるだろう。

＊

夜が更けていく。人々は自分が何を飲んでいるかも、どれだけ飲んでいるかももう気にしていない。ワインはスピリッツにかわり、みなへべれけになっている。とろんとした目でテーブルの上を見ているのは、どれが自分のグラスかわからないからだ。食べ物に手をつける者はいない。メレディス・ブレイクが二十マイル離れた町のベーカリーから取り寄せたストロベリー・チーズケーキには、フォークが何本も突き刺さったままになっている。食事が終わったあとのテーブルは荒れ放題だ。空のワインボトル、割れたグラス、赤黒いワインの染みがついたテーブルクロス、チキンの骨が残された大皿の上で揉み消した煙草の吸いがら。たいていのことは意に介さないマカニスも、これには目を覆いたくなる。ただ、メレディス・ブレイクに片づけを手伝うと申しでて、「いいや、どうかやらせてください」と言ったのは方便だ。家のなかに入って、キッチンのドアの後ろに立ち、カウンターの近くでジョン・ガーモンドとウォーレン・バーの話に聞き耳を立てる。

「まだ決めてないのかい」と、ウォーレン・バーが訊いている。

「ああ、まだだ」と、ジョン・ガーモンドが答える。

「ぐずぐずしていたら手遅れになる。オオカミの群れをずっとつなぎとめておくことはできん」

「考えなきゃならないことがいくつもあってな」

「感傷的になることはないさ」

ここから別の話になる。

ウォーレン・バーはせせら笑っている。「本当にあの男が救いの神になると思ってるのか」

「賭ける価値はある」

「そんなに裕福なのか」

「そう見える」

「本当に困ったことになってしまった。レジナルドが馬鹿な真似をしたせいで」

「役員会では全員の承諾を得られた。きみも含めて」

「わたしはあの男を信用していない」

「きみのことをそう言う者も多いよ、ウォーレン」

「それは正しい。わたしも自分を信用していない」

「帳尻をどう合わせるか。わたしはそのことを考えているんだよ」

「あんたには時間がもういくらも残されていない、ジョン」

「それは全員に言えることだ。ちがうか」

＊

マカニスは酔っぱらって時間を持て余している。居間にある本の背表紙をぼんやりと見やり、それからスクリーンドアを抜けて、家の裏手のポーチから庭に出る……気がつくと、無意識のうちにスーザン・バーを探している。温かい夜の空気のなかに、嗅ぎ慣れた甘ったるい匂いが漂っている。それを追って角をまわると、彼女がいた。マリファナ煙草を吸っている。

「見事に現行犯逮捕ね」スーザン・バーは建物の外側に張りだした煙突の石壁にもたれかかったまま言う。「ご存じかどうかわからないけど、ここには強硬なドラッグ反対論者がいるの。だから、こっそり悪徳にふけらなきゃならない」

「秘密の悪徳はぼくの得意分野です。秘密は守る」

口もとに笑みが浮かぶ。「あなたの年は？」

「三十五」

「まだ子供ね。わたしはいくつに見える？」

「危険な質問だ」

「正直にね」

「四十？」

「無理しなくていいのよ」

「四十五？」

「あと三ヵ月で四十六歳。あなたとは住んでる惑星がちがう。わたしが最初に投票した大統領はアイゼンハワー。二番目はケネディ——かわいそうなケネディ。それ以降は投票していない。ピルが世のなかに出まわりはじめたときにはもう結婚していた。六〇年代はほかのひとに起きたこと。輝かしい未来の夢は雑誌で読んだだけ。全部、素通りよ。結果的にはそれでよかった。そのあとに冬の時代が来ても、何も失った気にならなかったから。子供ができなかったというのも不幸中の幸いだった」

「ぼくにも子供はいない」

「どういうことかわかるってことね」

「そう」

マカニスはマリファナ煙草を手渡されるのを待って

いる。だが、スーザン・バーはてのひらを裏返して手を前にのばす。自分の指先から吸えということだ。マカニスは唇に触れる肌の温もりを感じながら煙を肺に入れる。

「それで、あなたは何をしていたんです」

「いつのこと？」

「あなたが六〇年代を素通りしていたとき。まわりの連中が政府機関を襲撃したり、メスカリンを売ったり、革命の構想を練っていたときに」

「あなたもそういったことをやってたの？」

「いいや」

「でしょうね。わたしが何をしてたのかって？」スーザン・バーは思案顔でため息をつく。「お金を使いまくったり。テニスのレッスンを受けたり。三文小説を読んだり。バーグドーフのメーキャップ・ガールとファーストネームで呼びあう仲になったり。ジーグフェルド劇場でイングマール・ベルイマンの映画を観たり。朝はブランチから始め、ディナーまでお酒を飲んでたり。友だちをつくっては失ったり。数年ごとに新しいリビングルーム・セットを買ったり。夫より一週間早くクラブメッド・ラ・カラヴェルに行ったり。でも、だからどうだっていうの。ときどき思うんだけど、人生って単に時間をやりすごすことじゃない？」

「離婚だってできたはずだ」

「ええ。でも、何をするために？」

マカニスは思いきって言う。「そろそろ部屋のキーをさしだして、小声で時間を告げる頃あいじゃないかな」

スーザン・バーはひとしきり息をとめて思案をめぐらせる。「残念ながら、ミスター・マカニス、ここはホテルじゃない。少なくともいまのところは」

「わかってる」

「でも、クラブハウスにはいくつもの部屋がある。三階には、鍵がかかっていない空き部屋もある。三〇二号室はほかの部屋よりくつろげるかも。気が立って眠れないひとは夜——夜の十二時ごろそこへ行けば気晴らしができるかもしれない」

　マカニスはうなずく。「夜の十二時だね」

「もうこれ以上話すことはない。これ以上話したら、気が変わるかもしれない」スーザン・バーは言いおいて、マリファナ煙草をブレイク宅の壁で揉み消し、拍手喝采のなかでの退場に慣れている舞台女優のように歩き去る。

＊

　クラブの敷地のほとんどはモミの木に覆われているが、このあたりにはカエデやカバが多い。月はその上にのぼり、湖面に乳白色の大きな光を反射させている。マカニスは外で数分待ち、誰にも見られていないことを祈りながらテラスに向かったが、そこでウォーレン・バーに見つかってしまう。少しためらい、だが仕方がないのでそのまま歩いていく。いろいろなことを考えながら。この男は嫉妬深いだろうかとか。これまで自分がどこで何をしていたかを知っているだろうかとか。もしくは疑っているだろうかとか。気にしているだろうかとか。

「きみとはこれまでずっと話す機会がなかった」と、ウォーレン・バーは言う。大きな身体がアディロンダック・チェアに沈みこんでいる。手にはホワイト・アウルの葉巻を持っている。

「そうですね。でも、いま話せます」

「探偵だってな」

「ええ」

「何か見つかったか」

「いまですか。若干の傲慢さが見つかりました」

　ウォーレン・バーは目を細め、それから大きな声で笑う。「それはいい。上等だ」そう思っていないのはあきらかだ。「つまり、いまの話も過去の話もできないってことだな。職業倫理の問題とかなにやらで」

「まあそんなところです」

「じゃ、一般論としてはどんな仕事を？　離婚？　女房の浮気？　夜、窓ごしの写真撮影？」

「どうしてそんなことを訊くんです。誰か雇いたいのですか」

　口もとに残っていた笑みが消える。「きみにはユーモアがある。それはいい」冷ややかな口調だ。「でも、その口のきき方。それはよくない。もちろん、ここにいる者はみな紳士であり、友人だ。でも、街に戻れば、そのユーモアと口のきき方は、災いを招きかねない。気をつけたほうがいい」そして、にこっと微笑みかける。「マカニスだったね。アダム・マカニス」その口調には、名前を正確に記憶にとどめ、あとで紙マッチの内側か場外馬券の裏に書きとめて、事後処理を請けおった男の手袋をはめた手に握らせるためではないかと思わせるような響きがある。

「そう。マカニスです」

「話せてよかった。じゃ、わたしはこれで失礼するよ」ウォーレン・バーは空のグラスを持って、カウンターのほうへ歩いていく。

　その様子を見ていたジェームズ・ブレイクが、首を振りながらテラスを横切ってやってくる。「用心しろ、アダム。あの男とはかかわりにならないほうがいい」

「そうなのかい」

「ウォーレン・バーは個人経営の金融業者だ。どうにもいかがわしい。どんな顧客を抱えているのか知る者はいない。でも、それがまともな人間じゃないのはたしかだ。どういう意味かわかるな。政府に気づかれずに金を隠しもつ必要のある者ってことだ。一度、父に〝処分〟をまかせることができる男がいるという話をしているのを聞いたこともある」

「ぼくを処分するかもしれないということかい」

「用心しろと言ってるんだ。それだけのことさ」

ジェームズ・ブレイクはクラブの会員の職業について話を続ける。だが、それはファイルに収められているものばかりなので、マカニスは話を聞くかわりに昔なじみを観察している。週末に自分をここに招待するように仕向けるのは簡単だった。そういう男なのだ。ひとを信じやすくて、気がいい。コロンビア大学のほかの連中はブルーカラーの子弟には近づかないが、ジェームズはちがった。迷い犬を引き取るように自分を受けいれてくれた。自分が青灰色の制服を着て学生食堂でアルバイトをしているのを見ても、なんの分け隔てもしなかった。ほかの者は後片づけは他人の仕事と決めつけて汚れた皿をテーブルに置きっぱなしにしていったが、ジェームズはちがった。いまは少しばかり体重が増え、髪の色より濃いブロンドブラウンの口ひげを生やし、サンダンス役のロバート・レッドフォード然としている。ほかは変わりない。まだ独身。それが両親の大きないらだちと、まわりの者の陰口の原因になっている。もちろん、その点についてどのような秘密が見つかったとしても、依頼人に報告する必要はない。

「ひとつ訊いてもいいかな」と、マカニスは言う。

「質問によるね」

「このクラブは経済的に厳しい状態にあるのかい」

「どうしてそんなことを訊くんだい」

「そういう話を小耳にはさんだので」

「ああ、そうだ。詳しいことは知らないけど、たぶんそうだと思う。なぜかはわからない。クラブの売却話が出ているようなんだ。もちろん反対する者もいる。どう考えたらいいかわからない者もいる」

「きみはどう思ってるんだい」

「べつに」

「なんの意見もないのかい」

「ぼくに意見を言う権利はない。両親が会員なだけで、ぼくは会員じゃないから。子供のうちは会員扱いだが、成人になれば自動的に会員の資格を失うことになる。なので、いまはただの滞在客なんだよ」

「ぼくと同じように？」

「そのとおり。どうしても会員になりたければ、自分でロッジを買い、自分で会費を払わなきゃならない。でなかったら、両親が死ぬのを待つしかない」

＊

バー夫妻と甥のラルフが最初に帰った。立ち去るとき、スーザン・バーはマカニスに一瞥《いちべつ》もくれなかった。巨体を揺すりながら歩いている夫のあとを追って、道路のほうへ向かっていく。それからしばらくしてジェーン・ガーモンド。「いま帰らないと、お宅のソファーで寝落ちしてしまうわ」と、メレディス・ブレイクに向かって言う。夫といっしょではない。見ると、ジョン・ガーモンドはひとりテラスの椅子にすわって、アルマニャックをちびちび飲んでいる。マカニスはこの機会を待っていた。

後ろから近づいていって声をかける。「先刻のお手並みは見事でした」

「先刻というと？」

「犬の件です」

ジョン・ガーモンドは苦々しげに顔をしかめる。

「ああ。困ったもんだよ」

「何が起きたとお考えです」

「さあ、それはわからない」

「考えられることとは？　思いあたることとかは？」

ジョン・ガーモンドはドングリ型のグラスの内側を見つめ、それから一口飲む。白いポロシャツにサワーチェリー・スープをこぼしたあとがついている。「どんな男でも、あるいは女でも、バックミラーを覗きこみ、復讐の機会が与えられたら、それを実行する可能性はある」

「というと、あれはわざとやったことだとお考えなんですか」

「アレックス本人だって、その点は定かじゃあるまい。動機というのはおかしなものだ。わたしの妻は大の探偵小説愛好家でね。その種のストーリーにはかならず単純でわかりやすい動機がある。愛とか、憎しみとか、強欲とか。でも、実際はちがう。きみも職業上よくわかっていると思うが、ひとを殺したい理由は千差万別だ。なかには、本人自身がわかっていない場合もある」

「ぼくにわかっているのは、たいていの場合、危害を加えるのはもっとも親しい者だってことです。特に愛している者、でなければ逆に愛されている者です」

「同感だ」ジョン・ガーモンドは真顔で言い、それからクラブの敷地を手振りで差し示す。「きみはここのすべてが古臭く、遅れていると思っているにちがいない」

「さあ、どうでしょう」マカニスは注意深く答える。

「いまの時代にまったくあっていない」

「こんな時代なので、もしかしたらそれは悪いことじゃないかもしれません」

「昨今の風潮からすると、伝統について話すのは野暮ということになる。でも、そんなことは気にすまい。ありがたいことに、わたしには息子がいる。わたしの祖父はこのクラブをつくる手伝いをした。息子が祖父になったときも、消滅せずに残っていてくれたらいいと思っている」ジョン・ガーモンドは指で髪を梳《す》いている。それは必要以上の何かをしゃべろうとしているときに出る癖かもしれない。マカニスは彼と同じような依頼人が何人かいたことを思いだす。順風満帆の人生を送ってきた成功者だが、みなどこかで何かを間違えたのではないかという漠然とした不安を抱いていた。誰の説明を聞いてもぴんとこない。妻はどんな贈り物をしてももう以前のように喜んでくれない。ニュースキャスターは自分が理解できない世界のことをしゃべっている。すべてを手に入れたが、それはなんの意味もないものではないかとひそかに思っている。けれども、あまりにも自尊心が強すぎるので、精神科医や司祭のところにはいけない。それで、マカニスに金を払うことになる。

「きみは虚しさを感じないか」と、ジョン・ガーモンドは続ける。「表面上は何も変わらない。まったく同じように感じられる。だが、軽く叩くと、なかが空洞になっていることがわかる。強く叩くと、割れて粉々になる」

「ウェスト・ハートのことを言っているんですか」

ジョン・ガーモンドはため息をつく。「いいや、あらゆることについてだ。わたしが失ったいちばん大きなものは何かわかるかね。ニューヨーク——昔のニューヨークだ。かつてはそこを愛していた。ジェーンといっしょによくレストランや美術館や劇場に行った。ラムジーはパブリックスクールに通っていた。あのころは日が暮れてからセントラル・パークを散歩することもできた。が、何もかも変わってしまった。どうしてそうなったのかわからない。誰のせいかもわからない。もしかしたら、みんなのせいかもしれない。とにかく、街は正常に機能しなくなった。ゴミは収集されずに路上に捨てておかれている。ラムジーは三日続けて強盗にあった。小説家が市長選に立候補しはじめた。隣人たちはわれわれにフリーセックスを楽しんでいるかと訊く。わたしの生真面目な友人たちは神経衰弱になった。いまのニューヨークはわたしを悲しませるだけだ。先はない。銃で撃たれた獣が、死にかけているのに気づかず、森のなかをよろよろ歩いているようなものだ」

「〝大統領からニューヨークへ——くたばってしまえ〟ですね」と、マカニスは言う。当時デイリー・ニューズの見出しになった文言だ。

「まさしくそのとおり」

「ウェスト・ハートは防波堤だというわけですね」

「あるいは避難所。いいかね。わたしはこの場所になんの幻想も抱いていない。戯画化するのが簡単だってことはよくわかっている。それがきみの目にどう映っているかも想像がつく。それは変わる必要がある。疑問の余地はない。でも、抗う価値はある。変えるために、すべてを焼き払う必要はない」

「まだウェスト・ハートのことを話しているんですか」

口もとに気むずかしげな笑みが浮かぶ。「いいや、あらゆることについてだ」

ここでジョン・ガーモンドは前に身を乗りだす。マカニスはその視線の先を見やる。クラブハウスの方向の森のなかで人影が動いている。

「おーい！」ジョン・ガーモンドが叫ぶ。「おーい！」

返事はない。

「聞こえてないんでしょう」

「いいや、聞こえているはずだ」

「誰なんです」

「会員の誰かが酔っぱらって森のなかをうろついているんだろう。でなかったら、フレッド・シフレットだ。必要でないときは、誰にでも返事をしない」

ふたりは静かに話を続ける。あなたはその場の雰囲気が和らぎ、ものの動きが緩慢になるのを感じる。ジョン・ガーモンドを描写するトーンにも変化が生じる。皺だらけの顔、疲労の色濃い目、力なく垂れた肩。それは読者の同情を呼ぶ。少なくとも、感情移入はできる。どこかから鳥がさえずる声が聞こえてくる。夜のこの時間の鳥の鳴き声は、獰猛な獣が近くにいることを意味している。あなたはとつぜんジョン・ガーモンドの運命に対して強い恐怖を覚える。

クラブの会長の口からため息が漏れる。

「おやすみ、ミスター・マカニス」

「おやすみなさい、ミスター・ガーモンド」

マカニスは腕時計に目をやる。午後十時二十五分。

*

真夜中の十二時十分。クラブハウスのどの窓も暗い。マカニスは用心しながらなかに入る。誰かに見つかったら、言いわけもできないし、すっとぼけることもできない。メインフロア、二階、三階。三〇二号室。ドアノブに手をのばす。だが、手を触れるまえに、ドアノブはまわり、ドアが内側から静かに開く。部屋にはスーザン・バーがいる。マカニスはなかに入る。しばらくふたりは何もしない。一線を越えるまえのスリルを楽しんでいるのだろう。お楽しみの先のばし。どちらも心臓がどきどきしていることに気づく。それからキスをする。まだどちらも無言のままでいる。ベッドに倒れこむ。

しばしのあと、スーザン・バーがささやく。「窓をあけて」

マカニスは起きあがり、カーテンを引いて、窓をあける。月明かりが部屋にあふれる。夜気が汗に当たって、身体がぶるっと震える。自分の胸には古い傷あとが皺のようになって残っている。さっき、彼女はそれを指でなぞっていた。いまはそれを見ているにちがいない。ウィンストンを一本持って、ベッドへ戻る。

「あなたが何を考えてるかわかるわ」スーザン・バーが小さな声で言う。

「手相も診るのかい」マカニスも小さな声で言う。

「あなたはこう考えてる。この女は週末ごとに新しい男を部屋にひっぱりこんでいるのか」

マカニスは首を振る。「ちょっとちがう。本当はこう。彼女はどうやって獲物を選んでいるのだろう」

「どういう基準か知りたい?」

「興味はある」

「背が高くて、陽に焼けていて、ハンサム。嫉妬深い夫に殺されるのを恐れていない」

「殺される可能性があるのかい」

スーザン・バーは肩をすくめる。「相手によるわね」

「きみの夫はクラブを売りたがっているのかい」

「どうしてそんなことを訊くの? なぜ気になるの?」

「ただの好奇心。そういう話を小耳にはさんだので」

「本人に訊くべきね」

「訊いても、話してくれるとは思わない」

「あのひとにとって、ビジネスというのは借りて使うってことなの。うまく使えば、借りたものをかえしたあとも、多くのものが残る。使い方を間違えたら、不愉快なひとと不愉快な話をしなきゃならなくなる」

「彼は金を必要としてるってことだね」

「さっきの話だけど、基準はもうひとつあるの」スーザン・バーは急に話題を変える。「とても大事なことよ」

「というと?」

「需要と供給の法則に関係のあること。わたしの需要は大きい。でも、供給はとても少ない。残念ながら、あなたしか選択の余地はなかった。悪い選択じゃなかったけど」

「きみは会員候補の弁護士を選ぶこともできたはずだ」

「夫の商売仲間は避けることにしてるの」

長い——長すぎる無言の時間。マカニスは注意を払って言う。「きみの夫はまえからジョナサン・ゴールドを知ってたのかい。クラブへの入会申請をするまえからってことだけど」

スーザン・バーは身体を横向きにする。「夫のことを聞きだすのにベッドのなかでの睦言を利用するなんて、情けない探偵ね。もっと刺激的な質問はないの？」

「そうだな。ひとつある」

「どんな？」

「きみのお眼鏡にかなうのは訪問客だけ？　それとも、クラブ内の人間でもかまわない？」

「もちろん」

「たとえば誰？」

「当ててみて」

「ジョン・ガーモンド」

「どうしてそう思うの？」

「きみを見ているぼくを見る目つきで」

「警官の直感？　でも、ちがうわね。あなたは警官じゃない」

「訊きたいことはほかにもある」

「どうぞ」

「どうしてみんなアレックス・カルドウェルがダンカン・マイアーの犬を殺したがっていたと考えているのか。図書室の銘板のひとつがなくなっているのは――」

「シーッ」スーザン・バーが遮る。

「えっ？」

「聞いて」

　廊下の先の別の部屋から、ごく小さな話し声が聞こえてくる。そして、うめくような声。もしかしたらため息かもしれない。沈黙に想像力が掻きたてられる。

　マカニスにはそれが誰の声かわからない。スーザン・バーにはもちろんわかっている。

「誰なんだい」

「いまあなたに話したら、明日あなたが自分で調べる楽しみを奪ってしまうことになるわ」

「ぼくはここに誰かのことを調べにきたんじゃない」

「それはわかってる」

廊下の先の部屋から耳慣れたリズムの音が聞こえてくる。スーザン・バーの息づかいが荒くなるのがわかる。

「もう一回どう？」

＊

マカニスは目覚める。何かに眠りを妨げられたのかもしれない。そのとき聞こえた。ドアの外のきしみ音。床板がそのことを教えてくれている。誰かが廊下をゆっくり歩いているのだ。その足音を形容する言葉は〝ひそやかに、しずしず、そろりそろり〟といったところで、そういったことを考えると、どうやら女性の足音のようだが、あなたはそれが作家のフェイントであり、読者の目をあやまたせるための小さな嘘かもしれないと考えているにちがいない。マカニスはベッドに横たわったまま耳をそばだてている。足音は廊下を忍び足で歩いていき、別のカップルがいるドアの前で立ちどまる。ここであなたはいくつかの問いを発する。その人物は部屋に入っていくだろうか。ベッドの脇に静かに立ち、何も気づかずにすやすや眠っているふたりを見つめるだけだろうか。拳銃を持っているのではないか。それを使うような怒りを覚えているのではないか。としたら、拳銃の狙いを定める手は震えているだろうか。どっちを先に撃つか。

なんらかの手を打たなければならない。だが、それはドアノブがまわり、蝶番《ちょうつがい》がきしむ音がしたらの話だ。待つ。なおも待つ。しばらくして、足音は廊下の反対側の階段のほうへ消えていく。

＊

アダム・マカニスはいまブレイク宅へ戻ろうとしている。さっきは廊下を歩いていた人物のあとを追うつもりだった。だが、ベッドから静かに起きあがり、素早く服を着て、振りかえると、スーザン・バーがたくしこんだシーツから見つめていた。

「たいていはわたしのほうが先に帰るの」

「ぼくもそうだ」

「明日は大かがり火よ」

「もう明日になってる」

「じゃ、今晩ね」

「そこでまた会えるね」

「大かがり火というのは、異教への先祖返りみたいなものなの。火によって罪のあがないをするのよ。でも、それはウェスト・ハートのいくつもある行事のひとつにすぎない。わたしはなんの興味もない」

　マカニスは前かがみになって別れのキスをした。スーザン・バーが身体の向きを変えたとき、腰に打撲のあとがあるのに気づいた。テニスボールぐらいの大きさで、月明かりの下で青黒く見えた。

　いまマカニスはブレイク宅のすぐ前まで来ている。未舗装の道の先に人影が見える。目の錯覚ではなく、たしかに見える。マカニスと同様、懐中電灯を持っていない。だが、マカニスとちがって、道をよく知っているようだ。先に見た人物と同じかどうかはわからない。たぶん、ちがうと思う。人影はクラブの広大な敷地のなかの十字に交差している小道のひとつに消える。腕時計を見ると、午前二時五十六分。

　マカニスは盗《ぬす》っ人《と》のようにブレイク宅にこっそり忍びこみ、自分の部屋に入って、服を着たままベッドに倒れこむ。酒とセックスと二日酔いの予感で頭はどんより濁っている。疲れすぎていて、この日紹介された者たちについて考えることもできない。だから、あなたがかわりに考えてほしい。ひとりひとり。羊を数えるように……

　ジェーン・ガーモンド——傷を隠そうとしている。

　レジナルド・タルボット——図書室にふらりと姿を

現わした。
ウォーレン・バー――威嚇的。
ジョナサン・ゴールド――新参者ではないが、そのふりをしている。
アレックス・カルドウェル――強い復讐心を持つ（あるいは、そう考えられている）。
クローディア・マイアー。
ジョン・ガーモンド。
スーザン・バー。
別の部屋のカップル。
廊下にいた誰か。
森のなかの人影。

文章問題

1　彼女の体重は百三十五ポンド。ベッドサイドの瓶には、十ミリグラムの睡眠薬が二十五錠入っている。ウォッカの瓶には、酒が半分ほど残っている。外の気温は摂氏二十三度。空は曇ってきていて、彼女は三日間ほとんど家の外に出ていない。**彼女が翌朝まで生きている可能性はどれくらいあるか。その根拠も明示しなさい。**

2　ある女性の夫が地面から十フィート上につくった狩りのための見張り台に腰をかがめて、ウィンチェスター70を構えている。標的との距離は五十ヤード。南西から時速五マイルの風が吹いている。自宅のポーチでは、妻が目もとから髪を払いのけている。その姿はふたりがはじめて出会ったころと同じく美しい。**夫は銃の引き金をひくだろうか。**

3　その女性は愛していない男と二十五年間結婚生活を送っていて、八年前から別の男と性的な関係を持っている。浮気の相手は近所に住む男で、二十四年連れそった妻がいる。ふたりはおたがいの配偶者を同伴して、だいたい六カ月に一度ずついっしょに食事をとっている。月日がたてばたつほど、平和的な解決の可能性はゼロに近づいていく。**彼らの欲望に限度はあるのか、それともないのか。**

4　そのナイフは七年前にカナダで製造された。六インチの鋸刃で、鋭利度は三百BESSである。キッチンの引出しに五年間収納されていた。彼女はこの家で週末を過ごすことに嫌悪感を抱きはじめている。**彼女が彼の首にナイフを突き刺すことを考えた時間は全部でどれだけか、分の単位まで答えなさい。**

5　その夫婦の息子は五年前に自動車事故で死亡した。事故を起こした車を運転していた男の血中アルコール濃度は〇・一七パーセント。制限速度を三十マイル超えて運転していた。シートベルトは締めていた。夫婦の息子は締めていなかった。夫婦は加害者の両親と昵《じっ》懇《こん》の間柄だった。**彼らの心の傷が癒えるために必要な、悲しみに対する憎しみの最小比率を答えなさい。**

6　探偵は人里離れた土地で眠っている。まわりにいるのは初対面の者ばかりだ。いちばん近くの警察施設までは十六マイル、いちばん近くの病院までは二十二マイルの距離がある。それぞれ別の動機を持つ複数の被疑者に囲まれている。敷地内には百二挺の銃器がある。**探偵は危険に気づいているか。**

金曜日

「なぜなら」と、医師は率直に言った。「われわれは探偵小説のなかにいるのであって、そうではないふりをして読者を欺くことはできないからだよ」

目を覚ましたときには、頭がガンガンし、口はカラカラになり、開いた窓から情け容赦なく降り注ぐ陽が眼球をアイスピックのように突き刺していた。昨夜の服を着たままだ。酒とセックスの匂いがまだ残っている。シーツが湿っているのは睡眠時の驚愕症のせいだ。たいていはドラッグやウィスキーで抑えこめるが、そういったものがまったく効かないときもある。特に、街なかの猛烈に暑い夏の日には、隣人の目に〝悲鳴が聞こえたぞ〟という表情が宿っていることが多い。

そんなある日のことだ。アパートメントから出ようとしたとき、わたしの隣の部屋に住んでいる女のところへときどきしけこんでいる男に呼びとめられた。その男はゴミバケツに腰かけて煙草を喫《す》っていた。

「やあ」

「なんだい」

「煙草を持ってないか」

わたしは男の口もとに目をやった。「一度に二本喫うのかい」

男は煙を吐きだしながら笑った。「そうじゃない。取っておいて、あとから喫うんだよ」

男はポン引き《ピンプ》風の派手な格好をしていた。実際にそういう仕事をしているのかもしれない。煙草を渡すと、男はそれを帽子のリボンにはさみこんだ。

「ええっと、もうひとつ……」

「なんだい」

「ゆうべの悲鳴はなんだったんだ」

その質問に答えるべき答えはなかった。誰もが自分のようにベトナムから帰還したわけではない。特に初期の段階では、そんなことを気にとめる者はひとりもいなかった。反戦運動も、デモ行進も、若者たちが州兵の銃口にデイジーの花をさすのも、もっとあとのことだ。アレン・ギンズバーグがペンタゴンを宙に浮かせようと試みるのも、ウォルター・クロンカイトが爆弾発言をするのも、ニューヨーク・タイムズ紙にナパーム爆弾のことが載るのも、もっとあとのことだ。そのころは誰にも理解できなかった。わが身に何が起きたのか。なぜシーツが汗まみれになるのか。なぜ会ったばかりの女がベッドから飛びだして、わたしを揺さぶり起こし、〝深刻な問題を抱えていることにあなたは気づいてる？〟と訊くのか。なぜ近所の女たちが訝しげな目で自分を見るのか。

　わたしは起きあがり、両手で頭を押さえた。ブレイク家の家人は悲鳴を聞いただろうか。もし聞いたとしたら、どう説明しよう。

　煙草に火をつけ、厄介なことは考えまいとした。新しい依頼人――現時点ではわたしの唯一の依頼人が本当のことを言っていない可能性はあるか。この仕事は〝簡単〟で、しかも〝いい稼ぎになり〟、間違いなく〝時間を割く価値はある〟とのことだった。仕事の内容は曖昧で、怪しげだった。

「目を光らせ、耳をそばだてていてもらいたい」

「何に対して？」

「変だぞと思ったすべてのことに対して。あるいは、臭いと思ったすべてのことに対して」

「自分がそう思ったり、思わなかったりすることは、あなたがそう思ったり、思わなかったりすることとちがうかもしれません」

「たしかに。でも、言葉はあなたを縛る。あなたの考えを制限したり、先入観を植えつけたりする。〝象のことは考えるな〟という言葉がありますよね。そう言われたら、あなたは知らず知らずのうちに象のことを考えてしまう。何を調べるかを教えたら、あなたは無意識のうちにほかのことを遮断してしまう。そうしてほしくないのです。あなたに白紙の状態でいてもらいたいのです、ミスター・マカニス。スズメバチを駆除するには、何も知らない者を送りこむにかぎります」

「物騒な話ですね」

「調査の成功を祈っています。どうかお気をつけて……」

釈然としないものはあったが、ほかに仕事はなかったし、夏のニューヨークの銃撃戦とヘロイン汚染のひどさを考えたら、ノーとは言えなかった。次のステップは簡単だった。依頼人の指示どおりに、大学時代の友人のジェームズ・ブレイクに電話をかけ、市内はあまりに暑いのでどこかで休暇をとろうと思っていると言うと、だったらウェスト・ハートに来たらどうかという話になった。わたしは驚いてみせ、感謝し、そうすると答えた。それから、市庁舎と四十二丁目の公立図書館へ行き、午後から半日かけてクラブの歴史を調べた。さらに依頼人のことと、その依頼人の依頼人のことも数日かけて調べた。通常の、しばしば有益な予防措置だ。そして、昨日の朝に、ジェームズ・ブレイクがロワー・イーストサイドにやってきて、わたしがゴミや使用ずみのコンドームや注射器の破片が散らばる歩道を横切っているあいだ、自分の車に寄りかかって呆れたように首を振っていたのだった。

「こんなところに住んでいるなんて信じられないよ」

「潜入捜査だ」

「どれくらいになるんだい」

「十年ほど」

「親父さんと同じように警察官になったほうがよかったんじゃないか」

「親父もよくそう言っていた」

そしていま——わたしはここにいる。森のなかの別荘で、二日酔いの頭を抱えながら次の策を練っている。

このモノローグはにわかに狭まった新しい視点、すなわち〝わたし〟という一人称の主人公によって語られている。あなたがアガサ・クリスティーの『アクロイド殺し』をはじめて読んだとき以来、懐疑心を抱くようになった視点だ。総じて、それはあなたにフラストレーションを与える技法といえる。あなたは主人公の頭のなかにいるが、その頭の一部は壁に囲まれていて、そこにはあなたが知りたくてならない情報も含まれている。誰が彼を雇ったのか。依頼人はどうやって彼を見つけたのか。依頼人はどうやってジェームズ・ブレイクを知ったのか。なぜウェスト・ハートなのか。

　だが、いまわかっていることもある。大事なのは、マカニスがこの週末に狩猟クラブにいるということであり、彼が雇われたのはブレイク家を以前から知っていたからということだ。そして、あなたが少しばかり悲しく思っているのは、彼がスーザン・バーと一夜をともにしたのは、じつのところ計算ずくだったかもしれないということだろう。探偵が目撃者や容疑者と思われる人物と関係をもつのは仕事のためと割りきる者は多い。だが、あなたはそれが単なる辻褄《つじつま》あわせであり、彼らが自分自身に対してつく嘘であると思いたがっている。探偵が女性を誘惑するのは、危険が欲望を掻きたてるからであり、実際の探偵としてではなく、女性が本で読んだり映画で観たりする探偵として彼女の人生にかかわっていくからだと思いたがっている。事件が解決すれば、探偵は去り、彼女は元の暮らしに戻り、それ以降何年も、あるいは何十年も秘密を後生大事に守りつづける。もちろん、彼女が殺人犯ではないとしたらの話だが……

　あなたがこんな考えにひたっているとき、マカニスは部屋のなかをよろけながら歩いている。シャツを着替えたとき、彼の背中に引っかき傷があることにあなたは気づく。彼は整理だんすのいちばん上の引出しの奥からプラスティックの小さな薬瓶を取りだし、顔をしかめながら、水なしで二錠服《の》みくだす。それからキッチンに歩いていく。ブレイク家の面々はまだ眠っている。自分でコーヒーを淹《い》れるのは面倒なので、家を出て、前夜歩いた道をクラブハウスに向かう。

＊

静かだ。厨房からベーコンの焼ける匂いがする。ロビーから女たちの話し声と、管理人のフレッド・シフレットの下卑《げび》た笑い声が聞こえてくる。雇い主が眠っているのをこれ幸いとばかりに、従業員同士でふざけあっているのだろう。わたしは階段をのぼり、図書室に向かった。とりたてて理由はない。強いてあげるなら、昨日クラブの経理担当のレジナルド・タルボットがわたしをそこから追いだしたがってるように思えたからだ。

わたしはウェスト・ハートの会報が詰まった書棚の前に立った。自分が何を探しているのかわからないときは、どこからでも始めることができる。適当に棚から取りだして、十年ずつくらいの間隔をおいて順々に拾い読みをしていく。時代とともに、女たちのスカート丈は短くなる。男たちの髪は長くなる。一九七一年の会報ではじめて（そして唯一の）黒人の男の写真が出てくる。ゲストだろうか。ジェームズ・ブレイクの隣で微笑んでいる。そのとき、歴代会長の銘板のなかで一九三五年から一九四〇年のものがなかったことを思いだして、古い会報のほうに目を向けた。

一九三一年六月の記事によると、〝現在の経済危機がもたらす会員の財務状態に鑑《かんが》み、クラブの運営費の不足分を補うため、われわれは製材会社に樹木を売却することにした〟らしい。ここに来る途中、皆伐《かいばつ》地で目にした木材運搬用トラックから察するに、どうやら最近もまた同じことをやろうとしているようだ。

一九三二年三月には、〝著名な〟ジョージ・ロバーツ博士を招いて、人間の体内の電気システムの謎を解く〝驚嘆すべき〟発見についての講演会が催されている。博士のオシロスコープによる測定によると、アイルランド人の血液の電気抵抗は十五オーム、イタリア人は十二オーム、ユダヤ人は七オーム……

一九三三年十二月の写真には、クラブハウスのポーチで満面の笑みを浮かべてハイボールのグラスを掲げる二組の男女が写っている。見出しは〝禁酒法の廃止――ウェスト・ハートに酒《スピリッツ》が戻る〟。皮肉と風刺がところどころにちりばめられた上機嫌の論調からして、実際にはウェスト・ハートから魂《スピリッツ》が消えていたことはなかったにちがいない。

一九三八年七月の記事の見出しは〝リンドバーグとフォード、ウェスト・ハート訪問〟となっていて、写真には、ひとりの男が強い陽ざしに目を細めて、ふたりの有名人を出迎えているところが写っている。添えられた説明文には〝ドクター・セオドア・ブレイクに迎えられるアメリカのヒーロー、チャールズ・リンドバーグとヘンリー・フォード。当地での講演のなかで、ヨーロッパの現在の政治状況について語る〟とある。二枚目の小さな写真には、リンドバーグが腰をかがめて、緊張した面持ちの少年と握手をしているところが写っている。わたしは目をこらした。その少年が誰かはすぐにわかった。

〝ふたりは大勢の聴衆の前で……〟から始まる記事を読みはじめたとき、床板がきしむ音が聞こえた。

フレッド・シフレットだった。コーヒーカップを手に持って立っている。待ち伏せ攻撃が成功したかのような得意げな顔をして、非難がましい口調で言う。

「ずいぶん早起きですね」

「臭いを嗅ぎまわるのは早い時間に限る」

フレッド・シフレットはゆっくりコーヒーを飲んだ。なにやら楽しそうだ。がさがさの肌、短く刈りこんだ髪。おそらく韓国人だろう。

「ここで何をしてるんです」

「暇つぶしだよ。狩猟には興味がないので、ここに並んでいる本を見ていた。何か問題でも？」

「クラブの会報です。誰にとっても面白いものじゃありません」

「好奇心が旺盛なもんでね。なんでも読む」

「あなたはひとりでここに来て、忍び足で二階にあがり、図書室の本をあさっていた。ミスター・ガーモンドが知ったらなんと言うでしょうね」

「試しに話してみたらどうだい」

フレッド・シフレットは顔をしかめた。「わたしはあなたを信用していません」

「ひとを見る目があるね。でも、なぜぼくに構うのかは正直わからない」

「わたしはここの管理人です。ここに住んでもいる。ここはわたしにとっても我が家なんです」

「本当に？　ここに来る途中、何軒もの家を見たが、あんたの家はどうやら見落としたようだ。どこにあったんだろう」フレッドは冷ややかな目でわたしを見つめている。挑発に乗ってくる様子はない。少なくともいまのところは。「それはクラブの仲間内で小屋《キャビン》と呼ばれているらしい。それで、あんたの小屋はどこにあるんだい。森の奥深くの人目につかないところ？　クラブの会員に迷惑がかからないように？」

「あなたはわたしの何を知っているというんです」

「いろいろある。あんたはみんなから軽んじられているってこととか。必要なとき以外は、見向きもされないってこととか。あんたの一年間の稼ぎは、彼らの飲み代にも満たないにちがいない。あんたが年をとったり、病気になったりして、木を運んだりトイレを直したりできなくなったら、彼らはすぐにかわりの者を見つけてくる。あんたには目もくれないはずだ。ちがうかい」

「どっちにしても、あなたはいますぐここから出ていくべきです」

「あんたに忠誠心があることはわかる。それは大事なことだ。でも、忠誠心は相互的なものでなきゃならない。あんたはここの連中をずっと見てきた。彼らが何を持っているかも知っている。もしかしたら、彼らの留守宅に忍びこむようなことまでしたかもしれない。自分ならそうしただろう。そして、彼らが何を持っていて、どんな生活をしているかたしかめる。彼らは自分たちが利口で、うまく秘密を隠していると思っているが、じつはそうじゃない。だから、ぼくはここに来ているんだよ」そこで少し間を置いた。「ぼくに知らせたいことや、何かおかしなことがあったら、知らせてくれ」

「わたしだったら何に気をつけるかというと――」

フレッド・シフレットの言葉は、外からの車のエンジン音に遮られた。ピックアップトラックが砂利を撥ねとばして急停車し、そこから男の叫び声があがった。

「ドアをあけろ。彼を車からおろすのを手伝ってくれ。気をつけろ。気を――」

フレッド・シフレットは最後にわたしを一睨みした。〝続きはあとで〟ということだろう。ふたりで階段を駆けおりたとき、土気《つちけ》色の顔をしたジョン・ガーモンドが息子のラムジーに身体を支えられてなかに入ってきた。そのあとに、ダンカン・マイアーとレジナルド・タルボットが続く。ジョン・ガーモンドは血まみれの布切れで左肩を押さえている。四人とも夏の暑さを考慮した薄いキャンバス地のハンティング・ベスト、その下にオーヴィスのフィールドシャツ（ラムジーだけはＴシャツ）とカーキのカーゴパンツという格好だ。

「厨房へ」ダンカン・マイアーがどなる。「そこに救急箱がある」

レジナルド・タルボットが厨房に走っていく。

ほかのふたりが大広間の革張りのソファーにジョン・ガーモンドをすわらせる。

「何があったんです」わたしは訊いた。

「わたしが撃ってしまったんだ」ダンカン・マイアーが言う。おろおろしながら、手についた血をズボンで拭っている。

「傷の具合は？」

「たいしたことはない」と、ジョン・ガーモンドが言う。「本当だ。かすり傷だ」

「ちょっと見せてください」わたしは言った。

「どうして？」と、ラムジー・ガーモンド。

「銃創を見るのはこれがはじめてじゃない。見せてくれ」

肩の肉が少しえぐれ、血が飛び散っているが、ジョン・ガーモンドが言ったとおり、見た目ほどひどくはなさそうだった。

「縫う必要はあるでしょうか」と、ラムジー・ガーモンドが訊く。

「もちろん。でも、さしあたっては傷口の消毒を」

レジナルド・タルボットが救急箱を持って戻ってきて、それを床に置き、白いプラスティックの蓋をあける。ダンカン・マイアーがそこから茶色の瓶を取りだす。

「それはなんだい」と、レジナルド・タルボットが訊く。

「ヨードだ。かわりにウォッカを使ってもいい」

「だったら、ジョンをソファーから降ろさなきゃ」レジナルド・タルボットがいらだたしげに言う。吐くのではと思うほど顔が青白くなっている。「だめだ。絨毯の上もまずい。それはわたしの母のものだ。母がクラブに寄付したんだ」

「なんてやつだ」と、ダンカン・マイアー。レジナルド・タルボットを睨みつけ、それから傷口にヨードを落とす。ジョン・ガーモンドがうめき声をあげる。

「わかっている。痛いだろう。すまない、ジョン。本当に申しわけないことをした。全部わたしのせいだ。

本当に馬鹿なことを……」

「いいんだよ」ジョン・ガーモンドは歯を食いしばりながら言う。「自分のせいだ。あんなふうに歩きまわっていたから……」

「狙って撃ったということですか」戸口に立っていたフレッド・シフレットが訊き、コーヒーカップを持った手をジョン・ガーモンドに向ける。「狙っているのがミスター・ガーモンドだと思わずに？」

「わからない」ダンカン・マイアーが答えた。

「狙って撃ったかどうかわからないということですか。それとも、ミスター・ガーモンドを狙っていたかどうかわからないということですか」

「よさないか、シフレット」と、ジョン・ガーモンドがぴしゃりと言う。

わたしはジョン・ガーモンドに訊いた。「コーヒーを持ってきましょうか」

「ありがとう。水も頼む」


厨房では、臨時雇いの従業員が大かがり火の夜のためのディナーの準備に追われていた。わたしが入っていくと、とつぜん会話がやんだ。ランドリールームを覗くと、洗濯機にシーツを詰めこんでいた若い女性がつと動きをとめて、わたしの顔をじっと見つめた。わたしは居心地が悪くなって、すぐに身体の向きを変えた。何かを咎めだてているのか。それとも、ブルックリンのセント・トーマス・アカデミーの厳格なシスターのありがたい、あるいは忌まわしい教えのせいで、急に罪の告白をしたくなったのか。

水とコーヒーと棚にあったベーコンを持って戻ったとき、ジョン・ガーモンドの顔には血色が少し戻ってきていた。

「病院に連れていったほうがいい」わたしはラムジーに言った。

「ドクター・ブレイクに診てもらえばいいんじゃないか」と、レジナルド・タルボット。

わたしはそこに鋭い視線を向けた。「救急治療室に連れていかなきゃならない」

「わかった。手伝おう」

「わたしも行こうか」ダンカン・マイアーが言う。

「いいえ、その必要はありません」ラムジー・ガーモンドが答える。

一行はジョン・ガーモンドをピックアップトラックに運び、大広間にはわたしとダンカン・マイアーだけが残された。ディナーの席でおたがいの同伴者がいなくなり、見知らぬ者同士が親しげに話さなければならなくなったときのような気まずい空気が垂れこめる。

ダンカン・マイアーは四十代後半の生真面目そうな男で、背は高く、水泳選手のような広い肩をしている。灰青色の目、白いもののまじりはじめた黒髪。いまその表情を読みとることはできないが、昨日アレックス・カルドウェルと言い争っていたときに見せた激しい怒りの表情はそう簡単に忘れられるものではない。暴力的な資質を種火のように宿している者は多い。これもみずからの不遇を何年、あるいは何十年もかこちつづけたあげくの暴走行為かもしれない。

「だいじょうぶですか」わたしは訊いた。

「どうしてだいじょうぶでないと思うのかね」

「毎日、ひとを撃ってるわけじゃないでしょ。故意ではないにしても」

「わたしのミスだ。もっとひどいことになっていたかもしれない。不幸中の幸いというしかない」

「ジョンも同じ気持ちですよ」

「もちろんそうだろう」

「それにしても、夏に鹿狩りとは変わっていますね」わたしはさりげなく指摘した。「通常より少し早いのじゃありませんか」

冷たい視線がかえってくる。「そうかもしれない」

「普通は十月からですよね」

「いいかね。たしかにきみの言うとおりではある。でも、ここではちがう。クラブ創設以来、独立記念日の休暇中にはかならず狩りをすることになっているんだ。テディ・ルーズベルトがそのために来たという話もある。本当かどうか知らんがね。仕切り役をまかされているのはガーモンド家で、親から子へと引き継がれている。わたしとジョンがはじめて狩りをしたのは十歳のときで、狩りに連れていってくれたのはジョンの父親だった」

「あなたのお父さんではなく?」

「そう」

「でも、この時期の狩りは違法なんじゃありませんか」

「厳密にはね」

「厳密には懲役刑です」

「ここにとやかく言う者はいない。なにしろ人里離れた森のなかだ。いたとしても、何も見つけることはできない。われわれにはわれわれのルールがある」

「それに、こんなだだっ広い敷地です。森のなかの銃声が誰に聞こえるというのか」

「そのとおり」

「奥さまと息子さんはどうしています」

　ダンカン・マイアーの表情がこわばる。「どういうことだね」

「昨日のことがあるので。犬のことです」

　ほっとしたようだ。「ああ、そのことか。あのときはきみもここにいたんだったな」

「それで、どうなんです」

「問題ない。おおよそのところは。いや、正直に言うと、おおよそのところとまでは言えないかもしれんが」

「それで、いっしょに狩りに行かなかったんですか」

「誰のことを言ってるんだね」

「息子さんです。オットー、でしたっけ」

「そう。狩りには興味がないようでね」ダンカン・マイアーは息子の不自由な脚の話を巧みに避けた。「でも、実際のところ、狩りに興味がないという者はほどんどいない。われわれがここで狩りをするのは、街でゴルフをするのと同じなんだよ。家を出て、女房から逃げだすこともできるし、普通なら眉をひそめられる時間に一杯やることもできる」

「今朝は飲んでいましたか」

　唇が強く引き結ばれる。「わたしを尋問するつもりなのかね、ミスター・マカニス」

「そんなつもりはありません。単なる会話です」

ダンカン・マイアーは何かを見おろしている。わたしの手が身体の脇で震えていることに気づいたのだろう。

　それから眉を吊りあげて言った。「昨夜はお疲れだったようだね」

　わたしはポケットに手を突っこんだ。「ブレイク家でディナーをご馳走になったんです。ウォーレン・バーといろいろな話をしました」

「それは大変だったね。あの男には問題がある。もちろん、誰にだって問題はある。でも、あの男は別格だ。彼女に言い寄られなかったか」

「えっ？」

「ウォーレンの女房だよ。スーザン。あまり慎み深いほうじゃない」

「いいえ。ぼくはタイプじゃなかったんでしょう」

　ダンカン・マイアーは何か言いたそうな顔をしていたが、どうやら思いとどまったようだ。かわりにごくおざなりに言った。「あとでまた会えると思う」

「大かがり火ですね。楽しみです」

「ああ。神に捧げたいものがあれば持ってくるといい」

*

マカニスはキッチンのラジオから流れる緊急気象予報に耳を傾けながらクラブハウスのポーチに出る。心の声をあなたに盗み聞きされていることには（当然ながら）気づかないまま、先ほどは押しが強すぎたのではないか、余計なことを話しすぎたのではないかと自問自答している。自分が答えられない質問をするのを控える弁護士とちがって、探偵というのはその職業上の特性と必要性からときには推測したり挑発したりしなければならない。マカニスはときおり思う。自分はどんな獣が潜んでいるかわからない巣穴を棒切れで突つく愚かな子供のようなものではないかと。

あなたは主人公の今朝の自己憐憫《れんびん》ぶりに少し驚いていて、じつのところ彼の二日酔いは肉体的なものであると同時に精神的なものでもあるのではないかと思っている。弱みにつけこみ、信頼を裏切り、秘密をあばきたて、裸で淫《みだ》らに身悶えする姿を人前にさらすための行為が精神的な重荷になっているのではないだろうか。さらに言うなら、計算ずくの不貞を働いたことに対しても心穏やかならぬものがあるかもしれない。この時代、死罪に値するようなことではないにせよ、自責の念に駆られることがあったとしても不思議ではない。

もしそうだとしたら、探偵としてではなく、ひととして信頼できる、とあなたは考える。少々気の毒にすら思うようになる。でも、それは読者が一人称視点の小説を読むときのリスクにならないだろうか。あなたはハックルベリー・フィンと同様、ロリータに恋するハンバート・ハンバートにも共感するようになるのではないか。その結果、あなたは作者の巧妙な仕掛けやミスディレクションにまんまとはまることになるのではないか。

あなたはマカニスの思案がクラブハウスの図書館に戻っていることに気づく。何かが彼の心に引っかかっている。手がかりになるかもしれないものを見たはずなのだが、思いだせない。それはなんだったのか。会報？　書籍？　壁の銘板？

思いだした。壁にかけられた歴代会長の銘板の下方に、四角いあとがうっすらと残っていたのだ。つまり、そこにあった銘板がどこかに移されたということだ。順序からして、それはいちばん新しい銘板のように見えるが、実際は四角いあとのすぐ上にある銘板がいちばん新しいもので、〝レジナルド・タルボット　一九七〇～一九七五〟とある。あなたはマカニスと同じように理解しはじめる。一九三五年から一九四〇年の銘板は最近はずされ、それ以降の銘板はそれぞれひとつ前の位置に順繰りに移しかえられたのだ。ずらりと並んだ銘板のはずれに空きがあるのと、その中央に空きがあるのとでは、目立ち方がまったくちがう。

些細な事柄ではあるが、ずいぶん手間がかかったにちがいない。でも、誰が？　なんのために？

探偵と同様に、読者にはみずからの経験以外に頼れるものは何もない。なので、あなたは本書の最初の一節を読んだときから、無意識のうちにではあるが、探偵が過去の事件簿から解決策や調査方法を導きだそうとするのと同様に、それまでに読んだ類書を再検討する。殺人事件の探究の徒として、あなたはどんな事件でも手がかりになる可能性のあるものが最初のうちからそれこそ無数にちりばめられ、以降どのようなストーリー展開にでもなりうることを知っている。けれども、追跡の方法をあやまたなければ、一件落着への道は漏斗《じょうご》状に狭まっていき、最終的には殺人の真の動機へたどり着くことができる。幾千年ものあいだ男たちや女たちを殺人へと駆りたててきた動機は——愛、憎悪、恐怖、貪欲、嫉妬。そして、それに付随する小さな悪徳は——色情、野心、憤怒《ふんぬ》、虚栄、恥辱、臆病。

そして、犯行現場の指紋を犯罪者のデータベースと照合する法医学の専門家のように、あなたはこのミステリの解があなたがこれまでに読んできた事件簿のなかにあることを知っている。

しかし、いまは主人公に戻ろう。マカニスは疲れ、腹をへらし、二日酔いの頭でブレイク宅へ戻っていく。あなたと同じように、チャールズ・リンドバーグやヘンリー・フォードのような世界的な有名人を出迎える栄誉は、通常ならクラブの会長に与えられるべきものだろうと考えながら。

ケーススタディ――罪深い探偵

この種のこみいったプロットの技法には、西洋文化において細々とではあるが、ソポクレスからアガサ・クリスティーまで連綿と続く伝統がある。まずは『オイディプス王』から始めよう。二千年前の作ながら、いまもその建てつけには驚かされる。ストーリーを要約しよう――オイディプスは父を殺して母と結婚するだろうという神託から逃れるためにコリントを離れ、呪われた都テーベの王となった。預言者の話によると、三叉《さんさ》路で先王を殺した男を見つけださなければテーベの呪いは消えないという。オイディプスは自分が同じような状況でひとりの男を殺害したことを思いだすが、自分の両親はコリントで息災に暮らしていると信じているので、気にとめはしない。そして、殺人事件の調査を始める。だが、コリントからやってきた使者によって、彼がじつは養子であったことがあかされる。そこから、彼の実の父は自分が殺害した男で、その寡婦が自分のいまの妻であることも判明する。すべて預言どおりだったのだ。悲しみと絶望から、オイディプスは金のブローチでみずからの目を突き刺し、生涯にわたる放浪の旅に出た。

ソポクレスの戯曲の秀逸さは、オイディプスが捜し求めている人物が自分自身であるということを本人は知らないという点にある。それ故、オイディプスの執拗な犯人捜しがどうにもならない悲劇的な結末を迎えたとき、観客はより大きなショックを受ける。ケネス・フィアリングが一九四六年に出版したノワール小説『大時計』は逆のつくりになっていて、主人公が自分が捜している者であるとわかっていることから、緊迫感と劇的な皮肉が呼び起こされる。ジョージ・ストラウドは所属会社の社長の愛人とひそかに付きあっている。ある夜ストラウドは社長が愛人のアパートメントに入っていくところを目撃する。その彼女が死体で見つかった。殺されたのだ。社長は自分がアパートメントに入っていくところを誰かに見られたと気づいていて、ストラウドに目撃者を見つけるよう命じる。その目撃者というのはもちろんストラウドだ。彼は懸命に調査を遅らせようとするが、社長が徐々に真実に近づいていくにつれて、次第に追いつめられていく。

この奇想は通俗的なメロドラマになる危険性をはらんでいる。実際に起きたある事件がいい例で、あまりにも現実離れしすぎていて、大半の作家は小説のネタにするのを見送るにちがいない。ここで登場するのがベル・エポック期のフランスの探偵ロベール・ルドリュだ。一八八七年の休暇中に、彼は地元の警察からビーチで起きた殺害事件の捜査協力を要請された。砂の上に残っていた足跡から、犯人は右足の親指を失っていることがわかる。ルドリュも右足の親指を失っていた。事件の翌朝、目を覚ましたときには、濡れた靴下をはいていて、リボルバーから銃弾一発がなくなっていた。だが、前夜の記憶はまったくない。弾道検査により、彼の拳銃が犯行に使われたことがあきらかになった。ルドリュは自分が夢遊歩行中に撃ったことを理解し、「動機は欠けているが、わたしが犯人で、証拠もある。アンドレ・モネを殺したのはわたしだ」と仲間の警察官に打ちあけた。それで、刑務所に入れられ、そのあとは、人里離れた農村で死ぬまで監視下に置かれて過ごしたという。この事件と同じように信じがたいのは、夢遊病者による殺人事件が法律や医学関係の文献にいくらでも載っていることだ。犠牲者の大半は配偶者や子供で、被告人が夢遊病であるとどんなに主張しても、信じなかったり受けいれなかったりする陪審員は多い。

　アガサ・クリスティーのファンはお気づきだろうが、彼女はこの技法の一変種をエルキュール・ポアロ・シリーズ最後の作品『カーテン』で採用している――彼女が試していない技法がひとつでもあるだろうか？

*

　ブレイク宅に戻る途中、わたしはスーザン・バーの甥のラルフ・ウェイクフィールドに出くわした。双眼鏡を首からさげ、分厚い本を両手に抱えて、砂利道を歩いている。

「何をしているんだい、ラルフ」

「バードウォッチングだよ」

「鳥が好きなのかい」

「まあね。今日はモリツグミとマツムシクイとヤマシギとアカオノスリを見た。だいたいは見ただけでわかるけど、わからないこともある。そのときには調べなきゃならないから、この本を持ち歩いているんだよ」

「遊んでこいと叔母さんに言われたのかい」

「そう。外で遊んでこいって。自分はひとりでのんびりしたいからって」

わたしは微笑んだ。「叔母さんはいまどこに？」

「知らない。湖に行くって言ってたけど」

「ありがとう」

少年はいらだたしげに双眼鏡に手をやった。

「もうひとつ訊いてもいいかい」

「いいよ」

「本当のことを答えてくれるかい」

「うん」

「双眼鏡で誰かの家を覗いたことはあるかい。窓ごしに」

「ときどき。それってよくないこと？」

「かならずしもそうとはかぎらない。そうする理由による。おじさんの頼みを聞いてくれるかい、ラルフ」

「もちろん」

「誰かの家で何か変なことや、いつもとちがうことを見たら、知らせてもらいたいんだ」

「探偵の仕事のため？」

「そうだ」

「わかった。手伝うよ。変なこととか、いつもとちがうことだね」

「ありがとう。でも、いいかい」

「なに？」

「捕まるなよ」

*

湖は夏の陽ざしにきらきら輝いている。子供たちがロープのブランコから飛びおりて遊んでいる。女性陣は何マイルも離れたところからトラックで運ばれてきた砂の上で日光浴を楽しんでいる。一艘のカヌーが静かに舟小屋に向かっていく。これほど死体が見つかるシーンにふさわしい場所はない。わたしはスーザン・バーを捜していたが、最初に行きあったのはエマ・ブレイクだった。黄色いビキニ姿で、大きすぎる茶色のサングラスをかけ、ブランケットの上に横たわっている。

「ゆうべはよく眠れたかい」と、わたしは声をかけた。

「どうしてそんなことを訊くの？」

「誰でも訊くだろ。気分はどうかとか、よく眠れたかとか」

「悲鳴が聞こえた。そのことが気になってるとしたらね。でも、ほかには誰も聞いてない。みんな睡眠薬を服《の》んでるから」エマ・ブレイクは言って、わたしを見つめた。「毎晩あんなふうなの？」

「毎晩じゃない」

「ほとんど毎晩？」

「ときどき」

「どうして？」

「天使と格闘している」

「なんとでもどうぞ」

「すわっていいかい」わたしは言って、彼女の隣に指を向けた。

「ここは自由の国よ。建前はね。大学ではそんなふうに教わらなかったけど」

「ヴァッサー大学？」

エマ・ブレイクは舌を出す。「スミスよ」

わたしは腰をおろして肘をついた。半袖のグアヤベラ・シャツにカットオフ・ジーンズという自分の格好を少しばかり滑稽に思いながら、陽光に目を細め、子供たちが浅瀬で水を撥ねあげているのを見やる。エマ・ブレイクが身体をわずかにわたしのほうに向ける。湖面にトンボが飛び交っている。

「考えたら、眠るって奇妙なことね。みんなベッドの上に身を横たえて赤ん坊のようになる。何も考えず、何もしない。ある意味では生きてすらいない。なんだか不気味じゃない。午前三時には国中死体だらけで、朝になって生きかえるのを待っているのよ」

「ぼくが眠ることについて知っているのは、自分にはそれが充分に与えられていないってことだけだ」

「それは自分のせいでしょ。昨夜もそう。ふたりで楽しい思いをしたからでしょ」

「なんのことかわからない」

「わかってるはず」

「聞き流すことにするよ」わたしは手をかざして陽光を遮った。「まいったな。なんというまぶしさだろう」

「わたしを見て」

　エマ・ブレイクはサングラスをはずし、澄んだ青灰色の目でわたしを見つめた。わたしが目をそらすと、顎をつかんで、動かないようにと命じた。

「あなたの瞳孔は広がっている」エマ・ブレイクは言って、サングラスをかけなおした。「何をしようとしているにせよ、気をつけてね。父に見つかりたくないでしょ」

　湖のまんなかの浮き桟橋では、男の子たちがお山の《キング・オブ》大将《・ザ・ヒル》ごっこをして遊んでいる。みな似たような姿かたちだ。上半身裸で、髪は長く、痩せっぽちで、ヘーゼルナッツのように陽に焼けている。ひとりが濡れた板の上で足を滑らせ、岸まで聞こえるほどの音を立てて尻もちをつく。ほかの者が笑う。ひとりが調子っぱずれな裏声で国歌を歌いだす。〝おお、きみにも見えるだろうか、夜明けの光のなかで……〟

「こんなに多くの星条旗を見たのは久しぶりだよ」わたしは言った。「ロッジにもあるし、クラブハウスにもある」

「ウェスト・ハートの善良な市民はアメリカを愛さなきゃならない。程度の差はあっても、そうしなきゃいけないのよ」

「愛せない者は去れ、ということだね」

「そのとおり」

「国を愛することと立ち去ることの両方をできる方法があればいいんだが」

　男の子たちはひとりまたひとりと浮き桟橋から湖に飛びこみ、岸に向かってゆっくりと泳いでくる。このまえエマ・ブレイクと会ったとき、彼女はあれくらいの年齢だった。わたしはウェスト・ハートで過ごした子供のころの話を聞きたいとさりげなく頼み、思惑どおりにクラブのことをいろいろ聞きだすことができた。トム・ソーヤーのように海賊ごっこをした湖上の島。若者たちが初体験をするところとして知られた堰堤《えんてい》のそばの差しかけ小屋。崖から落ちて死ぬまで毎日そこを散歩していた老女の名前がつけられた小道。家出をし、九カ月後に戻ってきたら、遠い親戚の赤ん坊を養子にしたと家族が公表する十代の少女。徹夜のポーカー・ゲームが終わり、空が白みはじめたころ、青ざめた顔で空になった財布をナイトテーブルの上に放り投げ、妻が寝ているベッドにもぐりこむ男たち。

　エマ・ブレイクの話は続いた。クラブの敷地は七千エーカー。法的にはミドルタウンの合併集落の一部だが、実質的には独立した領地として運営されている。クラブの北側は、山の麓に口論のあとの愚痴のようにだらだらと続く丘陵《きゅうりょう》に面していて、氷河期の名残りの洞穴や大きな花崗《かこう》岩が点在している。敷地内にはふたつの湖があり、以前はどちらも澄んでいて泳ぐことができたが、いまそのひとつはスイレンやガマや倒木で埋めつくされている。なんでも〝あと十年か二十年で湿地になる〟という。

　ハート・レイクの端にある堰堤は、みんながいたずらや悪さをする場所だ。日中は子供たちがそこから三十フィート下の水のなかに飛びこめるかどうか度胸試しをし、夜になると、ティーンエイジャーがやってきて、煙草や酒から催眠薬や幻覚剤へと次第にエスカレートしていく悪弊にふける。敷地内にはいたるところに小道があるが、そのすべてに標識があるわけではない。敷地中央の居住区域の裏手をめぐる小道は〝恋人たちの道〟と呼ばれ、深夜の密会のために使われている。本当の話とは思いにくいが、ふたりの男がそれぞれ相手の妻を連れてその小道を歩いていたときに鉢合わせをし、仕方なしにひとこと〝こんばんは〟と言ったという話もある。

クラブの南側には敷地の大部分を占める猟場が広がっている。ほかの場所と比べると、そこは荒れ果て、手入れもされていないように見える。木々は鬱蒼と茂り、草深いところは通りぬけることもできない。だが、じつを言うと、手入れは充分に行き届いている。そこは獲物を増やすために長い年月をかけて整備されてきた格好の猟場で、鹿用には塩なめ場がつくられたり、クローバーやカブが植えられたりしていて、クマ用にはイチゴやオーツやチコリが栽植されている。ウェスト・ハートの訪問客は敷地の南側の小道に分けいって、ブルーベリーやスグリやミントが自生しているという話をするが、実際のところ、それは入念につくりあげられた死の罠なのだ。

「以前は湖に魚を放っていたけれど、何年かまえにやめたのよ」

「どうして？」

「さあ。経費がかかりすぎるからじゃないかしら」

川ぞいには白頭ワシがいて、ときに木の上でカラスと喧嘩をしているのを見ることもできる。森の奥の湿地帯ではアオサギに遭遇することもある。エマ・ブレイクは一度巣から飛び立とうとしているアオサギに驚かされたことがあるという。まるで先史時代の生き物のようで、威嚇のために巨大な翼をばたつかせ、怒りに満ちた鳴き声を発し、フンを落としながら、木々のあいだを悠然と飛んでいったらしい。

「おや、あれは……」

オットー・マイアーがアディロンダック・チェアに

向かって砂浜を歩いてくる。左の腿に細長い傷あとがあり、水着の下まで続いている。

「あの脚の傷のことを知ってるかい」

「タダじゃ教えられない。昨夜あなたはどこへ行ってたの？」

「何時ごろの話だろう」

「夜の十二時って、そんなに遅い時間じゃない。あんな時間にランデブーなんて、わたしたちを見くびってるとしか思えないわ」

「誰も気にしてないだろ」

「そう見えて、そうでもないのよ。ここの人たちは、誰のことでもなんでも知りたがっている。だから教えてちょうだい。あなたは年増好みなの？」

「それほどの年でもないと思うけど」

「わたしにとってはあなたも年寄りよ。彼女はもっと年寄り。そう。大年増よ。経験豊富で、貪欲。そうじゃない？」

「それはそうかもしれない」

「あらあら。だから、おっぱいが垂れてても平気なのね。首だって……あれはなんていうの？」

「もういいよ、エマ」

「肉垂れ？」

「そんなふうじゃないってことはよくわかっているはずだ」

　エマ・ブレイクは口を尖らせた。「わかってる。残念ながら。でも、あなただけじゃないってことくらいはわかってるわね」

「ああ」

「どこにしけこんだの？　三〇二号室？」

　まいった。

「よくわかったね。きみは探偵になるべきだ」

「メイドに気にいられてるの。メアリーっていうんだけど。ときどき向精神薬《クエイルード》を分けてあげてるから」

「それで、オットー・マイアーの脚の傷は？」

エマ・ブレイクは顔をしかめて、持っていた雑誌を上にあげた。「自動車事故よ。あまりにも悲しすぎる」

「脚を怪我したってことが？」

「車のなかにいたのは、彼ひとりじゃなかったの。もうひとりは助からなかった」

「もうひとりって？」

「トリップ。アレックス・カルドウェルの息子さんよ」

犬の死骸の脇に膝をついていた男の姿が頭に浮かぶ――〝あんたはわたしを傷つけたがっていた。クローディアとオットーを傷つけたがっていた。だから、こんなことをしたんだ〟

「それで――」

わたしの言葉は頭上の轟音によって遮られた。複葉機が低空飛行で湖の上にやってきて、挨拶をするように翼を傾け、湖岸にいる者に手を振られながら地元の飛行場のほうに飛んでいく。

「ジョン・ガーモンドだと思うわ」と、エマ・ブレイクが言う。

「なぜそう思うんだい」

「アマチュア・パイロットなの。小さいころ、一度乗せてもらったことがある。空を飛ぶのは子供のころからの夢だったんだって」

わたしはちらっと空を見あげた。「彼じゃないよ」

「どうして？」

「さっき肩を撃たれたんだ」

わたしはこの日の朝のクラブハウスの話をし、どんな反応を示すか注意深く見守ったが、その表情に大きな変化はなかった。だが、それがきっかけになって狩りの話が始まり、続いて銃器の話になった。ウェスト・ハートにはあきらかに銃器があふれている。

「何かあったのかしら」エマ・ブレイクはとつぜん言って、砂浜を指さした。

ひそひそとささやきあっていた子供たちが、舟小屋のほうへ走っていき、波打ち際の何かのまわりに人垣をつくる。母親たちはビーチ・チェアから身体を起こし、首をのばして、その様子を見ている。わたしがいまいるところからでも、子供たちの小さな顔が砂浜にいる大人たちに不安げな目を向けているのがわかる。

「なんだか様子がおかしいわ」と、エマ・ブレイクが言う。

「ああ。行ってみよう」

まぶしい陽光の下での恐怖には、わけてもおぞましいものがある。砂浜を横切っているとき、母親たちがサングラスの奥からわたしたちを目で追っているのがわかった。湖面を飛ぶ虫の羽音が聞こえる。そこに近づいたとき、子供たちは声を押し殺して身体を押しあっていた。何かをもっとよく見ようとしているのだろう。

「通してくれ」と、わたしは言った。

人垣のいちばん前に、少女が爪先を水に浸して立っていた。わたしを見あげたとき、その青い目は無表情で、まばたきひとつしない。それからふたたび前を向き、そして指さした。

深さ数インチの水の上に、死体が浮かんでいた。うつぶせになり、流木に引っかかっている。数秒ごとに寄せてはかえす小さな波に揺られている。厚手の部屋着姿で、髪が水面に乱れて広がっている。その髪にはひとふさ白いものがまじっている。

クローディア・マイアーだ。

*

どのマーダー・ミステリにおいても、ここがもっともデリケートな瞬間だ。最初の犠牲者。あなたが考えているように、この瞬間のためにマーダー・ミステリは書かれるのだ。何年ものあいだ引出しのなかにしまわれていたマッチにようやく火がつき、燃えつきるまでの短い時間、直視できないくらいにまぶしい光を放つように。ここまでのページで、あなたはあれこれ予想し、ゆっくりとたくわえられていくエネルギーと、これから起こることに備えての周到なお膳立てを楽しんできた。だが、ひとたび死体が見つかると、そこが新たな出発点になる。もう後戻りはできない。ミステリは厳格なロジックに従って展開し、一連の新しい疑問を提示する。殺人犯はミスを犯すだろうか。誰が容疑者として浮上するのか。どのような偽の手がかりが探偵を欺こうとするのか。どんな間違った結論が導きだされるのか。そしてもちろん——次の殺人はあるのか。

　あなたは本書の中盤のスリルを楽しみながらも、冒頭部分を読みかえしたいという思いを禁じえない。それはある種のノスタルジアであり、恋人たちが数カ月の交際のあとに恋の始まりを思いだすようなものだ。

　しかし、ここウェスト・ハートではすでに死の儀式が始まっている。噂は広まり、人々が集まりつつある。そして、あなたは本文に戻る。この避けられない死のあとに続くはずの意外な展開に興味しんしんになりながら。あなたはそれが作家によって悲劇にもなるし茶番にもなることを知っている。

　舟小屋の後ろの草地にとめられた緊急車両。

　救急車、保安官の四輪駆動車、保安官代理のパトカー。

　立入禁止の黄色いテープ。

　オットー・マイアーは遺体を見せてくれと頼んでいる。

　青ざめ、おろおろしながら、ラムジー・ガーモンドに連れられていく。

　エマ・ブレイクは子供たちを追いはらっている。

　ジョン・ガーモンドのポロシャツの下の包帯が見える。

真剣な顔で保安官と話をしている。

ダンカン・マイアーのピックアップトラックが走ってきてとまり、みんなが振りかえる。

ダンカン・マイアーの目は充血している。

「妻はどこだ」

その声はかすれている。

ジョン・ガーモンドが彼の肩に手を置く。

ダンカン・マイアーはそれを振りはらう。

よろけるようにして救急車に向かう。

その後ろに乗りこむ。

救急医療隊員がシーツを持ちあげる。

ダンカン・マイアーが首を垂らす。

救急医療隊員がシーツをかける。

みな気遣わしげで誰とも目をあわせないようにしている。

ふたりを除いて。

保安官は妻を亡くした男を見つめている。

アダム・マカニスは保安官を見つめている。

*

わたしがはじめて出くわした死体は、夜どおし酒を飲んでいた夫に撃たれた女性だった。その日、わたしは父とその相棒の車に乗っていた。そのときにはじめて事件現場に連れていかれたのだ。一九四八年式の黒いプリムス・デラックスの後部座席で、わたしはふたりの下卑たジョークをわけもわからずに聞きながら、小さな身体をのばして窓の外を見ていた。内心ずっと怖かった。もし誰かを逮捕したら、そいつはわたしの隣にすわることになる。父は家にいるときとは別人で、ずっと大きくて、ずっと品が悪かった。その日の朝はまず署に行って、大きな手をわたしの肩に置いた。

「せがれだ」

「親父さんはタフガイで通っている。あんたもそうかい」刑事仲間が尋ねた。

わたしは肩をすくめた。笑われた。

「風紀課に行かせろ。かわいがってもらえるぜ」

彼らはみなスーツを着て、中折れ帽をかぶり、煙草を根もとまで喫っていた。みな気さくで、てきぱきとしていて、仲間以外の他人にどう言われようがまったく気にとめていなかった。腐肉の街の頂点にいる捕食者たちだ。ひとりは上着を脱ぎ、シャツの袖をまくりあげ、早くも汗じみをつくりながら、その男の体軀《たいく》からすると滑稽なくらい小さく見える黒いタイプライターのキーを叩いていた。タイプを打ち間違えるたびに、「バカタレめ！」と毒づき、まわりの者を笑わせていた。

出動の連絡が入ると、父は表情を引き締め、「口を閉じて、目をあけておけ」と言った。わたしは首を縦に振った。「出ていくまえにコーヒーを飲むか」わたしは首を横に振った。


殺人の現場はヘルズ・キッチン地区の共同住宅の五階だった。エレベーターはなく、廊下は暗く、靴の下で割れたガラスが音を立てていた。先に着いたカメラマンがくちゃくちゃとリグレーのチューインガムを嚙んでいた。わたしが入っていくと、眉を吊りあげて父を見やり、それから肩をすくめた。制服巡査が廊下で管理人と話をしていた。

こんなところで暮らしている者がいることを、わたしはそれまで知らなかった。シンクに積みあげられた皿に蠅がたかっているわ、酒瓶があちこちに転がっているわ、ソファーは煙草の焼け焦げで水玉模様になっているわ、部屋の隅にある大きな植木はしおれているわ。あとで父に聞いたところによると、犯人は泥酔したときやトイレに行くのが面倒なとき、鉢に小便をしていたらしい。

「見ろ、ＨＢ」父が相棒に声をかけた。彼の名前はホレーショ・ブラウンだが、そう呼ぶ者は（のちのわたしを除いて）ひとりもいない。父が鏡にかかっていたチェーンを手に取った。軍の認識票と干からびた人間の耳がぶらさがっている。「もらっていこうか」

ＨＢは鼻を鳴らした。「ミッドウェーで海兵隊員が五ドルで売ってた。ハワイじゃ十ドルだ」

死体は寝室にあった。着衣は乱れていなかった。黒い髪、赤い口紅。左足に白いハイヒールが引っかかっていた。胴体は血まみれだ。

「何発くらい撃たれたんだろう」

「数えようもないな」

「薬室は空っぽになってるはずだ」

「拳銃はどこにあるんだろう」

ＨＢが開いた窓のほうへ顎をしゃくった。

「あとで通りを見てみよう。犯人はいまどこにいる」

「分署の留置場で酔いつぶれてるよ」

「そこへ行くのはランチのあとにしよう」父は言って、表情を変えずにわたしのほうを向いた。「だいじょうぶか」

わたしはうなずいた。

「ビックフォーズでいいか」

「リンディーズはどうだ」と、ＨＢ。

「あそこの料理は二度と食いたくない」

結局、西三十三丁目のジョージズ・カフェになった。わたしにとってはマンハッタンでの初ランチだ。わたしはチョコレート・ミルクシェイクを頼んだ。父はステーキをレアで。

「腹が減ってないのか」と、父が訊いたとき、ステーキの白い皿には赤い肉汁だまりができていた。

わたしのはじめての死体。だが、最後の死体ではない。偽装爆弾《ブービー・トラップ》に吹き飛ばされ、ジャングルで腐っていく死体。足の指に認識票を付けて遺体袋におさめられ、故国へ運ばれるのを待つ若者の死体。見るまえに臭いでわかる、村に累々と横たわっている死体。のちには――父の昔の同僚から身元確認のために呼びだされたモルグの安置台に横たえられた裸の女の死体。「財布にあんたの名刺が入ってたんだ。びっくりしたよ。どういうことか説明してくれ」そして、失踪事件の後味の悪い結末。わたしと同じ大学を中退した男で、いまは使われておらず売春婦が出没する場所として知られる埠頭で死体となって発見された。殺人課の刑事は言った。「見つかった場所を親ごさんに伝えたら、あんたに身元の確認をしてもらってくれと言われてね」

あとはもちろん父の死体。蓋のない棺《ひつぎ》、アイルランド式の通夜。借りきったバーには、わたしの子供のころの憧れの的であり、だがいまでは老いて太り心臓発作を待つばかりの男たちが集っていた。身体を壊して働けなくなった者、定年退職した者、まだどこかの薄汚いアパートメントで証拠品に黙々とタグを付けている者。父の友人たちがわたしを見る目は冷たかった。警察官という聖職に対する裏切り者を見るような目だ。彼らは私立探偵をよく思っていない。ＨＢは病気のせいで来られなかったが、あとで思うと、そのほうがよかったのかもしれない。

父の死後、母はアイルランドのクレア郡に戻った。アメリカは子供のころ見た夢で、長い年月を経て目が覚めたら、年をとり、家には誰もいなくなっていたというわけだ。いまは石造りの生家に住まい、赤の他人によって書かれたような、あるいは赤の他人に宛てたような内容の手紙がときおり送られてくるだけになっている。羊の死産、大麦に含まれる有用菌、酔いどれ司祭、夜ＡＲ-18ライフルを持って家を出て、ベルファストの石畳を血に染めて死んだ十代の若者たち……

……いま、あなたはこのような身の上話を楽しんでいる。あなたは探偵が完全な謎に包まれていることを望んではいない。ここで求められているのはいくばくかの履歴だ。そんなに多くなくてもいい。これは探偵についての話ではない。あなたが気にかけ、このまえ読んだ探偵小説の主人公との違いがわかる程度でいい。

もしかしたら、あなたは自分の〝はじめての死体〟を思い起こすかもしれない。それはあなたの知人かもしれない。あなたの愛するひとだったかもしれない。そのときのあなたは死の冷たく残酷なリアリティを理解していただろうか。死は不在を意味することを理解していただろうか。魔法は解けている。場末の劇場の色褪せた幕は降り、マジシャンは舞台裏で上着のポケットにバスの切符を突っこみ、通信販売の手品用品を傷だらけのスーツケースにしまいこんでいる。そのあとにすべきことは、車の故障の原因究明と同じだ。バルブの不具合か、液漏れか、イグニッションの火花か。

　クローディア・マイアーは自殺だ。それはどんな間抜けにでもわかる。昨日ウィンドチャイムの下で話をしたときも、どこかおかしかった。遺体に暴力の痕跡は残っていなかった。部屋着のポケットには重しの石が詰まっていた。人々の話し声が聞こえる。前々からそうだったが、最近とみに……ふさぎこんでいるのは知っていたがまさか……酒を飲んでいたらしい……

　保安官はクローディア・マイアーの遺体を念入りに調べていたが、おそらくそこまでする必要はなかったにちがいない。しばらくのあいだ舟小屋の後ろを歩きまわっていたのは、何かを捜しているふりをしていただけだろう。夫のダンカン・マイアーからの聴取はごく簡単なもので、ピックアップトラックの運転席で行なわれた。遺書はない、とのことだった。それで保安官はその場を離れ、クラブハウスからのびる脇道を歩いていった。

「アレックス・カルドウェルの家に行くみたいね」と、エマ・ブレイクは言った。そのときはサングラスをはずしていた。目は腫れぼったかった。

「あの保安官は……」

「保安官がどうしたの」

「ジョン・ガーモンドにこう言っているのを聞いた。『あんたたちにとって七月四日は厄日だな』」

「たしかにそうかも」

「どういう意味だい」

　エマ・ブレイクはため息をついた。

「自動車事故の話をしたでしょ。オットー・マイアーとトリップ・カルドウェルの。あの事故で、トリップは死んだ。五年前のこの祝日の週末に。その一年後の同じ日に、今度はトリップのお母さんのアマンダ・カルドウェルが亡くなった。自殺よ」

「どこで、どうやって？」わたしは尋ねたが、答えはなんとなくわかっていた。

「この湖で入水自殺したのよ」

＊

　それはわたしの事件ではない。湖で女が死んだ。どこをどう見ても自殺でしかない。ふさぎこんでいたし、酒をあおっていたし、クスリを服んでいた。その死に何かが絡んでいるとは思えない。それはわたしの事件ではない。首を突っこむ必要はない。

　そう思いたかった。だが、わたしの依頼人は〝変だぞと思ったすべてのこと〟を知りたいと言っていた。湖で女が死んだ。ふたり。数年の時をおいてふたつの死は悲しみと嘆きと怒りでつながっている。どちらも自殺なのか。そうではないのか。今回のことは依頼人の耳にすでに入っているかもしれない。わたしが変だぞと思っているかどうか、思っていないとすれば、それはなぜか知りたがっているはずだ。

　わたしはまだ湖岸にいた。緊急車両はもういない。子供たちは立入禁止の黄色いテープを破って頭や手首に巻き、舟小屋の窓にその姿を映して得意げに笑っている。それを見て、わたしはふとニューヨークのギャングたちも同じような真似をしていたことを思いだした。どこでどうやって手に入れたのか知らないが、彼らは警察の帽子やバッジを身に着け、打ち負かした敵から奪いとった戦利品のように街角でひけらかしていた。地元の警察署に周波数を合わせた無線装置から、ひび割れた声が聞こえてきたこともあった。わたしは近所で変わり者として知られていた——おまわりでないのはたしかだ。でも、どうしていつまでもこんなところに住みつづけているのか。昔のことが忘れられないのか。それとも、融通がきかないだけなのか。

ラムジー・ガーモンドはエマ・ブレイクと話をしていた。マイアー宅に行って帰ってきたところらしい。彼らは同じ年格好だ。エマ、ラムジー、オットー、そして事故で死んだトリップ。わたしより十歳ほど若い。J・F・Kの暗殺シーンを白黒テレビのニュースで見て、ニキビ面に戸惑いと怯えの表情を少なからず浮かべていたにちがいない。それは彼らにとってのはじめての暗殺だが、最後の暗殺ではない。

ラムジー・ガーモンドの顔がわたしを見て曇った。疫病神だと思っているのだろう。最初に犬。それから肩を撃たれた父、いまはクローディア・マイアー。昨日までは王子だった。陽の光にブロンドの髪が輝いていた。あのくったくのない笑顔はもうない。

「オットーはどうしてた」と、エマ・ブレイクが訊いた。

「おろおろしてたよ。いつも以上に」

「当然だろうね」わたしは言って、会話に加わった。

「ああ」

「あなたのパパは？　だいじょうぶ？」

「心配ない。何針か縫っただけだよ」

「救急治療室はどんな感じだった」と、わたしは訊いた。

「べつに」

ラムジーからはもう少し詳しく話を聞く必要がある。

「それは刑務所と似ている」

「どういうことです」

「どっちも社会を映しだす鏡だ。いいところも悪いところもそのまま映しだされる。ベルヴュー病院に行ったことはあるかい」

「いいえ」

「はじめてなら土曜日の夜の二時をすすめるよ。どこよりも面白い経験ができる。銃で撃たれた者。ナイフで刺された者。薬物を過剰摂取した者や禁断症状を起こした者。脱水症状を起こして死にかけた酔っぱらい。胸を押さえて血を吐いている娼婦。その横にすわって、最後の一蹴りの力加減を誤ったことを悔やんでいるポン引き。サーカスの団員がいたこともあった。ステージ衣装のままで。動物に襲われたんだが、それがどの動物かは最後まで言わなかった」

「どうして？」エマ・ブレイクが訊いた。

「言ったら、馘になるから」

「あなたはどうしてそこにいたの？」

「仕事がらみで立ち寄ったんだよ。ここの緊急治療室とはずいぶんちがうはずだ」

「たしかに」と、ラムジー・ガーモンドは言った。「ひとりは飲酒運転で事故を起こした男。もうひとりは階段から転げ落ちた女。あとのひとりは花火で二本の指を失った子供」

「病院から警察に通報がいったと思うが」

「ええ、保安官代理が話を聞きにきました。よくわかりましたね」

「銃が発砲されたときには、そうする決まりになっているんだよ。事故でも同じだ」

その日はじめて雲が太陽を隠し、突風が湖面を波立たせた。嵐の予兆だ。エマ・ブレイクがぶるっと身体を震わせる。

「その保安官代理は何かを気にしていたみたいだったかい」

「べつに」

「ダンカン・マイアーから話を聞こうともしなかったのかい」

「ええ、何も」

「なるほど。撃ったのはダンカン・マイアーだと言ってないんだな」

「じつを言うと」ラムジー・ガーモンドはちらっとエマ・ブレイクを見てから言った。「保安官代理には本当のことを話していないんです」

「違法な猟をしていたから？」

「外部の人間にはわからないだろうけど、これは父から息子へと代々受け継がれてきた伝統なんです。実際に獲物を仕留めるのは十回に五回くらいです」

「保安官代理にはどう説明したんだい」

「銃の手入れをしているときに暴発した、と」

「それで怪しまれなかったのかい」

「ええ。ここの人たちは――少なくともそれなりの地位についている人たちは父をよく知っています。父が事故だと言えば、事故だと信じてくれる」

「きみは？」

「えっ？」

「きみはお父さんの言うことを信じるのか」

　ラムジー・ガーモンドは身をこわばらせ、拳を握りしめた。うまく一発目をかわせたら、殴りかえすのに手加減はいるだろうかと考えはじめたとき、ようやく返事がかえってきた。「あなたはいったい何を考えているんです」

　それは答えるのをとうの昔にやめている質問だった。

＊

　エマ・ブレイクはラムジー・ガーモンドが砂浜を重い足取りでクラブハウスへ向かっていくのを見ていた。それから、くるりと身体の向きを変えて、腹立たしげにわたしの身体を押した。

「あなたは傷ついたひとの気持ちに寄り添えないひとなのね」

「だから医者にならなかったんだよ」

「ラムジーはそういうひとじゃない」

「本当に?」

「わたしたちはいっしょに育ったのよ。わたしとラムジーとオットー」

「それにトリップ・カルドウェル」

　エマ・ブレイクはサングラスをかけた。「そう」

　それから、湖のほうを向いた。子供たちはロープにぶらさがり、笑いながら湖に飛びこんでいる。

「あんな遊びはやめさせるべきよ」

「どうして。水が汚染されているから?」

「そうじゃない。ただちょっと……不謹慎っていうか」

「子供のしていることじゃないか。放っておけばいい。きみだってあんなふうに湖に飛びこんで遊んでいたんだろ」

「何年もまえのことよ」

「子供たちに責任はない。きみがそう思っているだけのことだよ」

　子供たちは笑いながら水を跳ねあげている。さっきクローディア・マイアーを載せた救急車が出発したときには、数人がそのあとを追いかけながら、古い魔よけの歌をうたっていた。

　爪先にタッチ
　鼻先にタッチ
　あれにはぜったい乗っちゃダメ
　襟を持って
　唾はがまん
　犬を見るまでそのままで

「ちょっと歩いてくる」と、わたしは言った。

「どこへ行くの」

「べつに」

「付きあってもいいけど」

「いいや」わたしはそっけなく答えた。「またあとで会おう」

わたしは保安官と同じように脇道に入り、カットオフ・ジーンズのポケットからラルフ・ウェイクフィールドが描いた地図を取りだして順路をたしかめた。木々のあいだに薪割りの音が響いている。その音をたどっていくと、ほどなくアレックス・カルドウェルに行きあった。手に斧を持ち、足もとに薪を積みあげて、息を整えていた。

*

アダム・マカニスがアレックス・カルドウェルから話を聞いているとき、あなたの思いはエマ・ブレイクへ戻っている。散歩に付きあってもいいと言ったのはマカニスのためではなく、じつは自分のためだったではないか。ひとりになりたくなかったからではないか。彼女は動揺し、狼狽《ろうばい》している。ウェスト・ハートで過ごした長い年月が女性の心に与えるダメージをあなたは感じとったのかもしれない。実際のところ、本書に登場する女性たちは、ほかの多くのミステリと同様、全員が犠牲者のように思える。もちろん殺人事件の犠牲者ではない。人生の犠牲者だ。エマ・ブレイクは親の薬品棚から向精神薬《クエイルード》をくすね、余った分をメイドに分け与えている。それは不安と鬱に抗するために母親に処方された薬剤だ。スーザン・バーの孤独。三〇二号室の悲しみ。アマンダ・カルドウェルとクローディア・マイアーの自死。ジェーン・ガーモンドの用心深げなまなざしの裏には、もしかしたらなんらかの秘密が隠されているのかもしれない。

あなたは考える。ここにあるのは絶望だ。女たちは年齢と立場に応じて望んでもいない役割をあてがわれ、逃げだす術《すべ》を知らず、外の世界の進化とは無縁のウェスト・ハートという琥珀《こはく》のなかに閉じこめられている。そこには危険な感じが……

……挨拶のあと、マカニスはなぜここに来たか説明をすませ、いまはアレックス・カルドウェルが話をしている。ひどく痩せていて、頬はこけ、骨と皮ばかりだが、そこにはバネのような力が秘められているような感じがする。紙やすりで極限まで削りとられているように見える。いかにも妻と息子を亡くした男のように見える。

「あんたがここに来たのは自分が余所者《よそもの》だからってことだな」と、アレックス・カルドウェルは言う。「だから、わたしのような嫌われ者といっしょにいるところを見られても平気なんだな」

「どういうことでしょう」

「ほかの者は誰もわたしに話しかけてこない。わたしが殺したと思っているから」

「犬を？　それとも人間を？」

一瞬の沈黙があった。「わたしはクローディア・マイアーを殺していない、と答えるべきところかな」

「そうです」

「わたしはクローディア・マイアーを殺していない」

「保安官にも訊かれましたか」

「ああ」

「どう答えたんです」

「自殺にちがいないと。わたしも身近で経験している」

「聞きました。おつらかったと思います。でも、それが疑われている理由です。奇妙なことに、奥さまとクローディア・マイアーは同じ方法で、同じ場所で、数年ちがいの同じ日に命を絶っています」

「理由はちがう」

「そうかもしれません。でも、どういう理由だったのかはわかりません。警察によると、遺書はなかったそうです。自殺者はたいてい遺書を残すものです」

「うちのは残さなかった」アレックス・カルドウェルはさらりと言った。

「おいたわしい。遺書がないのは、たいていは理由がはっきりしているときです。たとえば、子供を亡くしたとか。あるいは、墓場まで持っていきたい秘密や後ろめたさがあったとか」

「クローディアはそうだったと考えているのか」

「そんなことは考えていません。いまのところは」

「だから調べているんだな」

「クローディア・マイアーの一件を調べるのはスタフォード郡の保安官事務所です。でも、ぼくは詮索好きでしてね。質問をすると、答えがかえってくるときもある。だから、つい訊いてしまう」

「あんたがここに招待されたのは驚きだったよ」

「どうしてです」

「あんたのような職業の人間は歓迎されない。ここは秘密だらけ、嘘だらけのところだからね。おたがいに対しても、自分自身に対しても。まったくひどいところだよ」アレックス・カルドウェルは吐き捨てるように言って、切り株の上に丸太を載せ、渾身の一振りで真っぷたつにした。「われわれは何年もまえに出ていくべきだったんだ」

「いまからでも遅くないですよ」

「そう思うか？　いいや、わたしはクラブの売却を待っているんだ。出ていく際には是が非でも払いもどし金を受けとらなきゃならないから。曾祖父の投資を無駄にしたくない」

「あなたはクラブの売却に賛成なんですね」

「そうだ」

「ほかのみんなは？」

「さあ、知らんな。わたしは部外者のようなものだ」

「最後にもうひとつ。どうしても訊いておかなきゃならないことです」

「というと？」声に警戒の色が浮かぶ。

「あなたはこう言いましたね。わたしはクローディア・マイアーを殺していない。ぼくが訊きたかったのはもうひとつあったんです」

アレックス・カルドウェルは長いことわたしを見つめていた。無意識のうちに斧を握りなおしている。それから、ようやく口を開いた。「そんなことは誰にも訊かれなかった。あんたがはじめてだ」

「すみません」

「答えはノーだ。わたしは妻を殺していない」

＊

さて、ここで短い幕間。ひとつ息を吐いて次の息を吸うまでのあいだ、あなたは立ちどまり、本書の冒頭から引っかかっていた問題に思案をめぐらせる。ほかの登場人物が煉獄の影のようにページの隅に潜んでいることはわかっていた。ジェームズ・ブレイクの話だと、クラブのメンバーは三十五家族ほどいる。だとしたら、その者たちはどこにいるのか。マカニスも砂浜で子供たちやほかの家族を見たはずだ。木曜日の夜の〝6の集い〟には、大勢のひとがポーチにいたのではなかったか。ところが、実際に名前が出た者は数えるほどしかない。ほかにはどんな人物がいたのか。クローディア・マイアーの死体が見つかった場所には誰が集まっていたのか。

著者はこのジャンルの小説のルール（登場人物の数はしかるべき範囲内にとどめること）とリアリティ（こういった狩猟クラブの一般的な規模とか、夏の週末の滞在者数など）の板ばさみになっているように見える。だが、考えてみれば、謎解きがフェアに行なわれるかぎり、さらに言うなら、最初は影も形もなかった犯人を最後に登場させるようなズルをしないかぎり、そんなことは大きな問題ではない。

こんなふうに本筋から離れ、ほんの少し寄り道をしているあいだに、話は二日目の大かがり火の大舞台へとずんずん進み、そこでまたいくつかの新たな疑問が浮上する。火がつくまえの大かがり火とは何なのか（踊るまえの踊り子とは何なのか？）。単なる薪とガラクタの山？　秘められたエネルギーと期待？　熱に浮かされたように見る束の間のパフォーマンスの夢？　これから目のあたりにするものはこの瞬間にのみ存在し、再現されることは決してないとわかっている歓び……あなたはこの大かがり火を何ページ分にもわたって待っていた。そして、この夜、マカニスはとうとうその場にやってきた。打ち棄てられた納屋の近くの芝生の広場。あなたはウェスト・ハートの大かがり火の規模を知って胸を躍らせる。直径約五十フィート、中央部の高さはその半分。まだ火がついていないので、土台の組み木に加えて、不要になった日用品や家具調度も見てとることができる。壊れかけた椅子、整理だんす、ひしゃげた額縁、木の荷台《パレット》、子供用のそり、ピクニックテーブル、手漕ぎボートの一部らしきもの……この光景の非現実性を決定的なものにしているのが、たきつけのいただきにクリスマスツリーのてっぺんの星や天使像のように置かれたアップライトピアノだ。脚は取りはずされるか折られるかしていて、白と黒の鍵盤もかなりの部分が失われている。ガラクタの山の上にわずかに傾いた状態でぶらさがっていて、トウモロコシ畑のなかの戦艦のようなそぐわなさがある。

「わたしがシフレットに命じて木材運搬用のトラクターで運ばせたんだ」ドクター・ブレイクはしたり顔で満足げに言った。「ピアノはずっと音程が狂ったままで、ネズミの住みかになっていた」

「壮観ですね」嘘ではない。「いつもこんな感じなんですか」

「ピアノははじめてだが、古い馬車を燃やしたことはある。でも、おおよそのところはこんな感じだね」

「『ウィッカーマン』という映画を観ましたか」わた

しはたきつけの山を見あげながら訊いた。

ドクター・ブレイクはにやっと笑った。「残念ながら、アダム、きみはわれわれの秘密を知ってしまったようだな。そう。きみをここに誘いだしたのは、今年の生贄《いけにえ》としてきみを火あぶりにするためだ。それでわれわれは年金と繰越報酬をたっぷり受けとることができる。きみはピアノを弾けるかね」

「いいえ」

「それは残念。弾けたら、面白い趣向になっていただろうに。きみは自分でミサ曲を弾きながらあの世へ行く。軽快なラグタイムでもいい。セカンドラインのジャズも悪くない」ドクター・ブレイクはそこで真顔に戻った。隣人の悲劇的な死に対する配慮が欠けていたことに思い至ったのだろう。「いや、あのような出来事のあとで言うべき冗談じゃなかったな」

わたしは一呼吸おき、それから言った。「いろいろ大変ですね」

「ジョンは中止も考えた。でも、わたしは決行すべきだと主張した。中止してどうする。ひとりで家に閉じこもっているのか。こういうときは、みんなでワイワイと賑やかに過ごすほうがいい。むろんダンカンとオットー・マイアーは別だが」

「ひとつ訊いていいですか」

「なんだね」

「部屋着のなかに入っていた石の重さです」

ドクター・ブレイクはため息をついた。「充分に重かった。それで答えになっているかね。ただ、クローディアを知る者として、そして職業柄かなりの数の自殺者を見てきた者として言うなら、薬物とアルコールが関係しているのは間違いないと思う」

「何か悩みがあったんでしょうか」

「悩みは誰にでもある。答えはイエスだ」

「夫婦関係でしょうか」

ドクター・ブレイクは肩をすくめた。「詮索したくなるのはひととして当然のことだろう。そこにはどんな意味が隠されているのか。きみの言葉で言うなら〝動機〟だ。でも、そういったものがいつでもあるかというと、かならずしもそうとはかぎらない。悩んだ末のこともあれば、そうでないこともある。なんの理由もないこともある」

　広場の向こう側には駐車地として割りあてられた場所があり、徐々に車が集まってきつつある。レンジローヴァー、ハーヴェスター・スカウト、ランドクルーザー、ジープ・ワゴニア、フォード・ブロンコ。それにＡＭＣジャヴェリンが一台。フルレストアされたウイリスＭＢもある。ラジオからリンダ・ロンシュタットの歌声が聞こえてくる。小さい子供たちは手持ち花火を持って走りまわっている。もう少し年上の少年たちは打ち上げ花火の束を抱えている。空に一番星が輝きだす。嵐が近づきつつあるとは思えない。

「いまさらですが、今回は温かいおもてなしに感謝しています」

「なんにも気にすることはないよ」

「私立探偵が家にいることを喜ばない者もいます」

「われわれに隠しごとはない」そっけない口調だった。

「いずれにせよ、わたしは前々からきみに興味があったんだ。ジェームズからきみを連れてくるという話を聞いたときはびっくりしたがね。ずいぶん時間がたっているから……」

　質問が宙に浮いていることはわかったが、口に出して訊かれないかぎり答えるつもりはなかった。

＊

　ディナーは屋外のテーブルに用意され、朝方見かけたキッチン・スタッフが料理を運んでいる。トレイにかぶせたアルミホイルをはずすと、ビーフ・ストロガノフやマカロニ・アンド・チーズやブロッコリーから湯気が立ちのぼった。子供たちのためには、ポップコーンのボウルがあちこちに置かれている。その横には、プルプル揺れる大きなゼリー。なかにアプリコットやプラムやイチゴが入っていて、グラスの内側に閉じこめられた蝶のように見える。

　大人のためにはワインのボトルと、泡立つピンク色の液体が入った大きなプラスティックの容器。

「ドクター・ブレイクの特製ラムパンチだ」ジョン・ガーモンドが笑いながら言う。「用心したほうがいいぞ」

　スタッフのなかに、先刻クラブハウスで見たメイドがいた。平凡な顔立ち、お団子に引っつめた髪、コック服。慣れた仕事ぶりだが、年はまだ若い。料理を並べおえ、ひとりになるところを見はからって、わたしは動いた。

「メアリーだね」

「ええ、そうです」

「エマの友だちだってね」

「あのひとがそう言ったんですか」

「どうだったか覚えていない」わたしは言って、ディナーのテーブルを指さした。「今夜は大忙しで大変だったね。誰も気がついてないかもしれないけど」

「ありがとうございます」

「褒めてもらえたことなど一度もないんだろうね」

「ええ、ありません。でも、そんなことは気にしていません」

「そうだね。仕事は仕事でしかない。ここは長いのかい」

「二年です。長くはありません」

「それでも何かを見てると思う。おやっと思うようなことを」

　メアリーはわたしをわかりやすい目で見つめた。

「あなたは警察のひとですか」

「いいや」

「話し方が警官みたいなので」

「親父がそうだったんだ。知らず知らずのうちにうつったのかもしれない」

「警官は嫌い」

「自分もだ。だから、警官にならなかった。警官の父がいる青春時代を想像できるかい。でもとにかく、そういう印象を持たせたとしたら悪かった。埋めあわせをさせてくれ」

「埋めあわせって？」

「葉っぱがある。いっしょにどうだい」

メアリーはまだ警戒を解かない。「麻薬捜査官なら、訊かれたら、麻薬捜査官だと言わなきゃならないことになっているはずよ」

「たしかに法律ではそうなっている」

「あなたは麻薬取締官なの？」

「誓って言うが、ちがう」わたしはマリファナ煙草を取りだした。「向こうへ行こう」


車はすべて広場の反対側にとまっている。われわれは一台のピックアップトラックの後ろの人目につかないところに行って、マリファナ煙草を交互に吸い、咳きこんだり笑ったりしながら、夏の濃密な空気のなかに煙を吐いた。使用人にあたれ。月並みな手だが、それにはもっともな理由がある。親しさ、恨みつらみ、ドラッグや酒で軽くなる口。裏話を聞きだすにはいちばんの組みあわせだ。

「クラブハウスの上階はいつもガラ空きなのかい」

「たいていは。結婚式やパーティーの予約が入ることはときどきあるけど。休暇シーズンにはメンバーの親類縁者が大勢やってくる。感謝祭やクリスマスにも。新年には大きなパーティーが開かれる」

「それ以外は？」

メアリーは意味ありげに微笑んだ。「部屋が情事のために使われているかどうかってこと？」

「まあね」

「答えはイエス。あたりまえでしょ。ほかにどこがあるっていうの」

「普通はホテルだろう」

「いちばん近いホテルでもここから二十マイルも離れてる。連れこみ専用の薄汚いモーテルよ。ここのお上品な人たちが使うようなところじゃない。それに、クラブハウスほど使い勝手がいいところはない。自分の部屋からこっそり抜けだして、やることやって、みんなが寝ているうちに部屋に戻れるんだから」メアリーは一呼吸おいてマリファナ煙草をもう一服吸った。

「いちばんよく使われるのは三〇二号室。ミセス・バーをご存じ？」

「ああ」

「昨日あなたはあの部屋にいた？」

「えっ？」

「ごめんなさい。訊いただけ。そこに誰かいたから。昨日はいつも以上にわさわさしていた。それから廊下の奥の三一二号室にも」

「そこも頻繁に使われるのかい」

「ときどき。小川に面した窓があるので。みんなのお気にいりよ」

「みんなって？」

「誰が使ってるのかは知らない。ミセス・バーのことはたまたま部屋にヘアクリップを忘れていたからわかったの。それを付けているのを見た覚えがあるので」

「かえしたのかい」

「いいえ」そう言って、メアリーは自分のヘアクリップに手をやった。ゴールドの蛇で、エメラルドの目が光っている。

「いただきってことかい」

「もちろん。まさかかえしてくれとは言えないでしょ。旦那は気がつかないだろうし。女性陣のなかには気がついた者もいるかもしれないけど、誰も何も言いはしない。次は自分のものをわたしが付けてくるかもしれないと思うと、気が気じゃないかも」

「使われているのは三〇二号室と三一二号室だけかい」

「よく使われるのはその二部屋だけ。意味はわかるわね。ほかの部屋が使われることもあるけど、そんなに頻繁にじゃない」

　わたしは話題を変えて、さらにいくつか質問をした。エマ・ブレイク、ドラッグ、クラブの金銭事情、新しい会員……だが、得られるものはほとんど何もなかった。

「話ができてよかったよ、メアリー。気をつけて帰ってくれ。嵐が近づきつつある」

　まだ火がついていない大かがり火の前に戻ると、そこに集まった者のあいだでは嵐の話で持ちきりになっていた。自殺の話よりもそのほうが無難であるのは間違いない。徐々に膨らみつつある人だかりから少し離れたところに、青緑と白のビニール張りのピクニックチェアにすわっているエマ・ブレイクの姿があった。

「また葉っぱを吸ってたのね」

「きみを探していたんだよ。でも、見つからなかった」

「かわりに誰を見つけたの」

「きみの友人のメアリー」

「使用人を絞りあげたの？　芸がない話ね」

「使い古した手はもっとも使える手でもある」

「あなたがこの週末にここに来たのは間違いだったかもしれないわね」

「どうして」

「今夜の嵐は大荒れになりそうなのよ」

「ここは密室になるわけだね」

「どういうこと？」

「厳密に言うと、内側から鍵がかけられ、窓も開かないようになっている部屋のことだ。そこで、殺された死体が見つかる。もっと広い意味では、孤立した場所であればどこでもかまわない。小さな島とか、雪で動けなくなった列車とか、荒れ地にぽつんと建つ邸宅とか……」

「森のなかの狩猟クラブとか」

「そのとおり」

「ウェスト・ハートから外へ出る道はふたつしかない。そこが通れなくなる可能性は充分にある。ひとつは土の狭い道で、もうひとつはキルにかかる古い橋を越えていかなきゃならない」

「キル？」

「ここに来るときに車で渡ったでしょ。橋の下の小川よ。ウェスト・ハート・キル」わたしの戸惑いの表情を見てとったらしく丁寧に説明してくれる。「古いオランダ語で、水路とか細流とかっていう意味らしいわ」

「なるほど」

「二十年ほどまえの年明けには、猛吹雪のせいで一週間以上も閉じこめられたことがあるんだって」

「それで、共食いが始まった？」

「たとえとしてなら、そう言えるかも。怪しげな肉ってことね」

「なんだい、それは」

「シェイクスピアよ。シーザーがマーク・アントニーを咎めるの。悲劇のアルプス越えのとき〝怪しげな肉〟を食べただろうって」

「怪しげな肉か。気にいったよ。ほかの男たちってことだな」

「たぶんね」

「この時代にシェイクスピアを読むなんて反革命的だと思わないか」

エマ・ブレイクは冷ややかな目でわたしを見つめた。

「あなたのシェイクスピアはわたしのシェイクスピアとちがうわ」

ケーススタディ——密室

〝密室〟の仕掛けはすべての古典的なミステリのなかでもっとも有名なものだ。バリエーションは無数にあるが、基本形は内側から鍵がかかっていて、ほかの者が入れるはずがない部屋であり、そこで死体が発見されることになる。ほかの誰も入ることができない部屋で、それまで生きていた者が死んでいるのが見つかるのだ。その謎は超自然的で、青ざめた執事や警官の口から〝内側から鍵がかかっている〟という言葉が発せられ、読者は背筋にぞわっとしたものを感じる。けれども、たいていの場合はつまらないタネあかしにがっかりさせられる。その理由をひとことで言うなら、密室ものは〝むずかしい〟からだ。ポーやコナン・ドイルでも、動物（オランウータンや蛇）を使って人間には不可能な侵入を可能にさせるのが精一杯のところだった。それ以降の作家はもっといびつで、嘘臭く、明敏な読者を小馬鹿にしたような手を使っている。エアガン、毒矢、風船にくくりつけた拳銃、体内に撃ちこまれてから溶ける氷の銃弾……

密室の謎からそのような突拍子もない結論が導きだされた事件が実際に起きたことがある。一九三六年、ある女性が石炭炉の前で銃弾を受けて死んでいた。その部屋に出たり入ったりした者は目撃されていない。死体には銃創のようなものが残っていたが、現場から銃は見つからなかった。死因を調べた科学者は銃弾の一部だと思われたものが単なる銅の破片であり、坑道での爆破に使われる雷管の一部であることを突きとめた。偶然にも石炭の山のなかにまぎれこみ、この不運な女性の炉に行きつき、熱せられ爆《は》ぜて胸を直撃したのだ。ありえないような話だが、それは純然たる事故死だった。

タネあかしが納得のいくものである数少ない小説の場合、最初に部屋に入った者に特に注意を払う必要がある。その人物が犯人である場合が多い。一例をあげるなら――人々が鍵のかかった部屋を破ってはいってきたとき、犠牲者はまだ生きていた。おそらくは薬物によって昏睡状態にあるだけだ。だが、みんなは死んでいるとしか思っておらず、犯人は衆人環視のなかで犯行に及ぶ。実行犯は医者、検視官、獣医などがいい。遺体を真っ先に調べるのは当然のことであり、疑念が生じる恐れはない。誰にも気づかれずに手際よく殺害するには、解剖学の知識も求められる。犠牲者の上にかがみこめば、ほかの者の視線を遮ることができる。アイスピックを耳の穴から脳に突き刺すのも手だ。凶器には、その部屋にあっても不自然でないもので、ひそかに持ちだせるものが望ましい。たとえば大佐が植民地時代の思い出の品として持っていたシルバーのレターオープナーとか。それを左の腋の下から心臓へ一刺し……片方の手で命の兆候を探すふりをし、もう一方の手でこっそりと命を絶つ。

密室ものを誰よりも熱心に世に問い、解説したのがジョン・ディクスン・カーであり、彼はその著作のほとんどにこのトリックを組みこんでいる。『三つの棺』（一九三五年）では、名高い〝密室講義〟に丸々一章を割き、探偵役のギデオン・フェル博士に密室トリックの七つのパターンをあげさせ、それぞれに無数のバリエーションがあることを述べさせている。この講義はミステリ界に一大センセーションを巻きおこし、その五年後には、小説家であり批評家でもあるアントニイ・バウチャーが『九人の偽聖者の密室』のなかで、途方にくれた警部補に自分自身の〝現実世界〟の密室殺人を解決させるためにカーの著作を参照することになる。警部補はそこに出ているどの解決法も自分が抱えている事件にはあてはまらないと結論づけるが、賢明な読者であれば、五番目の〝錯覚となりすましに由来する殺人〟にヒントがあると気づくだろう。

ちなみに――アントニイ・バウチャーの活動範囲は多岐にわたっているが、そのひとつに世界各地の探偵小説の精力な紹介がある。スペイン語を含む数ヵ国語に通じていたので、驚くべきことではないかもしれないが、当時アメリカでは無名に近かったアルゼンチンの詩人であり随筆家の作品をみずから翻訳し、エラリイ・クイーンズ・ミステリ・マガジンの編集長を説得して、〝全世界〟特集号に掲載させたこともある。かくして、同誌の一九四八年八月号には、黒い手袋をした女の背中に黄緑色のイブニングドレス姿の女が拳銃をぶっぱなしているケバケバしい表紙の下方に、『カーキ色の殺人者』や『この手で人を殺してから』といったタイトルとともに『八岐《やまた》の園』と名づけられたシュールな探偵小説が並ぶことになった。それがホルヘ・ルイス・ボルヘスのはじめての英語への翻訳作品である。

＊

夕闇が広場を覆いはじめた。子供たちは明滅するホタルの光をはしゃぎながら追いかけている。卵投げゲームが終わる。優勝したのはわたしの知らない男で、茹で卵を使ったのではないかと陰口をたたかれている。その男が濡れ衣《ぎぬ》を晴らすために卵を自分の頭で割ってみせ、歓声があがる。お祝いのシャンパンがわりに卵黄が頭を滑り落ちる。

経理係のレジナルド・タルボットに訊きたいことがあったので、わたしはその姿を探し、ドクター・ブレイクの特製ラムパンチの横に立っているのを見つけた。浮かぬ顔をしている。

「何か問題でも？」と、わたしは訊いた。

「え？　いや、べつに。どうして？」

「そのような顔に見えたので」

「このような顔なんだよ」

「経理の仕事は大変ですね。資金繰りが思わしくないようなので」

「きみは何を知ってるんだね」

「昨夜の食事の席で小耳にはさみまして。投資が思うようにいってないってことですね」

「景気のせいだよ。どうしようもない。収益は小さく、下手をすれば元本割れになる。クラブの財政状態は逼迫している。なのに、みんないままでどおりのサービスを求めるばかりで、資金援助を申しでる者はひとりもいない」

「景気の悪さは自分も肌で感じています」

「本当に？」

「探偵は贅沢品です。それは認めざるをえません。探偵は必需品じゃない。金づまりのときは、みな疑惑とともに生きることを学ぶか、自分でなんとか片をつける」

「どうやって」

「撃つとか、絞めるとか。毒殺という手もある。夫は妻の首を絞め、妻は夫に毒を盛り、誰もが誰もに向けて銃を撃つ。考えようによっては、探偵というのは社会にとって思いのほか有益な仕事かもしれません」

「どういうことだろう」

「犯罪を阻止しているので」

「なるほど。その言葉に乾杯」レジナルド・タルボットは言って、ラムパンチがなみなみと注がれたプラスティックのカップをあげた。

　それから、しばらく沈黙が続いた。子供たちは薪の山に木の枝を投げこんでいる。シャンパンがポン！と派手な音を立てる。尼さんの放屁ではない。

「解決策はある」と、レジナルド・タルボットはいきなり言った。

「なんの？」

「クラブの資金難の」

「売るということですか」

「そう。でも、そんなに簡単な話じゃない。いい買い手を見つけなきゃならない。カジノに行ったことはあるかい」

「もちろん」

「いいビジネスモデルだと思わないかね」

「かもしれません」

「素晴らしいビジネスモデルだ」話しているうちに興奮してきたらしく、まぶたがひくひく震えはじめる。「カジノは金を生む。わたしのような腕のいいギャンブラーひとりに対して、現金を寄付させてくれと頼む愚か者は何百人もいる。雇用情勢がどうなろうが、経済がどれほど悪化しようが、カモはあとを絶たない。みな手に財布を握りしめてバスを降りる。それは百パーセント間違いない。これほどうまみのある話はない」

「ビジネスのことはよくわからないけど、たしかにそうかもしれません」

「それで、どこに行ったんだね」

「どこというと?」

「カジノだよ。どこのカジノへ行ったんだい」

「ラスベガスです。もちろん」

「そこが問題なんだ。ほかに選択肢はない」

「どういう意味かよくわかりません」

「わが国でギャンブルといえばラスベガスしかない。人口の九十九・九九パーセントがラスベガスの半径百マイルより外の地域に住んでいるというのに。ラスベガスまで行くのは大仕事だ。でも、いいかね」レジナルド・タルボットの言葉はいよいよ熱を帯びてきた。「人々をカジノに行かせるのじゃなく、カジノを人々のところへ行かせるとしたら?」

「列車で運ぶんですか。それともトラックで?」

「わたしは冗談を言ってるんじゃないんだよ。十一月にはニュージャージー州でギャンブルを合法化するための住民投票が行なわれることになっていて、今度は可決される可能性が高い。でも、それ以上に期待できる話もある。フロリダに住むセミノール族を知っているかね」

「インディアンですか」

「そう、インディアンだ。当地の税務署に知りあいがいるんだがね。なんでもそのセミノール族が数年のうちに居留地内にカジノをつくる算段をしているらしい。どういうことかわかるな。そこは部族の土地だ。彼らには主権が認められている。合衆国の法律は適用されない」

「本当ですか」

「そのへんの事情はいろいろこみいっているんだが、とにかくその件については百パーセントの確信を持っている。カジノは間違いなくできる。そして、それが始まりになる。いったん始まれば、国中の部族がその真似をするようになる。まあ見ているがいい」

ラムパンチが唇をピンク色に染めている。本人は気づいていないだろうが、レジナルド・タルボットはクラブの一件書類の充実に一役買ってくれた。これでいくつかの事実が裏づけられ、いくつかの事実が新たにわかった。そのなかには、依頼人がわたしに知られたくなかったこともいくつか含まれているかもしれない。

「ひとつ秘密を教えようか」と、レジナルド・タルボットは言った。

「ぜひ」

「ここは——ウェスト・ハートのこの敷地は元々インディアンのものだったんだよ」

「えっ」

「驚いただろ。族長《ペイトリアーク》たちがここをつくったとき——

——」

「族長？」

「そう、聖書に出てくる言葉だ。われわれはクラブの創設メンバーのことをそう呼んでいる。ブレイク、ガーモンド、タルボット、バー。彼らが買った土地は元々オナイダ族のものだったんだ」

「知りませんでした」

「この州にはオナイダ族の特別保留地がパッチワークのようにあちこちに点在していた。ここのような辺鄙《へんぴ》な場所は格安で譲ってもらえた」

「二十ドル相当のビーズと引きかえに」

「当たらずといえども遠からず。理論上は、オナイダ族はこの土地を買い戻して、誰かに――つまりわれわれに九十九年契約で貸すことができる。もちろん、借り手はそこをどんなふうに使ってもいい」

「カジノですね」

「そのとおり」

「そううまくいくでしょうか」

「間違いない。あと二十年もすればニューイングランドの森は、インディアンのそれまで名前を聞いたこともないような部族のカジノだらけになる。先手必勝だ」

「それで問題はすべて解決するんですか」

「おおむね」

「すべてじゃないんですか」

レジナルド・タルボットはカップをあげて、ドクター・ブレイクの特製ラムパンチを飲んだ。

＊

ジョン・ガーモンドが発火材に火をつけ、赤い火花がぱちぱち音を立てて飛び散りだすと、それを薪の山に投げいれた。瞬時に大きな炎があがったのは、薪にあらかじめガソリンが浸みこませてあったからだろう。ものの数分で火は外側の薪のすべてに燃え移った。

とつぜん爆音が連続して響いた。パン、パン、パンパン！　まわりの者が悲鳴をあげ、身をかがめているとき、わたしの手は条件反射的にシャツの下へ動いていたが、あいにく拳銃は引出しのなかの肌着の下だった。

「爆竹だ」と、ジョン・ガーモンドが言った。「悪ガキどもめ。今年はやるなとあれほど言っておいたのに」

「たしかに危険ですね」

「数年前には、三インチのものが二個、薪の山のなかに仕込まれていた。木片が四方八方に飛び散って、運が悪かったら、人命にかかわるような事故が起きていたかもしれない」

炎が這いのぼり、いただきのピアノに達する。熱に弦がきしみ、のび、大きな激しい音を立てて切れる。炎を囲んでいる人々が思わずあとずさりする。さらに一本、また一本と弾けていく。死にゆく動物を見ているようだ。

大かがり火の向こう側から、女の歌声があがった。オペラの朗唱。ジェーン・ガーモンドだ。

「メトロポリタン歌劇場で代役を務めていたんだよ」夫が小さな声で言う。「結婚前の話なんだがね」

「プッチーニの『蝶々夫人』よ」と、わたしの隣にいたメレディス・ブレイクが教えてくれる。

「そうなんですか。オペラは観たことがないもので」

「蝶々夫人というのはゲイシャで、アメリカ海軍の士官ピンカートンと結婚するの」

「探偵事務所と同じ名前ですね」

「そうなの？」メレディス・ブレイクは生返事をして先を続けた。「結婚後、ピンカートンは日本を三年間離れ、そのあいだに蝶々夫人は男の子を産んだ。戻ってきたピンカートンはアメリカ人の妻を連れてきていて、子供を引きとらせてくれと頼む。蝶々夫人は夫も息子も失い、みずから命を絶った」

「それで、すべてが丸くおさまったわけですね」

「オペラ的にはね」

　われわれはアリアに聴きいった。歌詞はわからないが、メロディーは聞き覚えがある。思慕と愛と悲運の調べ。炎の端にスーザン・バーの姿が見えた。夫から離れ、広場のはずれの木立ちのほうへ歩いていく。ひとの目があるので、できればもう少し時間をおいたほうがよかったが、わたしは待ちきれずにそっちのほうへ歩きはじめた。

＊

「今夜も十二時？　三〇二号室で？」

「そうしたいけど、やめておくわ。嵐が近づいてるから。あそこに閉じこめられると困るでしょ」

「困るかな」

　われわれは木にもたれかかって十代の若者のようにいちゃついていた。森のなかに少し入っただけで、人々のざわめきや大かがり火の爆ぜる音は遠のき、夜の森の音しか聞こえない。コオロギ、梢《こずえ》を吹き抜ける風、頭上の枝にいる動物の気配。

「こういうの、ペッティングって呼んでたわね。遠い昔の話だけど」

「失われた技法だね」

「いまはみんな手っとり早く一線を越えてしまう。わたしもそう」

「ぼくも」

「でも、何もかも簡単に許されると、何かが失われる。期待とか。焦らされる喜びとか。じわじわと募っていく高揚感とか」

「一服するかい」

　われわれはマリファナ煙草をまわしあった。ここからだと、ウェスト・ハートのメンバーたちは大かがり火を背にした影絵にしか見えない。

「ここには多くの不幸がある」

「ここにも、あそこにも。どこにもかしこにも。後世の歴史家はこう名づけるかも。悲しみの時代。ドラッグの時代。静かに涙する絶望の時代」

「今日はびっくりしただろ」

「クローディアのこと？　そうね。あまり親しくはなかったけど。無口で、内向的なひとだった。考えすぎたのね。時間がありすぎたのね」

「きみはダンカン・マイアーと関係を……」

　ひとしきり沈黙があった。マリファナ煙草の火先が赤く輝き、それから暗くなる。

「持ってない」

「機会がなかったのか、それとも関心がなかったのか」

「彼は予約ずみだった、とだけ言っておくわ。じゃ、今度はわたしが質問する番よ」

「どうぞ」

「あなたは誰に雇われてるの」

「雇われてると誰が言ったんだい」

「とぼけないで。ここのひとはみなおしゃべりなのよ。あなたはみんなから話を聞きまくっている」

「そういう性格なんだよ」

「ばかばかしい。でも、まあいいわ。わたしのことは？　わたしをたらしこむのも計画のうちだったの」

「たらしこむとは心外だな。こっちがたらしこまれたと思ってたんだが」

「ほかには誰を狙ってるの」

「ウェスト・ハートで？」

「そう」

「誰も」

「エマ・ブレイクは」

「えっ？」

「年上の男好みの娘よね」

　答えるかわりに、わたしはまたキスをした。

　数分後、三〇二号室に駆けこみたくなる衝動を抑えるために身体を離すと、スーザン・バーはふたたび身上調査を始めた。

「あなたの話をもっと聞かせてちょうだい。かつて偉大だった街ニューヨークでのアダム・マカニスについて」

「どういう意味だい」

「あなたは誰なのか。どこから来たのか。どうして探偵になったのか」

「昔話かい。覚えてないと言ったら？」

「つくりなさい」

「わかった。親父は警察官だった。殺人課の刑事だ。息子に家業に継がせるつもりでいたが――」

「家業として殺人にかかわってたってこと？」

「そう。だが、大学に進んだ」

「いいわね」

「そしてドロップアウトした」

「何をするために？」

「最初は何も考えてなかった。しばらくのあいだ、何もせずにぶらぶらしていた。それから軍隊に入って、ベトナムに行った」

「どうしてまた？」信じられないといった口調だ。

わたしは暗闇のなかでスーザン・バーを見つめた。

「きみがこれまでやったなかでいちばん馬鹿なことはなんだい」

「さあ。考えないとわからないわ」

「ぼくの場合は考えるまでもない」

「どうして嘘をついたの。昨日、ディナーの席で」

わたしは肩をすくめた。「いつもの癖かな」

「嘘をつくことが？」

「そう」

「戦争については？」

「それだけじゃない。でも、もちろん、それもある。レッテル貼りをされたくないんだ。自分はなんだっていい。ヒーローでも。戦争犯罪者でも。帝国主義者でも。自由の戦士でも。カナダに逃げるべきだったということでもいい。ほかの戦場にも行くべきだったということでもいい」

「ウェスト・ハートの子供たちは前線に送られていない」

「だろうね」

「ベトナムから戻ってきてからは？」

「仕事が必要だった。だから、親父の元相棒がやってる私立探偵事務所に入った。親父はおかんむりだったがね。そこで、いろんなことを教わった」

「職業訓練ね」

「そう。路上にとめた車のなかで何時間もじっとすわっていたり。雨に濡れながらアパートメントの窓ごしに結婚の誓いを破る人影を見ていたり。相続争い。横領。失踪。消えた夫——何年かあとに見つけたときには、新しい家族がいた。消えた女——両親が考えていたとおり夫に殺されていた」

「ボスはどんなひとだったの」

「ホレーショ・ブラウンといってね。昔気質《かたぎ》の男だ」

口もとに思いだし笑いが浮かんでいるのが自分でもわかる。「机の引出しにはウィスキーのボトル、煙草は日に三箱。そういうタイプだ。ときどき分厚いファイルをめくって、仕事中に撮ったお気にいりのエロ写真を見ていた。万物の普遍的な法則として、依頼人はみんな嘘をついていると信じていた。その点についてはかならずしも間違っていないと思う」

「それで、そのひとはどうだったの」

「心臓発作で死んだ。そのあとのことだ、ぼくが自分でオフィスを構えたのは」

「大学では何を専攻していたの」

「哲学」

「本当に？」

「本当だよ」

「それって何かの役に立つ？」あきらかに笑いをこらえている。

「ひとはどう生きるべきかを考える学問だから、理論上はまったく役に立たない。ただ、ひとがどう動くか、なぜそうするのかを考えるには役に立つ。われわれが考えなきゃならないことは多い。知っていると思っていることを自分は本当に知っているのか。無関係なふたつの出来事のあいだに、ひとはどうして偽りの関係をつくりだすのか。そもそも真実とは何か。知覚、罪、潔白といったものをどのように定義づけることができるか」

「あなたには本当に驚かされるわ、アダム・マカニス」

「どういうことだい」

「形而上学は若者のものよ。年をとってそんなものにしがみついてるのは愚か者だけ」

「職業病だよ。ずっとひとりでいると頭に鍵がかかってしまう。思考が追いかけっこをしつづけるんだ。いつまでも、どこまでも。宇宙の欺瞞と終焉について思案をめぐらせながら。不倫をさっさと終わらせて、小便に行けることを願いながら」

「あなたは真実が存在するかどうかを思い悩んでいる。でも、真実が存在するかどうかにかかわらず、あなたはそれを見つけるのを自分の仕事にしている」

「夫が殺人罪に問われた女性から依頼を受けたことがある。彼女は夫の無実を確信していた」

「無実だったの？」

「決定的な証拠は見つからなかった。見つかったのは新しい証人だけだ。でも、事件から何年もたっていたので、信憑性はそんなに高くない。夫と犯行を結びつける物証はない。かといって、アリバイもない。どっちの側にも決定打はない。ほかに容疑者はいない。警察の言い分の根拠は薄弱だが、理屈は一応通っていた。検察官は陪審員をうまく言いくるめて有罪判決を勝ちとった。それでおしまいだ。いい加減で、とうてい納得できるものじゃない。答えは出なかった。なのに、夫はいまも終身刑に服したままで、妻は本当に夫のことをわかっていたのかと悶々としながらひとりで暮らしている」

「それで、あなたはいくら請求したの」

「紳士は金の話はしない」

実際には一ドルも請求しなかった。おまえは探偵をやるには甘すぎると、ホレーショ・ブラウンにいつも言われていた。

定義

ミステリ――ギリシア語の〝mystērion〟（μυστήριον）が語源。最初のギリシア語訳聖書『セプトゥアギンタ』の七十人の翻訳者が、神のお告げによってのみ垣間見ることのできる聖なる秘密を表わすのに用いた言葉。また、異教徒的な文脈のなかでは、古代ギリシアの密儀教団による秘儀を表すために使われた言葉でもある。それから数世紀ののち、中世イギリスの〝聖史劇《ミステリ・プレイ》〟の俳優たちは、天地創造から最後の審判までの聖書のいくつかの重要なエピソードを舞台で演じていた。研究者によれば、この聖史劇はシェイクスピアをはじめとする同時代の作家に大きな影響を与えたという。たとえば『マクベス』の門番の場面は、『地獄の征服』でキリストを制止する門番を彷《ほう》彿《ふつ》させる。近代以前の英語では、ミステリという言葉は〝美術〟や〝工芸〟とも通じるところがあり、聖史劇の多くは関連するギルドによって上演されていた。船大工はノアの方舟《はこぶね》のシーンを、ワイン醸造家はキリストが水をワインに変えるシーンを、金細工師は賢者の贈り物のシーンをといった具合に。このような中世のギルドは、古代ギリシアの密議教団から着想を得て、ギルドの身内だけに通じる秘密の身振りや合図を使って自分たちの権益を守っていた。

もともとミステリという言葉には、超自然的な力や、隠されていたもの、あるいは隠さなければならなかったものを暴いたり、あきらかにするという意味があることは知られていた。それは神秘主義や神秘主義者ともつながっていて、そのことを考えると、心霊主義者として知られているアーサー・コナン・ドイル卿が交霊会にたびたび足を運んだのもむべなるかなである。

*

ジョン・ガーモンドはレジナルド・タルボットと話をしながら腕時計に目をやった。ふたりは先ほどから森の木立ちごしに湖のほうをいらだたしげに見ている。

「何かあったんですか」わたしはジェームズ・ブレイクに尋ねた。

「花火の時間だよ。とっくに過ぎている」

「誰が打ちあげるんです」

「フレッド・シフレットだ。向こう岸の砂浜から。もう何年もやっている。慣れているはずなんだが」

わたしはスーザン・バーから数分遅れで森を出て、何事もなかったような顔で、だがそんな自分を滑稽に思いながら、大かがり火を囲む人々の輪にふたたび加わっていた。エマ・ブレイクがこちらを見ているのがわかったが、ここは無視するしかない。

人々は待っている。待ちつづけている。何か変だぞと思いはじめている。わたしはフレッド・シフレットのことを考える。もしかしたら、湖岸にあの男の死体が転がっているのではないだろうか。でも、花火でひとを殺すことはできるのだろうか。と、そのとき、遠くのほうでヒューという音が聞こえた。数秒のあいだ何も起きなかったが、目を細めたら、小さな点が夜空に線を描いているのが見えたかもしれない。それから、赤と金と緑の光の輪が……

ウェスト・ハート・クラブのメンバーが大かがり火のまわりで頬に当たる熱の心地よさを楽しんでいるとき、あなたは考えている。利口な作家なら、この火を小道具として利用するかもしれない。芝居がかったことが好きな犯人なら、大勢のひとの目の前でひそかに証拠を燃やすという演出にひとり悦に入っているかもしれない。みずからの有罪を決定づける証拠が、何も知らない何十人という人々の前で焼き払われるのだ。でなかったら、演出どころではなくて、いまに至るまで証拠を隠滅する機会を逸しつづけ、あわてて火のなかに投げこんだのかもしれない。たとえば、警察にはないと言っていたクローディア・マイアーの遺書とか。

あなたはこうも考えている。探偵やほかの者たちは顔をあげて夜空のショーに見入り、眼鏡のレンズや広場のはずれにとめた車のフロントガラスには打ちあげられた花火が反射している。誰かを撃ち殺すのにこれほどいい機会はない。銃声は夜のお楽しみの音に掻き消される。しかしながら、花火を打ちあげるタイミングにあわせてひとの後頭部を撃つなどということが本当に可能なのだろうか。撃たれた者は誰にも気づかれずに地面に崩れ落ちる。あとはすぐ近くの炎のなかに拳銃を投げ捨てるだけでいい。しかしながら、ここの群衆のなかに、そんなことを考える者がいるだろうか。そんなことをくわだてる者がいるだろうか。そんなことをやってのけるだけの胆力がある者がいるだろうか。

たしかに殺人鬼かミステリ作家ならやりかねない。だが、実際問題として、ここでいまそんなことは起こりそうにない。そこで、あなたは考えなおす。それは作家や評論家が言うところの〝テンポ〟や〝リズム〟にかかわる場面であり、次の騒動に備えて一息つくシーンではないか。本書においては、文字どおり嵐のまえの静けさである。登場人物はみな寂しげで、物思いに沈んでいるように見える。空を見あげながら、花火が打ちあげられるたびに驚き、歓喜していた子供のころを思いだしているように見える。もうあのころには戻れない。花火も過ぎ去った過去も切ない。いまあなたはここでストーリーが一段落したと感じている。ジョン・ガーモンドは妻のジェーンと手をつないでいる。スーザン・バーはひとりで立っている。ジェームズ・ブレイクはラムジー・ガーモンドのプラスティックのカップに酒を注ぎ足している。ウォーレン・バーはレジナルド・タルボットに耳打ちしている。ジョナサン・ゴールドはエマ・ブレイクの横で空を指さしている。アダム・マカニスは人々の後ろで観察している。ひとりでじっと観察している。

　あなたは理解している。このあと事件が起きるまえに、犯人もしくは犠牲者になる人物の姿を、ちらっと見ることができるはずだと。

　夜の空気は張りつめ、不穏な気配がたちこめている。最後の花火の煙が木立ちの上を流れてゆく。遠くのほうで稲妻が光り、垂れこめた雲の下方を切り裂く。数秒遅れて雷鳴がとどろく。

　雨粒が一滴。そしてもう一滴。

「退散しよう」と、ジョン・ガーモンドが言う。

　雨脚は急速に強まり、数分のうちに、広場は空っぽになった。テーブルはこのまま翌日か翌々日まで放置される。ゴミ袋は空のワインボトルや食べ残しの料理でいっぱいになっている。人々は頭にジャケットをかぶり、車のほうに駆けていく。タイヤはぬかるんだ地面に沈みかけている。ハイ・ビームが闇を切り裂く。暗い夜の雨のなかで、誤ってひとを轢かないようにしなければ……

　見る者は誰もいなかったが、広場には奇跡のような光景が現出していた。土砂降りの雨のなかで、火はその熱のために嵐をものともせず燃えさかりつづけている。この超常的な出来事のなかに何らかのメッセージが含まれていたとしても、それに気づく者はいない。車のなかでタオルを使っている者たちは雨のなかの火に気づかない。イカロスの伝説のなかで、空から落下する少年に誰も気づかなかったのと同じように。ひとはみな啓示に餓《う》え、啓示を求めている。だが、そのときが来ても、それに気づく者がどれだけいるというのか。たとえ気づいたとしても、それに反応する者がどれだけいるというのか。

*

　そしていま――ひとりの命の最後のときが訪れようとしている。この日の締めくくりのパラグラフでは、映画の手法を真似て視点を変え、カメラのような澄んだ冷徹な目で、ウェスト・ハートを俯瞰《ふかん》し、嵐の爪痕を描きだしてみよう。クラブハウスの地下に流れこむ水。路上に落ちて蛇のようにうねり、火花を散らしている送電線。ネットが半分まで水につかったテニスコート。道路は濁った川のようになり、その先で齢数百年のカシの大木が風ではなく、水の力で傾き、根こそぎになり、すさまじい音を立てて道路に倒れ落ちる。

　次にカメラは古い木の橋をとらえる。その下を流れる小川は奔流となって、土手からあふれだしている。橋の片側が沈みはじめる。水を吸って朽ちかけた木の板がはがれ落ちる。力尽きて脚を折る年老いた動物のように、橋は最初ゆっくりと、それから一気に崩落する。

カメラはいまクラブハウスの前の砂利敷きの駐車場にある。そのとき——あそこ！　一階の窓に閃光がさす。そして消える。

稲妻。雷鳴。容赦なく降りつける雨。

こんな天地を揺るがす騒ぎのなかで、ドラムを叩く音のような一発の銃声を誰が聞きつけるであろう。

アンケート

1　クローディア・マイアーの死は自殺だと思いますか。
はい
いいえ

2　マイアー家の飼い犬の死は事故だったと思いますか。
はい
いいえ

3　殺人事件の被害者になると思われる人物の名前を○で囲んでください。複数も可。

A　ジェーン・ガーモンド
B　ジョン・ガーモンド
C　ダンカン・マイアー
D　アレックス・カルドウェル
E　スーザン・バー
F　ウォーレン・バー
G　エマ・ブレイク
H　ドクター・ロジャー・ブレイク
I　レジナルド・タルボット
J　ジョナサン・ゴールド
K　アダム・マカニス

4　殺人事件の加害者になると思われる人物の名前を○で囲んでください。複数も可。

A　ジェーン・ガーモンド
B　ジョン・ガーモンド
C　ダンカン・マイアー
D　アレックス・カルドウェル
E　スーザン・バー
F　ウォーレン・バー
G　エマ・ブレイク
H　ドクター・ロジャー・ブレイク
I　レジナルド・タルボット
J　ジョナサン・ゴールド
K　アダム・マカニス

5　探偵を雇ったのは誰だと思いますか。その理由は?

6　われわれが殺人事件に魅了されるのは、生来の暴力的傾向がエスカレートしたことの表われだと思いますか。殺人事件について書かれた本を好んで読むのは、文明社会が許容する範囲で、殺人願望を満たすひとつの方法だからだと思いますか。

はい
いいえ

7　ひとを殺人に駆りたてるのはどんな感情だと思いますか。ひとつだけ選んでください。

愛

憎しみ

8　配偶者や恋人があなたの視線に気づいていないときに――たとえば、このような本を読んでいるときに、その顔を見ながら、それまで後悔したことの数々を思い浮かべたことはありますか。彼（あるいは彼女）らのいない人生を想像して、それを実現させるためにどんなことができるのか考えたことはありますか。相手もまた同じことを考えているのではないかと思ったことはありますか。

土曜日

……みなワトスンになり、フクロウのように目を見開いて観察している……

この国がまたひとつ年をとった日の朝、目が覚めたとき、雨はまだ降りつづいていたが、道路が使えなくなっていることをわたしたちはまだ知らない。自分たちのなかに殺人犯がいることも同様にまだ知らない。犯人はベッドで眠れぬ一夜を過ごしたのだろうか。荒れ狂う嵐と、朝死体が見つかったときのことを考えて、寝つけなかっただろうか。そのとき、どんなふうにふるまえばいいか考えていただろうか。嘘臭く見えないような驚き方やうろたえ方を練習していただろうか。アリバイにほころびがないか確認していただろうか。

じつのところ、犯人と同様、ほかの誰にとっても、こんな嵐の夜にぐっすり眠れるはずはない。雷鳴、稲妻、そして停電。とつぜんのショッキングな静寂。数秒のあいだ雨音しか聞こえなくなり、そのあと発電機が始動するカチッという音がして、冷蔵庫とかキッチンの時計とかの、自分たちが普段あたりまえのように聞いている機械音が、人間が息を吹きかえすようにいっせいに戻ってくる。

普通なら、このような夜の翌朝には、自分の家に被害がないかぎり、ゴシップや他人の不幸を求めて、どこの地下室が浸水したとか、どこの屋根が倒木で破損したとかを知るために、あちこちに電話をかけているところだが、この日はちがった。受話器をあげても、電話線が切断されているので、発信音は鳴らない。仕方がないので、わたしたちはレインシューズをはき、レインコートを着て、雨のなかへ出ていく。そして、ぬかるんだ小道をよろけながら歩いているジェーン・

ガーモンドに出くわす。ひとつ以上の質問は必要なかった。〝夫の姿が見あたらないんです。ゆうべから見ていないんです〟。それで捜索が始まった。

見つけたのはメレディス・ブレイクと娘のエマだった。ジョン・ガーモンドはクラブハウスの大広間の暖炉の前で手足を広げて倒れていた。目は大きく見開かれていたが、焦点はどこにもあっていない。頭の下には、凝固して黒ずんだ血だまりができている。小動物(地下室に棲みついているネズミだろう)が生乾きの血の上を歩いたあとが、グロテスクな染みとなって厨房まで続いている。このような忌まわしいディテールほど、それがなんであるかわかったとき、より鮮烈にわたしたちの印象に残るものだ。

あなたはジョン・ガーモンドの血をつけたネズミが食品貯蔵庫《パントリー》の床を走りまわる姿を想像しながら、一方では、著者がここにきて一人称複数形の〝わたしたち〟を使いはじめたことに意を用いている。この人称はマーダー・ミステリではめったに使われない。その理由は明白で、〝わたしたち〟を使うと、〝誰なのか〟が巧妙にぼかされてしまうからだ。としたら、とあなたは考える。それはそのために仕組まれた罠であり、いよいよ〝誰なのか〟に焦点が絞られてきた時点で、森に葉を隠したり、戦場に死体を隠すのと同じように、犯人の正体を〝わたしたち〟のなかに隠そうというたくらみかもしれない。そして、それはストーリーの説明役である古代ギリシアの合唱隊《コロス》を、さらには、完全に潔白とは言いきれない人々が抱いている罪悪感や、誰もが被害者か容疑者であるドラマの登場人物たちの声を想起させるために意図されたものかもしれない。

*

「短波ラジオを持ってるひとはいませんか。いない?

となると、道路が開通し、電話が使えるようになるまで、ここは孤立状態になります。犯人を見つけだすのは時間との闘いです。いま犯人の脈拍数はあがっているはずです。夜は眠れず、頭は混乱しているはずです。でも、しばらくすると、落ち着きを取りもどして、アリバイをチェックし、話の矛盾点を修正し、シラを切りとおせるようになるかもしれません」アダム・マカニスは話を続けた。「犯人は男かもしれないし、女かもしれない。いずれにせよ、われわれはただちに捜査を開始しなければなりません。異議はありませんね」

　わたしたちはクラブハウスの一階のダイニングホールに集まっていた。その隣の大広間には、いまもシーツに覆われたジョン・ガーモンドの死体が横たわっている。雨のなか四輪駆動車で道路の様子を見てまわってきたフレッド・シフレットの話だと、ウェスト・ハート・ロードもグリーンフィールド・ロードもやはり通れなくなっているらしい。ここでもウェスト・ハート・キルの古い橋をめぐって一悶着《ひともんちゃく》あった。それは何年もまえから問題視されていたことだが、修理費用を負担してもいいと申しでる者はまだひとりも現われていなかった。その話はすぐに投資の失敗や会費の値上げについての議論にまで発展し、ドクター・ブレイクから隣の部屋に死体があるんだぞとたしなめられるまで続いた。

　メレディス・ブレイクが気をきかせてコーヒーでも飲みませんかと声をかけ（もっと強いものでもいいという声をあげたのは、予想どおりウォーレン・バードだ）、息子に手伝ってもらって厨房からコーヒーをクッキーといっしょにふたつのトレイに載せて運んでくる。それまでのあいだ、わたしたちは話をするのを恐れているみたいに黙りこくったまま、おたがいの様子を横目でうかがいあっていた。この日はいつもの二日酔いに加えて、睡眠不足と、ウェスト・ハートが犯行現場になったという、つい先ほどの悪夢のような現実が重くのしかかっている。そのあと、わたしたちの視線は用心深く探偵に向かう。

「どうしてきみの言うことを聞かなきゃいけないんだ」と、ウォーレン・バーが言う。

マカニスは腕を組んだまま、マホガニーの革張りソファーやウィングバック・チェアに居心地悪そうにすわっている者の顔をひとりずつ順番に見ていき、それから答える。「なぜならぼくはジョン・ガーモンドに雇われていたからです」

ざわめきが部屋に広がった。視線が交わされる。わたしたちはおたがいの目に現われた動揺や戸惑いの色の意味を読み解きあう。ただ単に驚いているだけなのか。誰かを疑っているのか。そういったこととはまったく別の何かなのか。ジョン・ガーモンドが抱いていた疑惑がどの程度のものだったのかと、いまあらためて考えているのは誰か。探偵がどこまで知っているのかと、いま疑問に思っているのは誰か。

ドクター・ブレイクが沈黙を破る。「どうしてジョンはきみを雇ったんだね」

「身の危険を感じていたからです。それで、何かおかしなことはないか目を光らせていたんです」

「ジョンの身を守るのがあなたの仕事だったとしたら、あなたはその任を果たせなかったということになるわね」と、メレディス・ブレイク。

「ぼくはボディーガードとして雇われたのじゃありません。ジョン・ガーモンドは自分と家族の身の安全は自分で守れると考えていました。ぼくの仕事は疑惑を裏づけるか、でなければ否定することでした」

「それで結果は？」

「おかしなことは多々ありました」

「どういうことか説明してくれないか」と、ウォーレン・バー。

「あまり立ちいった話をするのはちょっと……」

ふたたび沈黙が垂れこめる。暖炉の上の時計がときを刻む。外では雨が降りつづいている。

「まあいい」と、レジナルド・タルボットが言う。

「きみのこれまでの調査のことをとやかく言うつもりはない。きみの依頼人は死んだわけだから。問題はこれからのことをなぜきみにまかせなきゃならないのかってことだ」

「それはこの部屋で容疑者でないのはぼくだけだからです」

　わたしたちは沈黙を守り、この新しい局面に順応しようとしている。雨のために窓を閉めきった蒸し暑い室内の空気に、被害妄想の念が色濃く漂いはじめる。捜査に異を唱えたら疑いの目で見られるのは間違いない。

　しばらくしてメレディス・ブレイクが口を開いた。

「それで、あなたはこれからどうするつもりなの」

「みなさんから話を聞きます。ひとりひとり。個別に。ダンカン・マイアーも含めて」

「ダンカンは悲嘆に暮れている。そっとしておいたほうがいいんじゃないか」

「残念ですが、それはできません。ジェーン・ガーモンドにも来てもらう必要があります。いまは自宅に戻っているんですね」

「ええ、エマといっしょに」と、メレディス・ブレイクが答えた。「でも本当に必要なの？　こんなことがあったばかりなのに……」

「仕方がありません」マカニスは部屋を見まわした。

「もうひとりのゲスト、ジョナサン・ゴールドはどこに泊まっているんですか」

「タルボット家の隣の空いているキャビンです」

「ここに来るよう伝えてください。それと、クラブの財務記録に目を通す必要があります。ミスター・タルボット、帳簿を持ってきてもらえますか」

「その必要があるとは思えないが……」

「二冊とも持ってきてください」

返事はない。

メレディス・ブレイクが訊く。「どういうことなの、レジナルド」

レジナルド・タルボットは激しくまばたきをしている。「べつに深い意味はない」

「わたしも気になる」と、ドクター・ブレイク。「どういうことだい、レジナルド。帳簿が二冊というのは」

「意味はないと言ったじゃないか。彼は自分が何を言っているかわかってないんだ」

マカニスは言った。「ここには二種類の帳簿があると聞いています。あなたが経理係になるまえからの話かもしれません。たしかなことはわかりませんが、たぶんそうなんでしょう。金は殺人の強い動機になる。だから、どうしても帳簿を確認する必要があるんです」

「レジナルド――」と、ドクター・ブレイクが促す。

「わかったよ。帳簿を持ってくる。まったくもって誰にそんな話を吹きこまれたのやら」

マカニスは意に介さず続けた。「いいでしょう。では、みなさん、さっそく始めましょう」

いままでずっと黙っていたスーザン・バーが大広間を指さして小さな声で訊いた。「遺体はどうすれば……」

「ここから運びだせるようになるまでに数日はかかる。あのまま放置しておくわけにはいきません。誰かカメラを持っていませんか。ありがとう、ジェームズ。だったら、ここに持ってきてくれ。できるだけ多くの写真を撮るんだ」ここでマカニスは一呼吸おいた。次の提案がみんなに動揺を与えるのを予想してのことだろう。「それから、ドクター・ブレイク、さしつかえなければ、遺体を厨房の冷凍庫に移したいのですが」

メレディス・ブレイクが息をのむ。スーザン・バーが嗚咽をこらえる。ジェームズ・ブレイクの顔から血の気が引く。一同の動揺と疑念ははかりしれない。ここにいる誰もが容疑者か目撃者かもしれないのだ。殺人事件のほとぼりはさめていない。あまりにも恐ろしすぎる。ついさっきまで生き、笑い、愛し、息をしていた人間が、次の瞬間には死体になっていたのだ。

「そうするのがベストだろう」ドクター・ブレイクが神妙な声で答えた。

＊

アダム・マカニスはドクター・ブレイクとジェームズ・ブレイクといっしょに死体を囲んでいた。血が白いシーツに滲みでて、頭の下に大きな染みをつくっている。わたしたちは彼らをその場に残し、ぞっとするような作業を手伝わされずにすんだことに安堵しながら大広間を通り抜けた。いずれにせよ、わたしたちには朝食の準備をしたり、二日酔いの薬を服《の》んだり、犬に餌をやったりする仕事がある。人生は続く。多少の後ろめたさはあるが、生者が死者に勝るのは仕方がない。

マカニスがシーツの片方の端を持ち、ドクター・ブレイクがもう一方の端を持つ。ふたりはうなずきあい、彫刻作品の除幕式を真似るように死体からゆっくりとシーツをはがした。

「うっ」と、ジェームズ・ブレイクがうめく。

父親が声をかける。「だいじょうぶか」

「う、うん」

「無理にここにいる必要はないんだよ」と、マカニスが言う。

「死体を見るのはこれがはじめてじゃない」ジェームズ・ブレイクは言い、マカニスが眉を吊りあげるのを見て付け加えた。「トリップ・カルドウェルとオットー・マイアーを車内で見つけたのはぼくなんだ」

三人は足もとに横たわる死体を見つめた。後頭部に穴があき、毛髪に凝固した血がこびりついている。肌は土気色になり、口は大きく開き、唇はめくれあがっている。

「苦しんだってことかな」ジェームズ・ブレイクが訊いた。

「顔が歪んでいるのは、死後硬直で皮膚が突っぱっているせいだ」と、父親が説明する。「暴行を受けた死体は口が開いているというのは俗説だ。言うまでもないが、殺された者の瞳孔に最後に見た者の姿が映っているというのも本当ではない」

「カメラの種類は？」と、マカニスが訊いた。「ポラロイド？　それでいい。さっそくとりかかろう」

「撮るのは傷あとだけじゃないんだね」

「どこでも撮れるだけ撮ってくれ」

三人はそれで口を閉ざし、沈黙を破るのはポラロイドのシャッター音と写真が出てくる音だけになる。マカニスはジェームズ・ブレイクから写真を受けとると、少し振ってから、暖炉の炉床の上に並べていく。大理石の塊が削られて徐々に彫像になっていくように画像がゆっくり浮かびあがる。

「後頭部を撃たれてる」と、ジェームズ・ブレイクが言う。「いきなり後ろからってことかな」

「そうとはかぎらない」と、マカニス。「犯人が銃を突きつけて、後ろを向くように命じたのかもしれない。引き金をひくときに相手の目を見たくなかったのかもしれない。その可能性は充分にある。でなかったら、撃たれるとわかって逃げようとした。あるいは本能的に背中を向けた。撃たれるとはまったく思っておらず、何も疑わずに背中を向けた可能性もある」

ジェームズはシャッターを押す手をとめた。

「これでいいかな。フィルム切れだ」

「それで充分だ。では、ドクター」

ドクター・ブレイクは膝をついて、遺体のまぶたをそっと閉じ、それから調べはじめた。「爪に付着物はない」死体の両手を身体の横におろして、「防御創のようなものもない。犯人には手を触れてもいないようだ」

「銃創は？」と、マカニスが訊く。

「きみが考えていることと同じくらいのことしか言えない。ただかなり近い距離から撃たれたのは間違いない。頭のすぐ後ろからじゃないが、部屋の反対側からというわけでもない」

「死亡時刻は？」

「わたしは検死官じゃない。だから、あくまで単なる参考意見として聞いてもらいたい」

「わかりました」

「よろしい」ドクター・ブレイクはちらっと腕時計に目をやった。「いまは十時ちょっと過ぎだ。死後硬直は相当程度まで進んでいる。死亡時刻は午前零時から二時のあいだくらいだろう」

「それでいいと思います。ジャケットやブーツも乾いているし」

「体温を測ればもっと正確な時間がわかるのだが、こんなことになるとは思ってもいなかったから……」

「もちろんです。あなたのほうでほかに何もないようでしたら、これでいいでしょう」

「次は何を？」ジェームズが訊いた。

「とにかく遺体を移動しよう」部屋に排泄物の臭いが充満していたので、マカニスはいちばん近い窓を指さした。「あけてくれないか」

三人とも汗まみれになっていた。ジェームズ・ブレイクが窓をあけると、さっきまで聞こえなかった雨の音が、冷たい空気といっしょに部屋に流れこんできた。

三人は遺体の横にシーツを広げ、だがそこで動きをとめた。

「持ちあげますか」

「引っくりかえそう」

なんとか遺体をシーツの上に載せると、ブレイク親子がシーツの片方の端を、マカニスがもう一方の端をつかむ。

「もうひとり残ってもらうべきだったな」と、マカニス。「仕方がない。ワン、ツー、スリー――」

三人はうなり声とともに遺体を持ちあげ、よろけながらゆっくり部屋を横切りはじめる。

「まずいな。床が……」マカニスが言う。頭にあいた穴から出た血が、シーツから床にこぼれ落ちている。

「このままだと、床が血まみれになる」

「厨房に大型のカートがある」と、ジェームズ・ブレイクが応じる。「いったん下におろそう。カートを取ってくる」

ジェームズはカートと野外パーティー用の青いビニールシートを持って戻ってきた。

「どうして最初に気がつかなかったんだろう」マカニスはあきらかに自分に腹を立てている。「仕方がない。もう一度だ。ワン、ツー、スリー――」

また三人で遺体を持ちあげてカートに載せ、ビニールシートをかぶせた。あなたはここで一呼吸おいて考える。三人の男が暑さと緊張と二日酔いのせいで大汗をかきながら、クラブハウスの静まりかえった大広間にカートを転がしているシーンはコミカルなホラー、でなければドタバタ喜劇だ。われわれがこのような挿話に惹かれるのは、そこに人間の肉体の愉快ならざる真実を垣間見ることができ、ひとはどのように始まり、どのように終わるのかといったことを考えさせられるからだろう。男たちが四苦八苦しながら死体を運ぶさまが笑いを誘うのは、重いマットレスや冷蔵庫を三段の急な階段の上に持ちあげようとするような日常の力作業と同質のものにちがいない。実際のところ、死体と家具のあいだにどれほどの違いがあるというのか。そういったことを突きつめて考えると、子供が鉛色の空を見あげて雨が雪に変わったことに気づくように、曖昧で、流動的だが、確実に訪れる死の瞬間の不可解な謎に行きあたらざるをえない。

男たちは厨房の冷凍庫の前で躊躇している。

「こんなことして本当にいいのかな」と、ジェームズ・ブレイクが言う。

父親が答える。「いまここの気温は二十五度ほどある。放っておけば、じきに目も当てられない状態になる。道路は数日間使えない」

「張り紙くらいはしておいたほうがいいんじゃないかな。誰かが知らずに冷凍庫のドアをあけたらまずい」

「なんて書くんだい」マカニスがいらだたしげに言う。

「〝立入禁止――死体が入ってます〟と?」

「子供たちはよくアイスクリームを探しにくる」と、ドクター・ブレイク。

「自分が子供だったら、そんな張り紙を見たら、余計にあけたくなる」マカニスは湖でクローディアの死体を見ていた子供たちのことを思いだす。「とにかく遺体をなかに入れて、ほかのことはあとで考えよう」

それほど広い冷凍庫ではないので、貯蔵物を隅に寄せてスペースをつくるのに数分かかった。ステーキの箱はカートの下に。張り紙には〝立入禁止〟とだけ書いて冷凍庫のドアに貼りつけておくことになった。

「みんなにひとこと言っておく必要がある」と、ジェームズ・ブレイクが言った。

「そのまえにまず一杯やる必要がある」と、マカニスは答えた。

手口

射殺。刺殺。溺死。焼死。殴殺。毒殺。撲殺。蹴り殺し。嚙み殺し。絞殺。窒息死。転落死。爆殺。ローマ人が〝ダムナチオ・アド・ベスティアス〟と呼ぶ、猛獣による処刑。そういったもの以外に、さほどに直接的ではない手口もある――投薬の中断。心筋梗塞や心臓発作の誘発。自殺幇助……

人間の肉体はもろく、死に方は数えきれないほどある。

マーダー・ミステリでは、死の瞬間の描写はごくあっさりしたものになりがちだ。急所への鋭い一刺し、単一の銃創、死者の肉体にわずかな痕跡も残さない毒薬――これらは初期の品のいい探偵小説で好んで使われた手法であり、そのあとに登場したハードボイルド小説でも引き継がれている。だが、ミステリの傍流には、もっと残忍で血なまぐさい作品が数多くある。たとえば、エドガー・アラン・ポーの『告げ口心臓』。そこでは、語り手が老人を殺し、死体を床下に隠す。そして、その床の上で警察官と話をしているうちに、みずからの身の破滅を招く告白をする――〝この床板を剝がしてみろ！　ここだ、ここだ！　これがやつの忌まわしい心臓の音なんだ！〟。ロアルド・ダールの『おとなしい凶器』では、妻が羊の冷凍モモ肉で夫の頭を殴って殺害する。その後、彼女はそのモモ肉を事件の捜査にあたっている警官に食べさせ、その警官を証拠隠滅の共犯者に仕立てあげる。パトリシア・ハイスミスの『風に吹かれて』では、農夫が隣人を殺害し、死体を案山子《かかし》にして畑に立てるが、しばらくしてハロウィーンの日に子供たちに見つけられてしまう。

アガサ・クリスティーの『秘密ノート』には、殺人事件のさまざまな法医学的解釈が多様な手口とともに俎上《そじょう》に載せられ、その斬新さと有効性が検討されたあと、いくつかは小説のなかで採用され、いくつかは破棄されている。クリスティーはいっとき薬剤師の助手として働いていたことがある。とすれば、毒殺が彼女のお気にいりの手口のひとつになるのはさほど驚くべきことではない。アメリカではＦＢＩが殺人の手口に関する報告書を定期的に作成していて、そこには残虐行為のカタログではないかと思うくらいのおぞましい犯行例が列挙されている（それ以外は、人間に対する憎悪ゆえに創意工夫に満ちた犯罪の数々）。クリスティーが直感的に見抜いていたように、毒薬が女性がよく使う殺害の手口であることは、ＦＢＩの統計によっても裏づけられている。逆に、女性を殺害する（加害者はたいてい夫か恋人）方法としては絞殺が一般的であることも、同じ統計によってあきらかになっている。これらふたつの客観的事実の相違が示唆しているのは、家庭内でのジェンダーや権限や暴力に関する荒々しい現実であり、男たちが何世紀にもわたって女たちを愛し、憎み、殺してきたドアの後ろの秘密である。

探偵小説のなかでもっとも詩的な殺人はドロシイ・セイヤーズによってもたらされたといっていいだろう。鐘の音だけを使って、ひとを殺す方法を見つけだしたのだ。

＊

朝食後、聞きとり調査が始まった。わたしたちはひとりずつクラブハウスに呼びだされ、ウェスト・ハート・クラブの古い書籍や工芸品が並ぶ図書室で探偵と向きあうことになった。聞きとりが終わると、電話はつながらなくなっているので、仲間うちでおたがいに様子を探りあうために、オーバーシューズとレインコートを身に着け、嵐の余韻がまだ残っている外に出ていくしかなかった――〝ちょっと立ち寄らせてもらったよ。よかったらお茶でも飲まないかい。この二十四時間、本当に大変だったね〟。だがもちろん、本当はこう尋ねるために立ち寄ったのだ。〝どうだった？　何を訊かれたんだい。どんなことを話したんだい〟。誰もがこう思っている――自分がいま話をしている相手が殺人犯であるはずはない。それは間違いない。犯人はほかの誰かだ。ということは、ほかの者もそう考えているということになる。

まずはジェーン・ガーモンドから。

*

ジェーン・ガーモンド

問　まずはお悔やみを申しあげます。

答　……

問　ご存命中のご主人を最後にごらんになったのはいつですか。

答　午前零時ごろだったと思います。電話がかかってきたんです。すぐにクラブハウスに行かなきゃならないと言っていました。

問　誰からの電話ですか。

答　わかりません。誰からかは聞いていません。

問　尋ねなかったのですか。

答　ええ。

問　嵐がピークだった時間です。そんなときに出かけるのは変だと思わなかったのですか。

答　クラブハウスで何かあったようなんです。浸水とか倒木とか、そういったことだと思っていました。

問　それっきり戻ってこなかったんですね。

答　ええ。夫が出ていったあと、しばらくしてわたしは眠りにつきました。

問　目が覚めて、ご主人がいないとわかったとき、どうしましたか。
答　心配になって捜しにいきました。
問　息子さんも家にいたんですね。いっしょに捜しにいかなかったんですか。
答　ラムジーは眠っていたので、起こしたくなかったんです。でも、いま思えば起こすべきでした。あのときは、そこまで頭がまわらなかったんです。
問　どこを捜したんです。
答　あちこち。
問　ここには？　このクラブハウスは？
答　もちろん。
問　ほう。でも、見つからなかった？　何も？
答　ええ。クラブハウスはうちからだと裏口がいちばん近いんです。厨房の近くです。大広間の反対側になります。
問　クラブハウスのなかを捜しましたか。
答　ええ。
問　ですが、大広間へは行かなかった？
答　ええ。
問　もしかしたらあなたは……三階はどうです。
答　ええ、行きました。
問　ご主人がそこにいるかもしれないと思ったからですか。
答　そうです。
問　特に気になっていた部屋はありますか。
答　いいえ。わたしは全部の部屋を見てまわりました。
問　ご主人にかかってきた電話ですが、男性からですか。それとも女性からですか。
答　わかりません。
問　気を悪くなさるかもしれませんが、どうしてもお訊きしなければならないことがあります。
答　わかっています。

問　息子さんを起こしていっしょに捜しにいかなかったのは、ご主人が女性といっしょにいるかもしれないと思ったからじゃありませんか。

答　それもあります、ええ。

問　相手は誰です。

答　……

問　その女性は誰だと思いますか。いいですか。こんなことを訊くのは、それがとても重要な事柄だからです。

答　お話の途中ですが、夫を亡くしたばかりで悲しみに暮れている女性としての権利を行使し、一息つかせてもらってもかまわないでしょうか。

問　わかりました、もちろんです。何かお持ちしましょうか。お水は？

答　できればコーヒーを。

問　コーヒーに何か入れますか。

答　できるだけ濃いのを。

問　……クラブのことを何か話しあいましたか。

答　いいえ。クラブの業務の話をすることはほとんどありませんでした。まえにも言ったようにクラブの会長だからといって、たいしたことは何もしていないんです。書類作りとか、ミーティングとかだけで。

問　クラブの会長として誰かといがみあったりするようなことはありませんでしたか。

答　新しいハイキングコースに反対されたからといって、殺意を抱く者はいません。

問　たしかに。でも、それ以外に何か揉めごとはありませんでしたか。たとえばクラブの売却についてとかで。

答　そのような話がなかったと言えば、嘘になります。誰もが経済的に余裕があるわけではありません。まとまったお金を必要としているひともいます。

問　興味深い話です。

答　でしょうね。

問　みなさん悠々自適の暮らしをしていると思っていました。

答　ウェスト・ハートは虚栄の地なんです。見せかけだけです。お金持ちのように話したり、ふるまったりしているけど、じつはひそかにおばあさんの宝石を売ったりしている。

問　お宅はちがうと思いますが。

答　わたしたちはつましく暮らしています。そんなに馬鹿じゃないつもりですから。少なくとも、大きなリスクは負わないようにしています。怪しげな投資はしません。もちろんギャンブルも。

問　ここでもギャンブルをしているのですか。

答　もちろん。

問　どういった面々が？

答　男性ばかりです。あとはときどきスーザンが。夜遅くにポーカーをやってるんです。聞いたところでは、ずいぶんな額のお金が動いているそうです。

問　お兄さんのレジナルドはどうです。

答　どうしてそんなことをお訊きになるんです。

問　彼とそういった話をしたので。このクラブのために考えていることがあると言っていました。

答　聞いています。

問　それで？

答　兄はいろいろ考えています。考えなくてもいいことまで。ラスベガスでのビジネスの成功例を見て、自分にもできないはずはないと考えているようです。

問　お兄さんはよくそこへ行くのですか。

答　ええ。もっとも、あなたのおっしゃる〝よく〟に当たるかどうかはわかりませんが。

問　〝怪しげな投資〟なるものにかかわっているということでしょうか。

答　それって事件と関係があることなんでしょうか。

問　いいえ。失礼しました。

問　最近、ご主人が何かに悩んでいる様子はありませんでしたか。いつもとちがうことを何かしていませんでしたか。

答　べつに。

問　狩猟中の事故について何か言っていましたか。

答　うろたえていました。当然でしょう。撃たれたんですから。ダンカンはおろおろしていました。

問　あなたは病院へ付き添っていったんですね。

答　ええ、ラムジーといっしょに、ミドルタウンの病院の救急治療室へ。わたしの運転で。八針縫っただけです。でも、それは永遠の時間のように思えました。もちろん、こんな時期に狩りをするのは馬鹿げたことだし、そもそも違法です。でも、それはガーモンド家の伝統なんです。夫がなんの問題もないと言うと、保安官代理はあっさり納得してくれました。

問　ご主人はダンカンを恨んでいませんでしたか。

答　いいえ。どうして恨まなきゃならないんです。あれは事故だったんですよ。

問　ダンカンとは親しくしていたんですか。

答　ええ、とても。ふたりは幼なじみなんです。ここでいっしょに育ったんです。

問　あなたともですね。

答　……？

問　このまえ額の傷のことを話しました。

答　そうでしたね。あなたに話したことを忘れていました。

問　クローディア・マイアーのことをお訊きしてもかまいませんか。

答　ええ。でも、それと夫の身に起きたこととのあいだにどんな関係があるんでしょう。

問　たぶんなんの関係もないと思います。でも、それは本当に偶然の一致だったんでしょうか。ふたつの悲劇がいくらの間もおかずに起きたんです。調べてみる価値はあると思います。

答　それはそうですわね。

問　クローディア・マイアーとは親しかったんですか。

答　そこそこといったところでしょうか。クローディアの結婚式以来のお付きあいで、もう何十年にもなります。でも、実際に会うのは夏と年末年始ぐらいでした。

問　自殺したという話を聞いて驚きましたか。

答　……

問　申しわけないが、答えてもらわなければなりません。

答　驚きませんでした。そんなには。

問　なぜです。

答　理屈にあわないことじゃないからです。カルドウェル家とのことがいろいろありましたから。とても耐えられなかったんでしょう。息子さんが足をひきずって歩く姿を毎日見ていると、思いださずにはいられないはずです。それだけでも気が滅入るのに……

問　なんでしょう。

答　クスリとお酒の問題もありました。それは彼女だけの問題じゃありませんが。

問　夫婦仲はどうでしたか。

答　そうですね。普通だったんじゃないでしょうか。

問　あなたたちご夫婦はどうでした。

答　……過去形を使うのは少し早すぎませんか。

問　すみません。

答　わたしはジョンを愛していました。それで答えになっているでしょうか。

問　それだけではありませんね。

答　ええ、それだけではありません。トラブルはありました。しょっちゅう。でも、そのたびに切り抜けてきました。

問　ラムジーのことをお訊きしていいですか。

答　息子の何をです。

問　あなたより遅くまで起きていましたか。それとも、あなたが寝た時間――あなたが寝たとおっしゃった時間にはすでに眠っていましたか。

答　つまり、わたしのアリバイを息子が立証できるかどうかを知りたいってことですね。

問　そう考えてもらって結構です。

答　ご自分で本人にお訊きになったら。

問　そうします。ところで、木曜日の夜、あなたはどこかに行きましたか。

答　どこにも。家にいました。

問　一晩中？

答　ええ。

問　最後にひとつ。

答　なんでしょう。

問　昨夜の大かがり火のときの歌。素敵でした。

答　ありがとう。近ごろはあまり歌っていないんですけれど。

問　では、昨夜はなぜ？

答　正直言ってわかりません。その場の雰囲気に乗せられたのかもしれません。火とか。近づきつつある嵐とか。

問　朝、湖で起きた悲劇には？

答　そうですね、それもあったかもしれません。

問　プッチーニ、でしたっけ？

答　ええ。ウン・ベル・ディ――〝ある晴れた日に〟という意味です。

問　なぜあの歌を選んだのです。

答　誰かが何かをするときいつもかならず理由がいるのでしょうか。そういう気持ちになったからそうしただけです。

問　質問は以上です。ミセス・ガーモンド。

＊

レジナルド・タルボット

答　持ってきたよ。
問　何をですか。
答　会計台帳。クラブの帳簿だ。二冊ある。
問　これをどうしろと言うんです。
答　きみが持ってこいと言ったんじゃないか。
問　ぼくは会計士じゃありません。なかを見たってわからない。ちんぷんかんぷんです。
答　じゃ、どうして持ってこいと言ったんだ。
問　帳簿の中身を見たいとは言ってませんよ。実際にあるとわかればよかったんです。
答　……
問　えっ、なんですって？
答　食えない男だよ、きみは。
問　では、狩猟時の事故から始めましょう。あなたはそこにいらしたんですね。
答　ああ。わたしのほかには、ラムジー・ガーモンドとダンカン・マイアーがいた。
問　あなたはジョンといっしょにいたんですか。
答　近くにいただけだ。銃声が聞こえ、それから大きな声が聞こえた。
問　うめき声ですか、それとも叫び声ですか。
答　何が言いたいかはわかってるよ。うめき声だ。うろたえているような感じはなかった。でも、よくわからない。鹿を撃った直後だったので、そっちにばかり気をとられていたんだ。
問　ペアを組む相手はいつも同じですか。それとも、そのときどきでちがっているんですか。
答　さまざまだね。そのときそこに誰がいるかによる。組みあわせは年ごとに変わっている。ジョンは毎回参加だ。ラムジーはこっちにいるときはかならず参加している。
問　あの日は？　誰が組みあわせを決めたんです。
答　どういう意味だね。
問　ええっとですね――ダンカンはジョンとペアを組みたいと申してでたのですか。
答　ジョンを撃つためにペアを組んだというのかね。いくらなんでも、そこまで見えすいたことはしないだろう。
問　狩猟は危険なスポーツです。いつ事故が起きてもおかしくありません。それで、ダンカンはそのような申し出をしたんですか。
答　よく覚えていないが、たぶんしたと思う。
問　ダンカンの射撃の腕前は？
答　下手な者はいない。ここは狩猟クラブだからね。
問　訊き方を変えます。ダンカンは狙ったところに弾丸《たま》を当てることができると思いますか。
答　できると思うよ。
問　ジョン・ガーモンドはどのように見えますか。
答　はあ？
問　彼は鹿に見えますか。
答　いったい何が――
問　それともクマに？
答　見えるわけがなかろう。
問　同一人物が二日続けて撃たれるという偶然があると思いますか。
答　もちろん思わない。
問　もしかしたら、練習が必要だったのかもしれません。慣れていないので、実際に撃ち殺すまえに、その感触をつかみ、自信をつけたかったのかも。
答　さあ、どうだろう。それはきみの専門じゃないのかね。でも、ダンカン・マイアーがそこまで冷酷に殺人のための計画を練るような男とは思えない。
問　もちろん、もののはずみかもしれません。急に頭に血がのぼったとか。ライフルをかまえたとき、相手がたまたま照準器の視界内に入ってきたとか。

答　さあ、どうだろう。

問　別のシナリオもあります。一発目を撃った者がいれば、二発目もそこに疑惑の目は向かうはずです。それを見越しての犯行かもしれません。罪はダンカン・マイアーにかぶせることができます。

答　それで、なんの罪もない者の命を奪ったというのか。おぞましい話だ。

問　そもそも殺人というのはおぞましいものです。でも、よほどの愚か者でないかぎり、一度殺しそこねた相手を次の日に殺そうとする者はいません。そこまでのリスクを負うのを厭《いと》わないほど切羽つまっていたのでないかぎり。もしダンカン・マイアーが犯人でないとしたら、そのような理屈が通ると本気で考えるでしょうか。でも、そうなると、話はまた振りだしに戻ります。

問　昨夜、花火のあと、あなたはどこへ行きましたか。

答　家に帰ったんだよ。一晩中、家にいた。

問　あなたは結婚されていますよね。

答　ああ。でも、女房はここにいない。この週末は実家に帰っている。出産のために。里帰りはおそらく今回が最後になるだろう。

問　では、あなたのアリバイを証明できる者はいないわけですね。

答　そういうことになる。何か問題でも？

問　いまはありません。

答　わたしはジョン・ガーモンドを殺していない。

問　そんなことを訊いてはいません。隣のキャビンは空き家になっているんですね。

答　そうだ。

問　でも、この週末はミスター・ゴールドがそこに滞在しているんですね。

答　会員候補が空き家に滞在するのは珍しいことじゃない。この敷地内には、いつもたいてい数件の空き家がある。引き払ったり、売りに出されたりして。

問　ゆうべ、そこで何か変わったものを見ませんでしたか。

答　いいや。

問　もし、ミスター・ゴールドが出かけたとしたら、あなたはそれに気づいていたでしょうか。

答　そうは思わないね。いつも窓の外を見ているわけじゃないから。窓の外に見るべきものは何もない。嵐が猛威をふるっていたときでもあるし。

問　質問は以上です、ミスター・タルボット。とりあえずは。よく考えてみると、この帳簿はやはりぼくが預かっておいたほうがいいかもしれません。

＊

ダンカン・マイアー

問　ご足労いただき、ありがとうございます。今回のこと、どれほどおつらいかお察しします。

答　どうかお気遣いなく。

問　この週末、奥さまと親友をいちどきに亡くされたんですから。あまりにも痛ましすぎる。偶然とは思えないぐらいです。

答　偶然とは思っていないということかね。

問　今日はみながみなここで話をしたいと思っているわけではないと言いたかったんです。

答　わたしに選択権はあるのかね。

問　全員にあります、ミスター・マイアー。

答　本当に？　でも、わたしがここへ来るのを拒めば、まわりの者はどう思うだろう。ジェーンはどう思うだろう。ラムジーは？　オットーは？

問　さあ。みんなどう思うでしょうね。
答　質問を始めてくれ。
問　では、昨日の朝のことからうかがいましょう。
答　でも、ジョンが殺されたのは昨日の夜だよ。
問　そこに至るまでのみなさんの動静を知りたいのです。
答　……
問　その日はどういうふうに始まりましたか。
答　早く起きた。夜明けまえに。知ってのとおり、狩りにいくことになっていたので。
問　奥さまがベッドにいないことに気がつかなかったのですか。
答　寝室が別になってるのでね。
問　いつからですか。
答　そんなにまえからじゃない。
問　数十日前？　数週間前？　数年前？
答　数カ月前だ。
問　何がきっかけで？
答　……
問　……
答　さあ、わからないね。
問　本当はおわかりですよね。
答　きみは既婚者かね。
問　いいえ。
答　長く連れそった夫婦であっても、相手のことはわからないものだ。実際のところは。
問　遺書はなかったと保安官におっしゃったそうですね。
答　ああ。
問　本当ですか。
答　もちろん。
問　失礼を承知でうかがいますが、驚きましたか。
答　衝撃は受けたが、驚きはしなかった。
問　なぜですか。

答　クローディアはつねに……つねに問題を抱えていた。

問　精神的な、という意味ですね。

答　そうだ。オットーが産まれたあとに気がついた。育児ができないんだ。抱っこもしなければ、お乳を飲ませもしなかった。いつも泣いていた。赤ん坊以上に。何カ月ものあいだ。

問　それは大変でしたね。

答　たしかに大変だった。のちに症状は少しずつ快方に向かい、いつしかそのことは話題にもならなくなった。でも、またぶりかえした。なんと言っていいかわからない。いきなり激したり、逆に無反応になったりするんだ。数時間のときもあれば、数日続くときもある。毎年同じことの繰りかえしだ。オットーはそういった状態以外の母親を知らない。症状はあの事故以来さらに悪化した。

問　トリップ・カルドウェルの死ですね。

答　そうだ。それに、アマンダの死……むごい話だ。

問　奥さまは助けを求めましたか。

答　何人もの精神科医の診察を受けた。薬も服んだ。多くの薬を。宗教にはまったこともある。でも、どれもなんの助けにもならなかった。最後は酒に溺れるようになった。

問　息子さんはつらかったでしょうね。幼なかったころは特に。

答　自分の母親はほかの母親とちがうとなんとなく感じてはいたようだ。でも、子供というのは自分のことしか考えていないものだからね。親を生身の人間と思うことができない。大学を出たあと事故に巻きこまれるころまでは、母親がどれほど悲惨な状態にあるか理解することができなかった。ただ、わたしと息子とのあいだにはなんのわだかまりもなかった。それが唯一の慰めだったといっていいだろうね。

問　奥さまは何か言っていましたか……すべてを終

わりにしたいといったようなことです。
答　いいや。
問　それは驚きです。
答　どうして。
問　自殺をする者はそのことについて長いあいだあれこれ思い悩むものです。ほかのことは何も考えられない。もちろん、腹が決まってしまえば考えるも何もありませんが。
答　殺人事件の調査にしては、自殺についての質問がずいぶん多いようだが。
問　奥さまがのめりこんだのはどういった類いの宗教だったんでしょう。
答　カトリックだ。そういう家庭で育ったのでね。儀式の荘厳さが気にいっていたらしい。あの重々しく秘密めいたところが性にあっていたんだろう。
問　仏教徒だったら、〝群盲象を評す〟の寓話を知っていたかもしれませんね。盲人たちがそれぞれ象の身体の一部、たとえば鼻や脇腹や尻尾だけをさわって、それがどんな動物かを当てる話です。当然ながら、それぞれちがう動物になります。
答　何が言いたいんだね。
問　調査が謎の一部にしか及んでいなければ、どんな探偵でもだまされるということです。
答　だから、クローディアのことを訊いているのか。
問　存命中の奥さまを最後に見たのはいつです。
答　前日の夜だ。わたしは早めに寝室へ引きあげた。翌朝が早かったから。妻はポーチにいた。
問　そこで何をしていたんです。
答　酒を飲みながら湖を見ていた。
問　あなたは一晩中家のなかにいたんですか。
答　ああ。
問　息子さんは？
答　さあ、どうだったんだろう。出かけたのかもしれない。週末の夜だから。深夜のパーティーとか、ポーカー・ゲームとか。

問　自殺ではなかったかもしれないと思ったことは？

答　どうしてそんなことを訊くんだ。

問　あらゆることを訊く必要があるんです。ぼくはカルドウェル家のことを知っています。自動車事故のことも、カルドウェル夫人の死のことも。アレックス・カルドウェルとあなたの愛犬のことも。彼にはあなたや奥さまを憎むもっともな理由があります。ちがいますか。

答　それはそうかもしれないが……いや、わたしにはわからない。本当にわからない。

問　話を昨日の朝に戻しましょう。狩りのときです。ぼくがクラブハウスであなたに会うまえに起きたことをすべて教えてください。

答　われわれは橋のたもとで待ちあわせた。

問　四人ですね。

答　そう。わたしとジョンとラムジーとレジナルド。橋から森のなかへ四分の一マイルほど入ったところにベリーの草地がある。何年もまえに、クマや鹿をおびき寄せるためにつくったんだ。われわれはそこでペアを組み、草地に入っていった。

問　ペアはどういうふうにして決めたんです。

答　覚えていない。

問　続けてください。

答　ジョンは鹿の見張り台の前で立ちどまり、わたしは草地のまわりを見てまわることにした。それから二十分ほどあと、茂みのなかを何かが動くのが目に入り……

問　発砲した？

答　そうだ。

問　それがジョンだといつ気づきましたか。

答　すぐに。ジョンのうめき声が聞こえたから。わたしはそこへ駆けていった。それから何分もしないうちに、ほかのふたりもやってきた。それで、われわれはジョンをピックアップトラックに乗せて、大急ぎでクラブハウスへ戻った。きみに会ったのはそのときだ。

問　なぜ病院へ直行しなかったのです。

答　遠いからだよ。二十マイル以上離れている。とりあえず応急処置をしなきゃと思って。傷は浅く、命に別状もなさそうだったし。ジョンは謝りつづけていた。

問　何に対して？

答　なんの合図も出さずに見張り台から離れたことに対して。わたしを探そうと草地を歩きまわっていたらしい。

問　不幸中の幸いですね。

答　まったくもって。

問　それはジョンにも言えることです。少なくとも、それからの数時間は。ジョンを撃ったのは、あなたに間違いないですか。

答　ああ。

問　ほかのふたりのどちらかが撃った可能性は？

答　断定はできないが、たぶんない。

問　ほかの銃声は聞いてないんですね。

答　よく覚えていない。

問　昨夜はどこにいましたか。

答　家にいた。オットーといっしょに。

問　ふたりだけで？

答　そう。夕方に何人かがお悔やみにきてくれただけだ。ジョンとジェーン・ガーモンド。メレディス・ブレイク。ほかにも数人。食べ物を持って。みな早々に引きとってもらった。

問　その夜、あなたは何をしていましたか。

答　何ができると言うんだね。オットーと少し話をしただけだよ。酒を飲み、涙を流しながら。みんなが大かがり火を囲んでいたときに。しばらくすると、おたがいいっしょにいることさえ耐えられなくなって、それぞれの寝室に入った。そのすぐあとに嵐が来た。

問　あなたは一晩中家にいたんですね。

答　ああ。

問　どこかに電話をかけましたか。不通になるまえに。

答　いいや。

問　ジョン・ガーモンドが殺されなければならなかった理由に心当たりはありませんか。

答　ない。

問　あなたはジョン・ガーモンドを殺しましたか。

答　いいや。

問　あなたはクローディアを殺しましたか。

答　いいや。

＊

アレックス・カルドウェル

問　昨夜は大かがり火を見にいかなかったんですね。

答　ああ。

問　どこにいたんです。

答　自宅だよ。

問　それを証明できる者がいますか。

答　一人暮らしだからね。ご存じのとおり。

問　もちろんです。そのまえの夜は？

答　木曜日？　ミドルタウンのジェイク・タヴァーンへ行っていた。

問　なんのために？

答　ひとりで飲む気分じゃなかったんだ。

問　何時にここを出ましたか。

答　夜の十二時ごろ。

問　それを証明できるひとはいますか。

答　ジェイクがいる。でも、どうして木曜日の夜のことを訊くんだね。ジョンが殺されたのは昨夜だろ。

問　クローディア・マイアーが死んだのは木曜日の夜と思われるからです。

答　……

答　犬を殺す者は人間も殺す、と言いたいのか。

問　自動車事故のあと、あなたはマイアー家の人々を恨みましたか。

答　ああ。

問　息子さんの死の責任はマイアー家にあると思っていましたか。

答　悪いのはオットーだ。運転していたんだからな。

問　奥さまの死については誰に責任があると思いますか。

答　本人であり、わたしであり、やつら全員だ。もっと言うなら、くそいまいましい全人類だ。もう行っていいだろ。まだ何かあるのか。

問　あと少しだけ。ジョン・ガーモンドに戻ります。殺されなきゃならない理由に心当たりはありませんか。

答　クラブの売却問題じゃないかな。ジョンはそれに反対し、ほかの連中は賛成していた。クラブの売却が死活問題になっている者もいる。でなかったら、嫉妬に狂った亭主かもしれんな。

問　ジョンは浮気をしていたということですか。

答　はっきり言うとそうだ。でも、たしかじゃない。直接そういう話を聞いたわけじゃない。

問　そんなにあけっぴろげに死者を冒瀆するようなことを言っていいんですか。

答　わたしはジョンが好きだった。わたしに対してはまったく裏表のない男だった。でも、時代の精神というものの影響から逃れることはできない。みんなと同じように。われわれは錨をあげ、海を漂っているんだ。あてどもなく。そして、いま嵐がやってきた。そうだろ。

＊

正午ごろ、わたしたちは探偵がポーチにいるのを見かけた。雨に濡れないよう軒《のき》の下で煙草を喫っている。聞きとり調査の合間なのだろう。その前を通りかかった者は、みなためらいがちに手を振って挨拶をし、あとでそれぞれ〝どんなふうだった。困っているように見えた？　自信ありげだった？〟といった話をしただけだった。ただエマ・ブレイクだけは探偵に話しかけ、何食わぬ顔で煙草をせびった。

「思っていたのとちがう結果になってしまったわね」

「どういう意味だい」

「ジェームズからここに招待されたときには、こんなことになるとは思ってなかったでしょ」

「ああ、まったく思っていなかった」

「無理に引き受ける必要はなかったのに」

「誰かが引き受けなきゃならない」

「あなたが？」

「誰かが」

「この一件の犯人はわたしたちのなかにいると本気で思ってるの？」

「ほかには考えられない。もしかしたら、事件はふたつかもしれない」

「クローディアのこと？　それがジョンの死となんらかの関係があるってこと？」

「可能性はある」

「何かつかめたの」

「ああ、たぶん。いろいろなことが少しずつわかってきた。そのなかには磁石のように引きあうものもある。だが、簡単には説明のつかないものも多い。全体像はまだぼやけたままだ。自分自身の経験からして、こじつけは危険だ。単なる偶然の一致ということも少なくない。人間の心は秩序を切望するものだ。あきらかに混沌しかないところでも、無理やり秩序立てようとする。でも、あらゆる事実があきらかになったときでさえ、有罪か無罪かの線引きができない場合もある」

「どういう意味かよくわからないわ」

「ひとつクイズを出す。寓話のようなものだ」

「寓話？」エマ・ブレイクは訝しげな顔をしている。

「あなたは何者なの。司祭？」

「何者でもない。あえて言うなら、元哲学者かな。とにかく聞いてくれ。ここにホワイトという人物がいる。ホワイトは砂漠を横切る旅に出ようとしている。そのショルダーバッグのなかの水筒に、ブラックという悪党が毒薬を入れた。そのあと、ブルーという別の悪党が、毒薬が入っていることを知らずに水筒を盗んだ。ここまでいいね」

「ええ」

「ホワイトは砂漠の奥深くまで進んでようやく水筒が盗まれたことに気づく。そして、喉の渇きから命を落とす。そこで質問だ。ホワイト殺しの犯人は誰か。ブルーか。ブラックか。それとも両方か。あるいは、どちらでもないか」

「もちろんブルーでしょ。ブルーが水筒を盗み、ホワイトは喉の渇きで死んだのだから」

「でも、実際のところブルーはホワイトの死をのばしただけだ。もし水筒を奪われてなかったら、ホワイトは実際に息絶えたときよりずっとまえに毒入りの水を飲んで、死んでいたにちがいない」

「じゃ、犯人はブラック？」

「ブラックの殺人の手段は毒薬だ。でも、ホワイトの死因は喉の渇きだ」

「じゃ、どちらでもないってこと？」

「もうちょっと考えてみよう。ブラックの殺人への関与は、ブルーの盗みにより断ち切られた。ブルーについて言うなら、誰かが毒入りの水を飲むのを妨げただけだ。それが殺人行為といえるだろうか」

「でも、ふたりはホワイトを殺そうとしていた」

「たしかに。でも、殺人未遂とは殺人の失敗を意味する。つまり、標的は生き残っていなければならない。でも、ホワイトは死んでいる」

「じゃ、ホワイトを殺したのは誰？」

「そこが厄介なところだ。殺人事件は起きたが、殺人犯はいない」

エマ・ブレイクは少し考えこみ、それから煙草の煙を吐きながら言った。「誰がホワイトを殺したかわかったわ」

「誰だい」

「ホワイト自身よ。たくさんの敵をつくった自分が悪いのよ」

マカニスはくすっと笑った。「その解答を学会に提出しておくよ」

エマ・ブレイクはポーチの手すりで煙草の火を揉み消した。木立ちと雨ごしに、シーソーやブランコや滑り台のある子供の遊び場がかすんで見える。その向こうには、普段は静かな小川であるウェスト・ハート・キルが、嵐の吹きすさぶ音に目を覚ましたかのように逆巻きながら流れている。雨が木の葉を叩く音や、建物の裏手にあるゴミバケツの蓋を鋭く打ちつける音が聞こえてくる。

エマがようやく口を開いた。「さっきの寓話は面白いけど、抽象的すぎるわね。現実の生活はちがう。誰かがジョン・ガーモンドを撃ち殺したのは間違いない。そして、あなたの言い分が正しければ、誰かがクローディア・マイアーを溺死させたってことになる」

「答えはもうすぐ出るはずだ」

ダシール・ハメットの
〝フリットクラフトのたとえ話〟

『マルタの鷹』のなかほどで、ダシール・ハメットはとつぜんストーリーを中断し、サム・スペードに少し変わった話を宿命の女《ファム・ファタール》ブリジット・オショネシーに向かって語らせる。これがのちに〝フリットクラフトのたとえ話〟として知られるようになる挿話である。要約すると――ある女が行方不明になった夫チャールズ・フリットクラフトの捜索をスペードに依頼する。五年前にタコマの不動産会社のオフィスを出たきり帰ってこないという。妻とふたりの子供を残しての失踪だ。ビジネスは順調で、経済的な問題も抱えてなかったし、不倫などのトラブルもなかった。いかにもアメリカ的な成功の体現者といえる。「ふっと掻き消えてしまった。手をひろげたときの握り拳のように」と、ハメットは書いている。スペードがやっとのことでその消息をつかんだとき、フリットクラフトは新しい妻と新しい赤ん坊とともにスポケーンで暮らしていて、新しい仕事に就き、名前もチャールズ・ピアスに変えていることがわかった。スペードがフリットクラフトに会って話を聞いたところ、ある日タコマの建設現場を通りすぎたとき、梁が落ちてきて危うく命を落とすところだったという。それで、彼は考えた。死に直面したのは天啓にちがいない。それまで論理的で秩序立っていると思っていた人生は、実際のところ百パーセント偶然の産物にすぎない。もちろん以前の家族を愛してはいる。だが、宇宙は整然としていて、意味があるという前提で暮らしてきた生活をこのまま続けていくことはもはやできない。それは理にかなった判断だ。そう確信して、数年間、西海岸を放浪し、最終的にスポケーンに腰を落ちつけ、以前と大差ない生活に戻った。

ハメットはスペードの声を借りてこう語っている。

〝……ここがまえから気にいっているところだ。その男は梁が落ちてくるのに慣れようとしたが、それ以上は落ちてこなかったので、今度は梁が落ちてこないことに慣れようとした〟

この挿話はスペードにとって大きな意味を持つ。彼は話を正確に伝えるため特定の細部を繰りかえしながら丁寧に説明する。前置きもなければ、その挿話が事件とどう関係するのかの説明もないまま。話が終わったあと、スペードもブリジット・オショネシーも二度とその話に触れることはない。

サム・スペードは宿命の女にどのようなメッセージを（そこになんらかのメッセージがこめられているとしたら）送ろうとしていたのかと書評家たちは考える。なかには、哲学者チャールズ・パースの思想に通じるものがあるとして、その平板で運命論的な語り口調と一分の隙もないディテール（舞台はワシントン州のどこにでもあるような中規模都市）を称賛する者もいる。文芸評論家たちはこの挿話が小説のなかのほかの部分とどのように絡みあったり、影響を与えたりしているかをあきらかにしようと四苦八苦している。けれども、いまだ満足のいく答えは見つかっていない。これまでの種々の答えを信頼できないのは、もしかすると間違った問いを投げかけているからかもしれない。

この挿話が問いかけるのは、なぜそれがサム・スペードにとって重要なのかということではない。なぜダシール・ハメットに重要なのかということだ。

小説家としてのハメットのキャリアは、一九三〇年に『マルタの鷹』を出版した時点でほとんど終わっている。長年にわたる飲酒と、第一次世界大戦中にヨーロッパで救急車の運転手をしていたときに結核を患ったことで、除隊後の健康状態はピンカートン探偵社の仕事に戻ることもできないくらいに悪化していた。正式な教育は十三歳までしか受けていない。その後、コミュニストと関係したことで五ヵ月間投獄される。なかなかの女性好きだったようで、何度も淋病を罹患している。人生最後の数十年は劇作家のリリアン・ヘルマン（メアリー・マッカーシーに〝彼女が書く言葉は、〈アンド〉や〈ザ〉にいたるまですべて嘘だ〟と酷評されたことでも知られている）とともに波乱に富んだ日々を送った（結婚はしていない）。遺作である一九三四年の『影なき男』は、ウィットと軽妙さを旨とするおしどり探偵の話で、夫はアルコール依存症だ。後年ハメットは酒のせいで身を持ち崩して長く貧困にあえぎ、一時期ニューヨークの片田舎の小屋に暮らしていたこともある。一九六一年に肺癌で死亡。享年六十六。

いうまでもなく、チャールズ・フリットクラフトという人物が生みだされたときに、ハメットがそういった自身の境涯を知るよしはなかった。しかし、予感はしていたにちがいない。彼はフリットクラフトがそれまで送ってきた、そしてふたたび戻っていく生活をすでに拒否していた。フリットクラフトが落下する梁から学んだ教訓は、自身の経験――戦争、病気、そして探偵――からすでに学び、知っていたのである。

ハメットはこの挿話を自分自身を正当化するため考案したと見る向きもあるだろう。チャールズ・フリットクラフトはハメットがみずからの人生と作品で拒絶してきたすべてのものに対する論評のようなものではないか。フリットクラフトが一片の情もまじえずいとも簡単に家族を捨て去り、そして一片の情もまじえずいとも簡単に新しい家族をつくるのは、ハメットが毎日のように酒場の窓から観察していた、家と職場を往復するだけの生活に表面的に満足している人びとに対する評価のようなものではないか。

この説明はそれなりに説得力を持つ。しかし、完全ではない。そこでもう少し深掘りして、この挿話はダシール・ハメット自身にとっても謎であったと考えたらどうだろう。ハメットは自分でも理解できない理由でチャールズ・フリットクラフトに魅了されたのではないだろうか。この挿話の底部には切望への鼓動が脈打っている。そこで描かれているのは、宇宙の恐るべき無関心を垣間見て、ちっぽけな人間の生活を遥か遠くから嘲笑われていることを知り、それでも最終的には幸せを取りもどす男の姿だ。してみれば、この逸話に重みを与えているのは、四十代で病み、老けこみ、運を使い果たした作家の心の痛みかもしれない。

　この種の謎に答えはない。ただ問いがあるだけだ。結局のところ、われわれは立ちすくみ、思案にくれるしかない。ダシール・ハメットがチャールズ・フリットクラフトを生みだしたのは、怒りや恨みからでなく、羨望のゆえかもしれない。

＊

　アダム・マカニスはマリファナ煙草を吸いながら、クラブハウスのしんと静まりかえった三階の廊下を進み、部屋のドアを次々にあけていく。三〇二号室では、なかに入って、立ちどまり、ベッドに目をやる。シーツは新しいものに変えられ、マットレスの下にぴんと折りこまれている。ベッドメイキングはメイドのメアリーの仕事だ。またマリファナを一吸いし、さらに廊下を進む。屋根が雨漏りしているようで、天井から滴り落ちてきた水が絨毯の上に染みをつくっている。続いて三一二号室に入り、立ちどまる。窓の向こうには、いつもはさらさら流れているが、いまは泥だらけの奔流となっている川が見える。ここのベッドからも得られるものはない。彼は何を探しているのか。あなたにはわからないし、本人にもわからない。引出しをあけたり、屑かごを覗いたり、シャワーカーテンを引いたり……木曜日の夜、誰がここにいたにせよ、手がかりは何も残っていない。誰かが何かを置き忘れていたとしても、いまはメアリーの所有物になっているはずだ。もしかしたら、それは将来脅しの材料として使われることになるかもしれない。

マカニスが廊下を歩きまわっているのは、午前中の聞きとり調査のあと一息入れるためでもある。あなたの見立てでは、これまでのところいちばんの収穫は、ジョン・ガーモンドにかかってきた深夜の電話だ。電話をかけてきたのは、おそらく殺害犯かその共犯者だろう。もちろん、それはジョンをクラブハウスにおびきよせるためだ。その人物はさらにジョンが妻に誰からの電話だったのか話さないと確信していたにちがいない。ということは、ふたりはなんらかの秘密を共有していたということになる。それを見つけたら、犯人がわかる。

あるいは——電話などかかってきていなくて、妻のジェーンが嘘をついているのかもしれない。だとしたら、なぜ嘘をつく必要があるのか。それに、なぜジョン・ガーモンドはクラブハウスへ行ったのか。よほどのことがなければ、あんな時間に嵐が吹き荒れている外へ出ていく者はいない。ふたりにとってどうしても必要な用をでっちあげたということか。あなたはそのときの光景を頭に思い描く。ジョン・ガーモンドがクラブハウスの大広間に入っていく。だが、そこで見つかるはずだったものが見つからず、困惑し、踵をかえしかけたとき、銃弾に後頭部を撃ち抜かれ、妻が引き金をひいたことを知らないまま息絶える。

あるいは——ジョン・ガーモンドが家を出て、懐中電灯を手に雨のなかを歩いているとき、ジェーンがクラブハウスに電話をかける。「ジョンがそっちへ向かってる。怖気《おじけ》づいちゃだめよ」

あるいは——

あるいは——

あるいは——

さらには——クローディア・マイアーのこともある。

自殺か、他殺か。夫のダンカンがなんらかの理由で殺害したのか。それはそんなにむずかしいことではない。彼女が大量の薬を服用し、酒を浴びるように飲んでいたことは周知の事実だ。ダンカンは彼女が酔いつぶれるのを待って、ピックアップトラックに載せ、暗闇のなかを湖のほとりの舟小屋へ向かう。そこにはあらかじめ石が山積みにされていて、それを彼女の部屋着のポケットに詰めこみ、堰堤のほうへゆっくり流れていく水のなかに押しだす。ダンカンの気性がもっと残忍なものであったとしたら、念のために彼女の頭を水のなかにしばらく沈めていただろう。

あるいは――アレックス・カルドウェルが悲しみと復讐のために殺した。となると、そのための段取りはいささか面倒なものになる。夜、クローディア・マイアーと湖で落ちあう約束をしなければならない。過去のことは水に流して仲直りをしようとかなんとか言って。だが、そんな言い草が本当に通用するだろうか。さらには、クローディアがそのことを夫に話さないように仕向けなければならないという問題もある。

あるいは――クローディア・マイアーはまだあきらかになっていないなんらかの非道な行為のせいで自殺した。

あるいは――太古の昔から人々を自殺へ駆りたててきた、ありふれてはいるが不可解な理由（鬱、悲嘆、失意、絶望など）から自殺した。

あるいは――

あるいは――

あるいは――

これが謎のすべてではないことをあなたは知っている。苗木は成長し、やがて花を咲かせる。何千もの動機が開花し……

追わなければならないことは多くある。年配の読者なら余白にメモ書きをしたり、手がかりや予測を記したノートをつくったりしているかもしれない。あなたはたぶんそういった読者ではないだろう。それでも、謎解きを楽しんでいる。普通ミステリは一度読んだらそれでおしまいだが、あなたはたぶんちがう。二度目に読めば、それだけ楽しみは増す。巧みに埋めこまれた手がかりに気づいて膝を打ったり、一度目に読み逃していたところがあって一驚を喫したら、あまりにも明白なヒントや暗示に失望したり。あともうひとつ考えられる読後感が腹立たしさだ。ビーチや空港で買って読んでいた本がまえに読んだものだと気づくことがたまにある。けれども、〝誰が〟とか、〝なぜ〟とか、〝どのように〟とかいったことはまったく覚えていない。覚えているのは、〝○○大佐か□□教授で、△△執事じゃなかった〟といったことだけだ。

　アダム・マカニスは階段を降りて、誰もいない厨房へ入る。あなたは手がかりを探していると思うかもしれないが、実際は冷蔵庫の中身を物色しているだけだ。レモネードをカップに注ぎ、サンドイッチをつくる。あなたは怖気を震う。そこから数歩離れたところに、冷凍庫のなかで凍りついている死体が横たわっているのだ。

　金属製の調理台の前で、マカニスはスツールに腰かけ、ひとりでサンドイッチを食べる。腕時計にちらっと目をやる。レモネードを一気に飲みほし、サンドイッチを急いで食べおえる。次の聴取が始まろうとしている。

*

スーザン・バー

答　やりにくいでしょ。

問　こっちも同じことを訊こうと思ってたんだよ。いまの気持ちは？

答　そうね。もちろん平気じゃない。ショックだったわ。当然でしょ。

問　殺人事件が起きたことが？　それとも殺されたのがジョン・ガーモンドだったことが？

答　両方よ。

問　ジョンはみんなに好かれていたんだろうか。

答　そういってもいいと思う。

問　一昨日の夜、きみはぼくに冗談を言ったね。きみの夫はひとを殺すことができるって。あれは冗談じゃなかった可能性がある。

答　あんなことを言ったのは……ちょっとくらい危ない感じがあったほうがいいと思って。そのほうが楽しめるから。

問　効果はあった。

答　馬鹿げているかもしれないけど――

問　けど？

答　いまクラブハウスには誰もいない。そうでしょ。

問　だめだよ。

答　わかってる。それでも――

問　いまはできない。でも、きみの気持ちはわかる。ぼくも同じように感じている。それは死のせいだ。まえにこんなことがあった。通夜に参列したときのことだ。トイレだと思ってあけたドアの向こうの部屋で、未亡人が仕出業者の上に乗っていた。

答　わたしは未亡人じゃない。

問　わかってる。それは心理的なものだってことが言いたかったんだよ。

答　死がわたしたちを怪しい気分にさせてるってことね。

問　そうだ。でも、話がそれてしまった。

答　ごめんなさい。

問　昨晩はどこにいたんだい。

答　自宅よ。一晩中。夫とふたりで。

問　おなじベッドに？

答　ええ。

問　眠りに落ちた時間は？

答　さあ、はっきりとは覚えていない。一時ごろだったかしら。花火のあと帰宅して、それから少しお酒を飲んだ。

問　眠りは深いほう？

答　ウォーレンが起きだしたことに気づかなかったのかってこと？　起きだして、クラブハウスへ行き、ジョン・ガーモンドを殺したかもしれないってこと？

問　……

答　あなたのような鋭い観察眼の持ち主なら当然気がついていると思うけど、あのひとは飲みはじめたらとまらないの。結局は酔いつぶれて寝てしまう。寝たら、途中で起きることはない。ありがたいことに。

問　クローディア・マイアーについて話そう。ここにきて、彼女の死が本当に自殺だったのかどうか考えなおさなきゃならなくなった。

答　自殺に決まってるでしょ。

問　どうして。

答　それは……わからない。そう考えてもおかしくないから。

問　クローディア・マイアーは詩的だった？　それともドラマティックだった？

答　どういう意味かしら。

問　彼女の友人のアマンダ・カルドウェルは湖で入水自殺した。死に方としてはなかなかにロマンティックだ。その一年後のほぼ同じ日に同じやり方で自殺するのは、もっとロマンティックだ。

答　たしかにクローディアにはそういうところがあったわ。

問　彼女は友人の苦しみに罪の意識を抱いていたのかもしれない。自動車事故で自分の息子は助かったのに、アマンダの息子は亡くなったのだから。アマンダは悲しみに耐えられなくなって命を絶ったのだから。

答　もちろん罪の意識はあったでしょうね。

問　自死を選ぶほど？

答　さあ、どうかしら。でも、そうかもしれない。理由はほかにもあると思うけど。

問　ほかにも？　たとえば？

答　そうね。生活。年齢。お金。結婚生活。政治。経済。いろいろな意味で、あまりいいことはなかったみたい。

問　では、もうひとつの可能性についても考えてみよう。あれは自殺じゃなかったとしよう。

答　あなたはそう考えてるの？

問　どっちとも言えない。いまのところはまだ。

答　クローディアは誰にも害を与えていない。敵がいたとは思えないわ。

問　探偵はよくこういう質問をする。〝敵はいたのか〟。でも、実際のところ、それは適切な質問じゃない。訊かなきゃならないのは、〝誰かに殺したいと思われる理由はあったのか〟だ。ふたつは同じじゃない。

答　いまわたしにその質問をしてるの？

問　している。

答　まったく思いつかないわ。

問　誰かに迷惑がられてたとか？　邪魔者扱いされていたとか？　金銭的には？　性的には？

答　繰りかえしになるけれど、まったく思いつかない。

問　動機が不明なら、手口を考えてみよう。クローディアの過去や性格を知っている者なら、彼女の友人と友人の息子が死んだ日に自殺しても、きみがさっき言ったようにおかしくないと考えるはずだ。ちがうかい。

答　可能性はある。ここでは誰もがおたがいのことをよく知ってるから。

問　綿密な殺人計画を立てられるくらいまで？

答　それはわからない。

問　自殺に見せかけているとしたら、犯人はたいてい配偶者だ。でなかったら、恋愛関係にある者だ。
答　ダンカン・マイアーが奥さんを殺したとは思えないわ。
問　いまふと気がついたんだけど、彼はこの二十四時間のあいだにここで起きたふたつの死のどちらにも関係している。
答　ジョンの死とはどう関係してるの。
問　昨日の朝、ダンカンに肩を撃たれてる。狩猟中の事故だったらしいけれど。
答　ああ、あのことね。その話ならわたしも聞いたわ。
問　ほかのことだと思った？
答　いいえ、そんなことはない。
問　でも、そのことは考えなくていいと思ってるんだね。
答　狩猟の腕前はみんな三流なのよ。狩りに出るのは、飲むための口実みたいなもの。弾丸《たま》はいつもそれまくっている。
問　昨夜、きみはぼくにダンカン・マイアーは〝予約ずみだった〟と言った。
答　そうだったかしら。
問　ああ、誰に予約されていたんだい。
答　……
問　重要なことかもしれないんだ。
答　また話がそれてきたわ。
問　今朝、きみは動揺しているように見えた。
答　いつのこと？
問　クラブハウスにいたとき。
答　そりゃ、もちろんよ。ひとが殺されていたんだから。
問　きみとジョン・ガーモンドとの関係は？
答　男女の関係ってこと？
問　そう。

答　否定はしないわ。

問　……

問　……

問　期間は？

答　答えるのはむずかしい質問ね。こういうことって波があるでしょ。年をとればとるほど、どうでもよくなってくる。いっとう最初はもう何年もまえになるわ。その後は折に触れてって感じかしら。その気になったときに。わたしたちはどちらも大人だし。それくらいのことはあなたもわかるでしょ。

問　最近は？

答　わりと頻繁に。

問　理由は？

答　べつにない。わたしたちって、フェルトの上を転がるビリヤードの球みたいなものなの。ときおりカチッと音を立てて当たる。決まった規則はない。

問　ご主人はそのことを知ってるのかい。

答　さあ、どうかしら。たぶん知ってると思うわ。訊かれたことはないけど。わたしも訊かないし。

問　ご主人も浮気を？

答　たぶん。もう一回言うけれど、わたしたち、そういった話はしないの。でも、あのひとは出張でときどき家を留守にする。わたしをここに残して、ひとりで街に戻ることもよくある。

問　ウェスト・ハートの誰かとは？

答　それはない。わたしの知っているかぎりでは。

問　ジョン・ガーモンドは奥さんを愛していただろうか。奥さんのほうはどうだったんだろう。

答　正直なところ、なんと答えたらいいかわからないし、質問の意図もわからない。

問　彼からクラブの運営についての話を聞いたことは？　財政状態とか。どんなことでもかまわない。

答　あるわけがないでしょ。そんな話、誰が聞きたいもんですか。人生は短いのよ。お金の話は夫からいやというほど聞かされてる。愛人とそんな話をするつもりはない。

問　ずいぶんはっきり言うんだね。

答　やきもちを焼いてるの？

問　いいや。焼いてほしいのかい。

答　そんなわけないでしょ。

問　ご主人のところへ行って、こっちに来るよう言ってもらえるかな。ドクターのあとに話を聞きたい。

*

ドクター・ロジャー・ブレイク

問　先ほどはお手数をおかけしました。

答　気にすることはないよ。あれはわたしの義務だ。遺体の深部体温のことはまだ気になっている。それは重要なことだったかもしれないから。無理にでもやっておけばよかったと思わないでもない。

問　問題はないと思いますよ。

答　通常は直腸もしくは腹部を少し切ったところに体温計を挿入する。でも、そんなことはとても……

問　死者に対する冒瀆だと？

答　わたしは唯物論者だ。死体にロマンティックな思いを抱いてはいない。たとえそれが友人のものだとしても。だが、それでもできなかった。

問　お気持ちはよくわかります。ジョン・ガーモンドとは長い付きあいだったんですか。

答　ジョンが生まれたときから。わたしよりだいぶ年下なんでね。わたしが医大に入ったときには、ロープにぶらさがって湖に飛びこんでいる痩せっぽちの子供だった。ジョンとジェーン・ガーモンドとダンカン・マイアー。いつもいっしょだった。

問　仲よしだったんですね。

答　そう。

問　友人以上だった？

答　……

問　大事なことかもしれません、ドクター。

答　高校時代――それから大学時代もだったと思うが、三角関係のようなものになったことがある。ジェーンがジョンと付きあい、それからダンカンと付きあうようになり、結局どちらとも別れ、そのあとまたよりを戻して、といった具合に。

問　結局はジョン・ガーモンドと結婚した。

答　そうだ。

問　そのあともジョンとダンカンは親しくしていましたか。

答　ああ。

問　〝親しくしていた〟ですか。それとも〝一応は親しくしていた〟ですか。

答　〝一応は親しくしていた〟だ。たしかにぎこちなかった。二十五年とか三十年とかが過ぎたとしても、初恋を忘れるのはそんなに簡単なことじゃない。そう思わないかね。

問　あなたはロマンティストではないかもしれないが、ぼくは私立探偵として多少なりともロマンティストであることを求められています。もちろん、外面は非情でなければなりませんがね。だから、あなたの意見に同意します。もっとも、初恋のように感じる後年の恋も、それはそれで捨てたものじゃないと思いますが……ところで、あなたはクラブの会長職を務めたことがおありですね。お父さまと同じように。

答　父が会長になったことはない。

問　失礼しました。ちょっと混乱していました。それで、あなたは？

答　わたしはある。十五年ほどまえのことだが。

問　会長はどうやって選ぶんですか。

答　投票で。一世帯につき一票が与えられている。

問　それは焚き火を囲んで法螺貝をまわすようなも

のですね。
答　どういう意味だね。
問　たいした意味はありません。会長というのはどんな仕事をするんでしょう。
答　早い話、雑用だ。あれやこれやの。それを取りまとめる。あとは、いくつかの事例に対して拒否権を持っている。ほとんど使われることはないがね。
問　事例というと、たとえば？
答　新規会員の受付。大規模な伐採。クラブの譲渡。
問　売却という意味でしょうか。
答　まあそういうことだ。
問　ジョンはクラブの売却に乗り気じゃなかったと聞いていますが、本当でしょうか。
答　本当だ。
問　ほかの会員は？
答　大半は売却に賛成だと思う。こういうクラブは時代遅れだと考えている者もいれば、当座の現金を必要としている者もいる。
問　ジョンは売却を阻止するために拒否権を行使したと思いますか。会員の大半が賛成していたとしても。
答　さあ、それはどうだろう。
問　ジョナサン・ゴールドは会員として受けいれられると思いますか。
答　おそらく。
問　ユダヤ人であったとしても？
答　最近はそういったことを気にする者はいない。
問　昔はどうでした。
答　いまとそんなに変わらないだろうよ。
問　会員たちは政治に関心があるほうでしょうか。
答　質問の意図がよくわからない。みな投票はしている。選挙や税金の話もよくする。
問　保守的な会員が多いんでしょうね。
答　そういっていいと思う。

問　ニクソン。レーガン。バックリー。そういった連中を支持しているんですね。

答　そのとおり。

問　昔から？

答　そう思う。

問　みな反共主義ですね。

答　それは間違いない。

問　戦争前は？　ルーズベルトやニューディール政策には反対でしたか。

答　おそらく。

問　ヨーロッパでの軍事介入については？

答　それはどうかな。なぜそんなことが問題なんだね。

問　問題ではないと思います。ありがとうございました、ドクター。

＊

ウォーレン・バー

答　妻から話を聞いたそうだな。

問　ええ。全員から話を聞いています。

答　ぬかりはないというわけだな。

問　昨夜の話からお訊きしてもいいですか。

答　もちろん。

問　午前零時から二時まで、あなたはどこにいました。

答　飲んでいた。

問　どこで。

答　訊くまでもあるまい。独自の法律と伝統をもつ国家だ。人口も多い。わたしは長きにわたってそこの優良な市民でいる。

問　自宅にいたんですね。

答　ああ。スーザンから聞いているはずだ。

問　聞いています。あなたは少し酒を飲んだあと眠ったと。
答　酔いつぶれたと言ってたんだろ。
問　としたら、ちょっと困ったことになります。彼女はあなたのアリバイになるが、あなたは彼女のアリバイにならない。
答　そりゃ困ったことだ。スーザンは誰かの後頭部に弾丸をぶちこむような馬鹿な女じゃないことを祈ってるよ。
問　あなたはジョン・ガーモンドのことをどう思っていました。
答　ほかの者に対して思っている以上のことは思ってない。
問　ジョン・ガーモンドを特に嫌う理由はなかったということですね。
答　きみを特に嫌う理由があると思うか。
問　……
問　あなたの職業は？
答　それが事件と関係あるのか。
問　ないとは言えません。
答　運送業だ。
問　金融関係の仕事をなさっていると思っていましたが。
答　富をA地点からB地点まで運んでいるんだ。
問　そういったサービスを必要とする者がいるってことですね。
答　金を貯めることは誰にでもできる。だが、金を動かすには専門知識が必要になる。とりわけ余計な注目を集めたくないときには。
問　景気はどうです。
答　まずまず。
問　あなたはウェスト・ハートを売却したがっていると聞いています。ほかの人たちが売却を希望しているのは、まとまった金を必要としているからだと理解していますが。
答　〝金が必要〟と〝金がほしい〟は別だ。
問　バー家は創設メンバーの家族でした。伝統が終わることにためらいはありませんか。
答　ない。
問　あなたは銃を持っていますか、ミスター・バー。
答　もちろん。
問　一挺以上？
答　ここは狩猟クラブだ。
問　最後に発砲したのはいつです。
答　覚えてない。
問　だったら、嵐が通りすぎたあと、あなたの銃をその道の専門家に見せて、最近、発砲した形跡がないかどうか調べてもらっていいでしょうか。
答　ご自由に。
問　あなたは暴力的な人物ですか。
答　どうしてそんなことを訊くんだ。
問　先日の夜、ぼくを脅したからです。脅そうという意思をもたずに脅していたとすれば、それは愚か者です。でも、あなたは愚か者には見えない。
答　何か言ったのかもしれんが、忘れてしまった…………いろんな人間にいろんなことを言っている。
問　あなたはぼくに言いました。そういう口のきき方は災いを招きかねないって。
答　本当のことだ。自分で言ってたじゃないか。仕事柄、なりゆきによっては――ええっと、なんだったかな。暴漢にナイフを突きつけられる？　それとも銃？　バーの奥の部屋で誰かが用心棒に〝揉んでやれ〟と命じることもある？
問　それはあなたがすることでは？
答　まさか。わたしはビジネスマンだ。以上。
問　クラブの売却話がまとまらなかったら、あなたはジョナサン・ゴールドが会員になることを受けいれますか。

答　もちろん。どうして？
問　彼のことをどう考えていますか。
答　何も考えちゃいないさ。
問　入会の話があるまで面識はなかったんですね。
答　そうだ。入会の申請に来たときに会っただけだ。なんでここの会員になりたいのかわからないが、会員が増えれば、それだけ資金も増える。受けいれないわけがない。
問　さっきも言いましたが、奥さんはあなたのアリバイになる。でも、あなたは奥さんのアリバイにならない。彼女がジョン・ガーモンドを嫌う理由はありましたか。
答　ジョンに言い寄られていたか。訊きたいのはそういうことか。
問　あなたは知っていたんですね。
答　知っていたって何を？
問　気にしていないのですか。
答　きみはジョンに言い寄られていたかどうか訊いたんじゃなかったのか。
問　そうです。
答　きみはスーザンが見さげはてた女かどうか訊いているのか。
問　そうなんですか。
答　わたしが知っていることをきみが知っているとしたら……
答　……
答　……
問　何がおかしいんです。
答　何も。だが、スーザンはロマンティックな女じゃない。誰に対しても、どんなことに対しても、なんの幻想も持ってない。おもちゃに飽きたら、さっさと放りだして、新しいおもちゃを見つけだす。きみは結婚しているのかね、ミスター・マカニス？
問　いいえ。

答　だったら、わからないだろう。でも、まあいい。とりあえず教えておいてやろう。すべての結婚は孤立した宇宙であり、独自の物理法則を持っている。その中心にはブラックホールがある。外側からでは、それが何かわからない。見ることもできない。光はそこから逃げられない。内側の力にきみは引き裂かれる。

問　それは新しい脅しですか。

答　好きなように受けとればいい。

問　……

答　どうだね。何か得られるものはあったかね。

問　あまり。でも、ひとつたしかなことがあります。ことわざにもあるように――殺人はかならず露見する。

答　それは興味深い。そんなことわざがあったとは思わなかったよ。

定義づけ

Murder――mər-dər　語源は古ゲルマン語。**morbor, murthur, mourdre**と表記されていたこともある。オックスフォード・イングリッシュ・ディクショナリー（ＯＥＤ）によれば、初出は『ベーオウルフ』（七五〇年頃）で、〝神の敵〟であるグレンデルとその母親の所業が描かれているくだりに出てくる。〝morðres scyldig ond his módor éac（グレンデルは殺人を犯し、そしてグレンデルの母親も殺人を犯した）〟。数世紀後、チョーサーの『尼院侍僧の話』（一三八六年頃）には、

〝Mordre wol out, that se we day by day（殺人はかならず露見する。それは日ごとにあきらかになる）〟

と記されている。

関連事項として、OEDにはさらに一九三〇年代から〝the murder game——殺人ゲーム〟あるいは〝playing the murders——殺人ごっこ〟と呼ばれる遊びが、〝死体役〟と〝殺人者役〟にわかれて、実際に応接室や夕食の席の娯楽として行なわれていたという記述がある。そういった遊びは、ナイオ・マーシュやセシル・デイ＝ルイスの作品のなかでも言及されているが、それはあきらかに謎解き小説のゲーム感覚から発想されたものであり、のちに、小説を棄て謎解きだけに焦点を絞る作家が現われるのは、当然の論理的帰結であろう。ミステリ作家であり、このジャンルの権威ある研究者でもあるジュリアン・シモンズは、自著『ブラッディ・マーダー』のなかで、小説のかわりに〝殺人事件の一件書類〟を制作しはじめた作家がいると記している。それは実際に〝毛髪、マッチ、毒薬の瓶、登場人物の写真、電報、手紙……〟といった手がかりを詰めた箱である。愛好家（もはや〝読者〟とは呼べない）は、そういった手がかりを検討し、それをつなぎあわせて事件を解決することを求められる。ここから、一九四三年に某音楽家が演奏のために訪れた週末の保養地で貴族たちが〝殺人ゲーム〟をしているのを見ていて思いついた『クルード』のようなボードゲームまでは一足飛びだ。

OEDには〝morther of crowys——カラスの殺人〟（一四七五年頃）という不気味な言葉への言及もある。これはカラスが屍体を、特に戦場の屍体を好んでついばむところから生まれたと言われている。しかし、残念ながら、その言いまわしが一四八六年刊の『セント・オールバンズの書』のなかでとりあげられ、その数百年後の一九六八年に出版されたジェームズ・リプトンの『ヒバリの飛翔』によってよみがえった空想の産物から名づけられたものであることは、複数の証拠によってあきらかになっている。だがもちろん、言語愛好家たちは詩的逸脱に血道をあげ、〝a skulk of thieves――コソ泥ギツネの群れ〟とか、〝a poverty of pipers――パイプ吹きの貧困〟とか、〝the unkindness of ravens――カラスの不親切〟といった言葉のあやに労を惜しもうとはしない。

＊

殺人事件のあとの雨の日をいったいどうやって楽しく過ごせというのか。そこに何が待ち受けているのか。わたしたちは家のなかで椅子に腰かけて、煙草を喫ったり、本を読んだり、本を読もうとしたりしている。午後のひとときのカードゲームの誘いに応じ、それを即座に後悔し、断わる口実をでっちあげ、でもやっぱり参加し……

時間を信じるのはむずかしい。時計の針はほとんど動いていないように思え、一分足らずの時間のあいだに、みな一度は時計を見ずにはいられない。部屋の明るさは、午前も午後も、そして夕方になってもまったく変わらない。みな寝室のドアのほうに顔を向けないようにしている。その向こうで、誰かが涙を流しているかもしれないから。犠牲者のために。でなければ、自分自身のために。

そんな陰鬱な気だるさのなかで、ひとつの考えが頭に浮かぶ。一度頭に浮かんだら、それが頭から離れることはない。後ろめたさを覚えつつも、〝でも、死者を冒瀆するわけではない〟と考え、次に〝場所はどこがいいか〟という具体的な段取りに移る。〝6の集い〟はこのような孤独をまぎらわすためにある。要するに、みな酒を飲まずにはいられないのだ。

いくつかの家は言うまでもなくオフリミットなので、わたしたちはブレイク宅を飲み会の場に選んだ。そこは探偵の宿泊先でもあるので、いつも探りを入れられているような気がし（ほとんどのひとにとって）、脅されているようにも感じる（何人かのひとにとって）

ので、理想的な場所とはいいがたい。けれども、せいぜい一時間か二時間のことで、哀れなジョンの思い出に乾杯するだけだ。

いささか唐突に感じられるかもしれないが、ここで少しクラブの飲酒の歴史について略述しておこう。悪名高い〝6の集い〟、できれば忘れ去りたい新年のパーティー、傷つけられたプライドと失意、カナダ産のウィスキーをニューヨークへ、そしてさらにその南へ運ぶ〝脱法ロード〟の中間地点としての短期間だが華々しい役割。そのいずれもがあなたの興味をそそることはないだろう。だが、あなたはこの機会を利用して、これまでにあきらかになった嘘——受け継いだ財産を元手にたくわえ、家族が先々の暮らしのために必要としている利子のように、嘘の上に重ねられた嘘について、じっくりと考えることができる。ありふれたことから異常を切りわけるにはどうすればいいのか。レジナルド・タルボットはクラブの財政状況について嘘をついている。ウォーレン・バーはこれまでジョナサン・ゴールドを知らなかったと嘘をついている（「夫の商売仲間は避けることにしてるの」とスーザン・バーは言っていた）。ドクター・ブレイクは自分の父親がクラブの会長を務めたことはないと嘘をついている（それがなんの意味を持つのか）。さらには、ひとり、もしくは何人かが、この二日間の夜ずっと家にいたと嘘をついている。三一二号室にいたのは誰なのか。その部屋のドアの前の廊下にいたのは誰なのか。ジョン・ガーモンドを撃ち殺したのは誰なのか。

＊

アダム・マカニスが煙草を一服してポーチから戻ったとき、ジョナサン・ゴールドは図書室の革張りのソファーに腰をおろして、分厚い本を無造作にぱらぱらとめくっていた。

「『ウェスト・ハート――最初の五十年間』」と、ジョナサン・ゴールドは言って、本を閉じた。「〝最初の五十年間〟とはよく言ったものです。子供のような天真爛漫さ。無限大の楽観主義。次の五十年も当然あるってことでしょう。そして、その次の五十年も。そのあいだ悪いことなど何も起きないと思っているのでしょう。恐れいりましたよ」

「あなたも聞きとり調査の正式な対象になります」マカニスは言った。「殺人事件についての聞きとり調査です」

「そんな必要はないと思いますよ」

ジョナサン・ゴールドは立ちあがって、本の背表紙を指でなぞりながら、書棚にそって歩きはじめた。それから、一冊の本をそっと引きだすと、書棚の端で前後に揺すり、それを床に落とした。同じことを繰りかえす。二度……三度。

マカニスは何も言わなかった。

しばらくしてジョナサン・ゴールドはようやく口を開いた。「あなたは死んだ男に雇われてたそうですね」

「そう言っただけです」と、マカニスは答えた。

「なかなか利口ですな」

「おかげで無駄な時間を費やさずにすみました」

「なるほど。さすがです。死者はそのことを否定できませんからね。しかも、それが事実であったとしても少しもおかしくない。この下の大広間には、あなたに取り調べられることを恐れている者が、少なくともひとりはいるはずです」腕組みをして、「あなたがそこまでの切れ者だとは思っていませんでした」

「お褒めにあずかり光栄です」

「あなたを褒めるためにここに来ているんじゃありません。今回の一連の出来事によって、われわれの計画は一時中断せざるをえなくなってしまいました」

「その点についても調べてあります」

「ほう?」

「あなたにお見せしようと思って帳簿を持ってきました」

「なるほど。例の二冊の帳簿ですね。もちろん、見せてもらいますよ。ただ、数字はいかようにも改竄できる。わたしの知りあいのマジシャンは、帳簿上の記号を変えるだけで全財産を消滅させたり現出させたりすることができます」

「それがウォーレン・バーと親しくなった理由ですか」

ジョナサン・ゴールドは冷ややかな笑みを浮かべた。

「お見事です、ミスター・マカニス。どうやらあなたを少々見くびりすぎていたようです」

「そのようですね」

「どうやってそのことを知ったかは訊かないでおきましょう。もちろん、わたしの相方が話したとは思いません。たとえどんなに酔っぱらっていたとしてもね。なにしろよく飲むんです。それが彼の弱点なんです。酒は敵につけこむ隙を与えます」

「敵がいたんですか。あなたはどうです。あなたにも敵がいたんですか」

ジョナサン・ゴールドは素っ気なく手を振った。

「敵か味方かを見わけるのは簡単じゃありません。ひとはときとして敵であると同時に味方にもなる」そして、じっとマカニスを見すえた。「今回の悲劇があなたの本来の仕事の妨げにならないことを祈っていますよ」

「ご心配なく。両者はつながっている可能性があります」

「どんなふうに?」

「探偵の仕事がどういうものかご存じだと思います。いまはガラスごしにぼんやりと見えているだけです。でも、そのうちに……」

「どうでしょう。わたしなら飼い犬をリードでつないできます。でも、実際のところは、殺人事件を解決するほうがずっと簡単です」

「どういう意味でしょう」

「罪の意識というのは厄介なものです。あなたはダビデとバテシバの話を知ってますか」

「よくは知りません。セント・トーマス教会のシスターは聖書の味わい深い部分に触れようとしなかったので」

「だったら、あなたの知識を補ってあげましょう。ダビデは自分の宮殿の屋根の上で、美しいバテシバが裸で日光浴しているのを見る。ダビデは王の権限を行使して、彼女を呼び寄せ、ことに及ぶ。だが、バテシバは結婚していた。そして妊娠した。ダビデはそのことを知り、姦淫が露見するのを恐れて、彼女の夫を敵国との激戦地へ送りこむ。このたくらみは図に当たり、バテシバの夫は戦死する。そして、ダビデはバテシバを妻に迎える」

「そして、ふたりは幸せに暮らした？」

「その点についてはこれから話します。法的にはダビデを刑事事件の犯人扱いするのはむずかしい。バテシバの夫を殺したのは敵の剣です。戦《いくさ》は故意に仕組まれた不当なものではない。そして、そのときダビデは戦場から何マイルも離れたところにいた。故に、ダビデは法的には無実ということになります」

「しかし——」

「しかし、それは人間の裁きであり、神の裁きではない。神はダビデを諭すために預言者を遣わせた。その預言者はダビデに向かって、〝ある金持ちの男が自分は多くの羊を持っているのに、たった一匹の羊しか持っていない貧しい男からそれを奪いとった〟という話をして聞かせる。その話を聞いて、ダビデは大いに憤慨し、金持ちの男に死刑を宣告する。すると、預言者はその罪人がほかならぬダビデ自身であるとして、〝あなたがその男なのです！〟と叫ぶ。なんというドラマティックな話だろうと、父親のあとを継いで聖職《ラ》者《ビ》になるはずだったブルックリン育ちの少年は思いましたよ」

　ジョナサン・ゴールドは話を中断し、口もとに皮肉っぽい笑みを浮かべた。どうやら昔の記憶がよみがえったらしいが、マカニスは何も言わなかった。

　ジョナサン・ゴールドはまた話しはじめた。「預言者はこうも言った。ダビデが自分の手を汚さず、バテシバの夫を外国兵に殺させたことを容認するわけにはいかない。殺人は殺人である。神は王家に呪いをかけ、ダビデの治世は一族の近親相姦や強姦や同胞殺し、そして内戦の勃発によって崩れ去るであろう」

「要するに何が言いたいんです」

「要するに、神がいなければ、法に頼るしかないということです。そして、法は正義を実現するための有効な道具とならないことがあるということです。これは弁護士としての見解になりますが、直感的にはダビデが有罪であるとわかります。日常会話のなかでは、ダビデがバテシバの夫を殺害した――故意に殺害したということになります。けれども、法はダビデを無罪だと主張します」

「それで？」

「それだけです。わたしはあなたに期待を寄せているだけです」

　階下でドアがきしみ、床板の上を歩く音が聞こえた。それから大きな声。「すみませーん。ちょっといいですかー！」子供の声だ。

　マカニスは弁護士に一瞥をくれた。

「聴取を続けてください」ジョナサン・ゴールドは言った。「わたしはこれで失礼します」

「帳簿を持っていくのを忘れないように」

「もちろん」ジョナサン・ゴールドは言って、レジナルド・タルボットが持ってきた帳簿を手に取った。

「近いうちにまたお話ししましょう」

マカニスが階下におりたとき、大広間のドアの前に、ラルフ・ウェイクフィールドが炉床のそばにできた赤黒い染みを見ないようにして立っていた。明るい黄色のレインコートに長靴という格好で、床に水を滴らせている。首には双眼鏡がぶらさがっている。

「どうしたんだい、ラルフ？」

「変なことや、いつもとちがうことを見たら知らせてくれと言ったよね」

「ああ」

「それを見つけたんだ。森のなかに小屋があった」

マカニスはため息をついた。「森のなかにはいくつもの小屋があるよ、ラルフ」

「なかにひとがいるのを見たんだよ。床の下に何かを隠してた」

「それは誰だったんだい」

「このまえ夕食に招待してくれたひとだよ」

「ドクター・ブレイク？」

「そう」

＊

その小屋は森のなかを半マイルほど行ったところにあるらしい。このような遅い時間に歩いていくには少し遠いが、ジェームズやエマ・ブレイクに車を出してくれと頼むわけにはいかない。それで、ふたり――探偵とラルフは雨のなかを歩いていた。

「きみのママとパパはどこにいるんだい、ラルフ」

「わかんない」

「ヨーロッパ？」

「そう。ママはパリで、パパはローマ」

「きみはわかんないって言ったと思ったけど」

「答えたくないときはそう言うんだよ」

マカニスは微笑んだ。「大人はみなそうしている」

マカニスが身に着けている雨具は、自宅近くの中古品店で買った消防士用のブーツと、クラブハウスのクローゼットにあったポンチョだけで、ズボンはむきだしになっている。樹冠がいくらか雨除けのシェルターになってくれているが、森の小道を歩きだしていくらもたたないうちに、ふたりともびしょ濡れになってしまった。夏のこの時期にはシダが先史時代なみに巨大化し、その丈はマカニスの腰、ラルフの首のあたりまで達し、視界を遮っている。

「本当にどこかわかっているのかい」

「ぼくはウェスト・ハートの道の専門家だよ」ラルフは得意げに言った。「あちこち歩きまわってるからね」

「ウェスト・ハートの外へ出る秘密の道をきみが知っていればいいんだが……」

「知ってるよ」

マカニスは立ちどまった。「えっ？　本当に？」

「たぶんね。見たんだ、もじゃもじゃの髪で、汚い格好の……なんて名前だっけ」

「管理人の？　フレッド・シフレット？」

「そう、そう。そのひとが自分の家の近くの小道から車で出ていくところを。戻ってきたときは買い物袋を持っていた」

「間違いないかい」

「ぼくは双眼鏡を持っていた」

「彼の家はどこにあるんだい」

「森の奥深く。ほかのひとたちの家から遠く離れたところに」

「そのことを誰かに話したかい」

「いいや。話したほうがよかった？　何かまずいことしたってこと？」

「いいや、まずいことなんか何もしていない。きみには感心させられっぱなしだよ、ラルフ」それから数分間黙って歩いたあと、マカニスは訊いた。「このまえ会った日の夜も、あちこち歩きまわっていたのかい。

食事のあととかに」

「食事のあとは寝る時間だよ」

「そりゃそうだ。でも、おじさんが子供のころは早い時間に寝るのがいやでね。いやでいやで仕方がなかった。だから、両親が眠るのをベッドのなかで待ってて、そのあとこっそり家を抜けだしたことがよくあった。きみはどうだい、ラルフ」

「どうかな」

「こっそり家を抜けだして、近所を歩きまわっていたんだ。おじさんは都会に住んでたから、こことはずいぶんちがうけどね。あるとき、ブルックリン・ブリッジという大きな橋の土台部分にのぼって、そこの煉瓦に自分の名前を書いた。下からだと見えないので、そこに名前が書かれていることは誰も知らない」

「いまも残ってるの？」

「さあ、どうだろう。この年じゃ、もう見にいくことはできない。もしかしたら、別の子供の名前が上書きされているかもしれない。もしかしたら、きみの名前かもしれない」

「ぼくはそんなところへ行ってないよ」

「世界には大勢のラルフがいる。アダムも大勢いる」

「アダムって？」

「おじさんの名前だよ」

「ぼくの叔父さんは別の呼び方をしていた。悪しざまな言い方だった」

「だろうと思ったよ。叔母さんのほうはなんて呼んでいた」

「なんとも呼んでない」

「いずれにせよ、ラルフ、きみが夜中にこっそり家を抜けだして、何かを見たとしよう。でも、そのことを誰に話したらいいかわからないとしよう。そのときは、おじさんに話すというのもひとつの手だ」

しばしの沈黙のあと、ラルフは言った。「足の不自由な男のひとを見た」

「というと？　若い男？」

「ぼくにはそんなに若くないように見えたけど。脚を引きずりながら歩いていた」

「どこで見たんだい。クラブハウスの近く？」

「いいや、森のなかの小道で」

「何時ごろ？」

「遅い時間」

「その男はきみに気づいたかい」

「いいや」

「ほかには誰かいなかったかい。黒い髪の一部が白くなった女性とか」

「いいや」

　森に夜の帳《とばり》がおりはじめた。マカニスは懐中電灯を持ってきていなかった。明日の朝まで待つべきだったかもしれない。

「殺人事件のことは知ってるね」

「うん」

「殺されたのはディナーの席にいた男性だ」

「知ってるよ。叔父さんが親しくしていたひとだ。おじさんは犯人を捜してるの？」

「そうだ」

「ここにいる誰か？　ぼくの知ってるひと？」

「そうだ。残念ながら。怖いかい、ラルフ」

「わからない」

　小屋は思っていた以上に小さく、ウェスト・ハートの中心部にある家と比べると納屋といっていいくらいだった。昨日の嵐で大きな木の枝が折れ、傾斜屋根の上に引っかかっている。窓は暗い。ひさしの下にはクモの巣ができている。ポーチの上のフックには、錆びた弓のこや、長さの異なる数本のナイフがぶらさがっている。見るからにおぞましい曲がり刃のナイフは、狩りの獲物をさばくためのものだろう。ドアをノックし、少し待ってからドアノブをまわす。ドアが開く。なかに入り、荒削りの板張りの床を横切る。部屋はひとつだけ。むきだしのトランプ台、椅子、ガスランプ、部屋の隅に汚れたクーラーボックス。流しや電気のスイッチは見当たらない。電気も来ていないし、水道も引いていないということだろう。暖炉の上には、八本の弧状の枝角を持つ鹿の頭がかかっている。炉棚の上には二枚の額入り写真。その一枚には、ドクター・ブレイクとジェームズが射とめた鹿といっしょに写っている。そのときのジェームズの年まわりは十代の後半。マカニスと知りあうまえだ。もう一枚の写真には、若いころのドクター・ブレイクが年配の男の肩に手をかけているところが写っている。年配の男は古いウェスト・ハートの記事で見たドクター・ブレイクの父親だ。

「どこだい」と、マカニスは訊いた。

ラルフはトランプ台の横の編みこみラグを指さした。

マカニスがラグを引っぱると、床下収納庫のハッチのうっすらとした輪郭があらわになった。ラルフは腰の留め金からはずしたボーイスカウト用のナイフを黙ってさしだした。

「ありがとう」

床下収納庫のなかには、軍の払下げ品店で売られているような金属製の箱があった。その中身がなんであれ、はたして子供に見せていいものかどうか。マカニスはちらっとラルフに目をやり、それからラッチをはずして蓋をあけた。

中身を指で掻きわけていく……新聞の切り抜き。紙片。布切れ。鉄十字勲章がついたリボン。稲妻型のSSの記章。鉤十字のまわりの花冠をつかむ鷲をかたどった金属製のピン。

「これはいったい何なの」ラルフが訊いた。

「よくわからない。たぶん戦争の記念品だろう」

新聞は黄ばみ、手を触れただけで破れそうになっている。記事はすべてドイツ語だ。そのひとつは一九三三年のもので、一枚の写真が添えられている。そこに写っているのはドクター・セオドア・ブレイク。その横で、制服姿の太った男が微笑んでいる。キャプションには、〝ベルリン〟と〝国家代理官ヘルマン・ゲーリング〟という言葉が含まれている。

「おじさんをここに連れてきてよかったのかな。これって変なことといえるのかな」

「ああ。とても変なことだ」

　箱を傾けると、金属音がした。箱の底には拳銃が入っていた。

「それ何？」

「ルガーだ」

「ドイツの拳銃？」

「そう。戦争中のものだ」

「ベトナム戦争？」

「いいや。それとはちがう戦争だよ」

「そんなものがなんでここにあるの？」

「いい質問だ、ラルフ」


　マカニスは銃身の臭いを嗅いだが、最近使用されたかどうかはわからなかった。すべてのものを元の状態に戻すと、床下収納庫のハッチを閉じ、そこにラグを引っぱっていった。それから周囲を見まわす。ほかに興味をひくものはなかった。

「次はどうするの」

「ブレイクの家に戻ろう。お腹の具合は？」

「腹ペコだよ」

　ふたりは黙ってまた森の小道を歩きはじめた。その途中、ひとつ意外なことがあった。ラルフがいきなりマカニスの手をぎゅっと握りしめたのだ。

　ふたりがシダが生い茂る森のなかを歩いているとき、あなたはジョン・ガーモンドの検死にはじめて思いを致し、検死官は死人の後頭部からどのような銃弾を取りだすのだろうと考えるにちがいない。それは数十年前に外国の政府要人から贈られた銃から発射されたものかもしれない。あるいは、そのような憎悪と暴力の記念の品を物好きな客のために店の奥にしまっている質屋で手に入れたものかもしれない。さらに、あなたはこうも考えるだろう。それはのちに誰かを殺す必要が出てきたときのためにひそかにとってあるものかもしれない。

＊

わたしたちは〝6の集い〟のためにブレイク宅に集まっていた。陰鬱な雨の日の孤独な午後のうちは悪くない考えのように思えたが、密室恐怖症を起こしそうな夜のランプのもとでは、かならずしもそうは思えない。数人ずつひとかたまりになって立ち、それぞれグラスを救命具のように握りしめて、おたがいの様子をちらちらとうかがっている。みな目は充血し、顔は青ざめ、手は震え、煙草の灰を絨毯の上に落としている。そして、みな心ひそかに思いはじめている——やれやれ、自分もこんなふうに惨めに見えているのか。

探偵はブレイク宅に遅れてやってきた。バー家に滞在している少年を連れてきている。この夏はずっとこの地にいて、ひとりであちこちうろつきまわっていた。スーザンにひとこと言っておこうとも思ったが、その段になって、何をどんなふうに言えばいいというのか。彼はスーザンの子供ではないし、スーザンは子供のことを気にかけるような女性ではない。それでも、あちこちうろつきまわられ、あえて言うなら覗き見されるのは、あまり気分がいいものではない。それも一度や二度ではないのだ。双眼鏡はクラブハウスの狩猟展示室から持ちだしたものだろう。そこには、古い方位磁石とか、血痕がこびりついたクマの罠とか、鹿の角でつくった笛とかが展示されている。小さな子供にとっては興味しんしんなものばかりだ。持っていきたくなる気持ちはよくわかる。そもそも少々いかれたところのある子供なのだ。

「ぼくはガーデンパーティーのスカンクになっているような気がします」と、マカニスは手にジン・トニックを持ってドクター・ブレイクに言った。わたしたちのなかには、彼が家のなかに入ってきたときからドクター・ブレイクを探していたことに気づいていた者もいる。

「いやいや、そんなことはないよ」

「ぼくにとっては全員が容疑者です」マカニスは酒に向かってつぶやいた。

「理屈ではそうなるだろうね。でも、誰もが同じように疑わしいというわけじゃあるまい」

「理屈っぽさを咎めないでください。ぼくには理屈しかないんです。が、たとえ間違えであったとしても、理屈は役に立ちます」

「どういうことだね」

「本当らしく見えるかどうかの問題です」

「悪いが、説明してもらえないか」

「フィクションでは、ストーリーを本当らしく見せるために意を尽くします。しかし、哲学では、そんなことはしない。たとえ間違えていても、ほかの間違えた理屈より本当らしく見え、その違いを説明できればそれでいい」

「医者として、科学者のはしくれとして言うなら、まったくの戯言《ざれごと》としか思えないね。真実か真実でないか、そのどちらかしかない」

「曖昧な境界を持ちながら連続しているというのがぼくの考えです。厳密に言うと、われわれは決して真実に到達できない。だが、たとえ真実に到達できなくても、それで見通しはずいぶんよくなる」

「つまり哲学者なら、間違えた理屈でも役に立つというんだね」

「探偵もしかりです」

それでおたがいに納得したみたいに、ふたりは黙って酒を飲んだ。少しの間のあと、マカニスは会話を軽くするためにさりげなく尋ねた。「ウェスト・ハートに有名人が訪れたことはありますか」

　ドクター・ブレイクは笑った。「セレブが？　ここに？　もちろん。つい先日はウォーレン・ベイティとフェイ・ダナウェイが〝6の集い〟に参加した。ジャック・ニコルソンは湖で泳いでいた。知っている者はあまりいないが、水泳が得意なんだ。アル・パチーノは狩りが好きでね。射撃の腕前はなかなかのものだった。クラブハウスにあるクマも彼が射とめたんだよ」

「昔は？」

「なぜそんなことを聞くんだね」

「図書室の古い記録文書のなかに、ヘンリー・フォードとチャールズ・リンドバーグが来たと書かれていました。ずいぶん昔の話です。たしか一九三〇年代だったと思います」

「本当かい。まったく覚えてないな。わたしの若いころのことだ」

「あなたのお父さんが会ったんでしょう」

「わたしは同席していないはずだ。大学に行っていたときだから」

「お父さんからその話を聞いていませんか。当時アメリカでもっとも名の知れていたふたりです。なぜここに来たかご存じありませんか」

「すまないが、知らないね」

「あなたが医者になったのはお父さんの影響でしょうか」

「だろうね。父は一般診療医で、おもに子供を診ていた。発疹とか鼻かぜとか。わたしは心臓病専門だ」

「お父さんはどこで学位を取得したんですか」

「ハーバード。わたしもそうだ」

「お父さんに海外留学の経験は？」

「ないと思う」

「ぼくの寝室のクローゼットのなかに卒業証書のようなものがしまいこまれていました。ドイツ語なので解読不可能でしたが、お父さんの名前が書かれていることはわかりました」

ドクター・ブレイクは肩をすくめた。「たぶん名誉学位の免状のたぐいだろう。父はその種のものをいくつか持っていた。いずれも箱のなかにずっとしまいこまれていた」

「では、海外旅行の経験は？　大戦のまえに」

ドクター・ブレイクは困惑のていで微笑んだ。「どういう意味だね、ミスター・マカニス」

「べつに深い意味はありません」

マカニスは空のグラスを持ちあげて、〝失礼しておかわりを〟という万国共通のジェスチャーをし、カウンターのほうへ歩いていった。その背中をドクター・ブレイクの視線が追っている。

マカニスはひとりでカウンターの前に立ち、二杯目のジン・トニックを飲み、さらにもう一杯グラスに注いだ。そのあいだ、話しかけてくる者はひとりもいなかった。新鮮な空気を吸いに外へ出ると、そこにエマ・ブレイクがいた。テラスの一部を覆っている軒《のき》の下の椅子にすわり、上手に巻いたマリファナ煙草を吸っている。

「隠していたんだな」マカニスは言った。「持ってるのに、どうしてせびったんだい」

「女の子は自腹を切らないものよ。お酒でもマリファナでも。よほどのことがないかぎり」

「シェアするのは？　女の子はシェアもしないのかい」

「これはシェアしてもいい」

エマはマリファナ煙草をさしだし、マカニスが一吸いして咳きこむと、くすっと笑った。マカニスがロワー・イーストサイドで吸い慣れたものよりずっと強く、ずっと良質だ。

「あなたが父を問いつめているのを見たわ」

「話をしていただけだよ」

「嘘ばっかり。それで、父は殺人犯なの？」

「ちがうと思うけど」

「だったら、何なの」

「きみのお爺さんに関心があるんだ」

「あの老いぼれに？　本当に？」

「お爺さんが好きじゃないのかい」

「あんなやつ、好きなひとなんかいないわ」

「なぜ」

「死んだ動物みたいに息が臭かった。歯は黄色くてボロボロ。髭についた食べものを食べるのを見たこともある。小児科医だったって知ってた？　わたしにとっては悪夢以外の何ものでもない」

「嫌いになる根拠としてはやや薄弱な気がするんだが」

「思いやりとかのかけらもなかった。厄介者もいいところだった」

「クラブにとっても？」

「と思うわ。詳しいことは知らないけど。亡くなったのはわたしが子供のときよ」

「あのときぼくはいまよりずっと老けていて、いまはあのときよりずっと若い」

「何それ？」

「ディランだよ」

「ディランって？」

「冗談だろ」

「なんとなくならわかるけど。フリートウッド・マックを聴いたことある？」

　雨はあがっていたが、家のなかにいる者は誰も気づいていないみたいだった。そのとき、マカニスは路上に人影があることに気がついた。煙草の先端の赤い火が大きくなったり小さくなったりしている。それからゆっくりと数歩歩いて立ちどまる。夜そんなところに出てきているのは誰なのかも、なぜ家に入ってこないのかも、容易に察しがついた。

「すぐに戻る」マカニスはエマ・ブレイクに言った。

そこに行ったときには、もう一本の煙草に火をつけていた。

「ぼくの母さんのことでみんなから話を聞いてまわっているそうですね」と、オットー・マイアーは言った。

「クラブのほうから調べるようにと頼まれてるんだよ」

「警察の調べはすんでいます。なのに、いったいどうして？」

「ただ話を聞いているだけだ。何を拾いあげ、何を捨て去るべきかを知るために」

オットー・マイアーは足先で砂利を蹴った。「殺したのかって父に訊いたんですか」

「ああ」

「それで父はなんと？」

「殺していないと言った」

「父はそう思っているでしょうね」

「きみはそう思っているのかい」

「殺人をどう定義するかによります」

「きみのお母さんはずっと苦しんでいたそうだね」

「生涯にわたって。少なくとも、ぼくが生まれてからはずっと。よくなったり、悪くなったり。その繰りかえしでした。来る年も来る年も」

「つらかっただろうね」

「ええ」

「自殺だったと思うかい」

「もちろん」

「あえて訊くけど、そう思う理由は？」

「発作のせいです。発作——母はそう呼んでいました。最後の数年は特にひどかった」

「例の事故以来だね」

オットー・マイアーはうなずいた。「そうです。アマンダ・カルドウェルの一件以来とりわけ……」

「その話は聞いている」

「ぼくは責任を感じています。もちろんです。でも、本当はそこまで自分を責めなくてもいいのかもしれません。トリップはついてなかったんです。ぼくだって危うく死にかけたんです。それに無傷ですんだわけじゃない」オットー・マイアーは自分の脚を叩きながら言った。

「そんな言いわけをする必要はないよ。きみに罪があるかどうかを問おうとしているわけじゃない」

「ぼくの理解では、あなたがここにいるのはまさにそのためです」

マカニスは首を振った。「ひとつの仕事が終われば、詳細を記した報告書を提出する。日付とか、誰が何を話したかとかの。それだけのことだ」

「盗撮したエロ写真が入ったフォルダーを忘れていませんか」

マカニスは無視した。「きみのお母さんはお父さんのことを知っていたんだろうか」

「ええ。ある程度は。最後にはすべてを」

「きみは知っていたのか」

「すべてではありません。昨日までは」オットー・マイアーはまた煙草に火をつけた。さっきから一本喫いおわっては、その火を新しい煙草に移したあと、地面に捨てて踏みつけている。指がかすかに震えている。

「先月、母が行方不明になっていたことを知ってますか」

「いいや。きみのお父さんからは聞いていない」

「二週間、行方をくらましていたんです」

「どこへ行ってたんだろう」

「わかりません」

「友人宅は？　実家は？」

「どちらでもありません。近くの病院やホテルにも問いあわせました。失踪届けも出しました。警察からは、犬を使ってウェスト・ハートの森のなかを捜索したらどうかという提案がありました」

「そうしたのかい」

「いいえ、そこまではしませんでした」

「いつ戻ってきたんだい」

「数日前です」

「そのとき何か言ってた？」

「いいえ。父も何も訊きませんでした」

「どこか変だと思わなかったかい」

「思ってました。昨日までは」


湖。あのときは陽光が水面をきらきらと輝かせていた。何もかもが夢のように見える。複葉機が低空飛行でやってきて、翼を傾け、湖で泳いでいる者たちに挨拶をする。エマ・ブレイクは茶色のサングラスをかけて軽口を叩いている。子供たちは湖に飛びこんで水しぶきをあげている。マカニスは胃にさしこみを覚えながら波打ち際を歩いていた。静かに寄せてはかえす水のなかに死体が浮かんでいる。振りかえると、砂浜の奥にいるオットー・マイアーが、ただならぬ形相で立ちあがる。そのそぶりや物腰からは、何かを知っていることがあきらかに見てとれる。


「お気の毒だったね」

「見にいかなきゃならなかったんです。たしかめるために」

「見たいという者は多くないと思うが」


　水死体は身元確認をする者にとってもっとも見るに堪えない死体のひとつだ。特に淡水では。マカニスが見たときには、すでに魚が顔にまとわりついていた。


「あのあとエマが家まで送ってくれました」

「そのとき、お父さんは家にいたのかい」

「いいえ。橋のそばで釣りをしていました。エマが誰かに頼んで父を呼びにいってもらいました。そのあとエマには帰ってもらい、ぼくは母のベッドルームに入りました。そのとき見つけたんです」


　オットー・マイアーはレインコートのポケットから半分に折りたたんだ用紙を取りだした。それが何かすぐにわかったが、マカニスはあえて何も言わなかった。

「父に尋ねられたときには、何も見つからなかったと答えました」

「お父さんは保安官にそう言った。となると、ちょっと面倒なことになるかもしれない」

「必要なときには、ぼくが説明します。どうです。ごらんになりますか」

「ああ」

ブレイク宅のテラスの明かりは道路まで届いていない。マカニスはライターを取りだして、暗がりのなかで読んだ。細い、弱々しい手書きの文字。子供の宿題のように鉛筆で書かれている。

マカニスはそれを二度読んでから訊いた。「きみはこのことを知らなかったんだね」

「知りませんでした」

「きみのお父さんはお母さんに話したにちがいない。おそらく最近になって。それが行方をくらました原因なんだね」

「そう思います」

「どうしてこれをぼくに読ませてくれたんだい」

「母の件は終わっています。少なくともぼくはそう思っています。でも、ジョン・ガーモンドの件はまだ終わっていません」

「関連があるかもしれない」

「もしかしたら」

「いずれにせよ、この書きつけはきみのお父さんに暗い影を落とすことになる」

「わかっています。でも、父がジョン・ガーモンドを殺したとは思いません。あなたはどうです」

マカニスはオットー・マイアーの視線を避けながら用紙を丁寧にたたみなおした。「これを預かっておいていいかな」

「お持ちください。ぼくには必要ありません」オットー・マイアーはマカニスが用紙をポケットに入れるのを見てから訊いた。「ラムジーに話すつもりですか」

「そんなさしでがましいことをするつもりはないよ」

「だったら、どうするんです」

「ジェーン・ガーモンドから話を聞く。それに、きみのお父さんからも」

オットー・マイアーはうなずき、足を引きずりながら立ち去った。マカニスがテラスに戻ったとき、エマはもうそこにいなかった。

アガサ・クリスティーの失踪

一九二六年十二月三日の夜、アガサ・クリスティーは忽然と自宅から姿を消した。そして、十二月十五日、ヨークシャーのスパ・ホテルで無事に保護された。この十一日間の失踪事件はイギリスの市民を釘づけにし、メディアを色めきたたせた。ことのなりゆきはすべての主要新聞のトップページを賑わせた。そして、その後は何年にもわたって、多くの小説やドキュメンタリー、少なくとも二本の映画、さらには〈ドクター・フー〉の一話にインスピレーションを与えることになった。しかしながら、謎はいまだに不明のままだ。

一九二六年の末、クリスティーはスターの地位にのぼりつめつつあった。彼女の新作『アクロイド殺し』

はベストセラーになり、ミステリ界に大きな衝撃と論争を引き起こしていた。一方で、その私生活は決して幸せなものではなかった。夫の陸軍大佐アーチボルト（アーチー）がナンシー・ニールという女性と不倫関係にあったのだ。十二月四日、彼女は七歳の娘におやすみなさいのキスをして自宅を出た。そして翌朝には、彼女の車がニューランズ・コーナーという風光明媚《めいび》な場所に乗り捨てられていることがわかった。

それからの十一日間、国をあげての捜索が行なわれた。数千人のボランティアが地元の森のなかへ分けいり、ダイバーは近くの（噂によると底なしの）サイレントプール湖に潜った。アーサー・コナン・ドイル卿は彼女を見つけるために親しくしていた霊媒師に意見を求め、モーニング・ポスト紙に所見を寄せた。

諸説入り乱れた。

記憶喪失。

本を売るための売名行為。

自殺。

殺害。

作家仲間のドロシイ・セイヤーズは、デイリー・ニューズ紙の依頼で失踪当時の状況をみずから調査し、予想される事態を簡潔にまとめた。〝概してこのような問題の場合、ありうる答えは四つ——記憶喪失、他殺、自殺、または失踪〟

日がたつにつれて、推論は淘汰され、ひとつまたひとつと消されていった。世間の目は否が応でも夫のアーチーに向かうようになった。そのころ、新聞にクリスティーは失踪前に三通の手紙を残していたという記事が出た。一通は秘書に（なんでもスケジュールに関することが記されていたらしい）、二通目は義兄に、三通目は夫に当てたものだった。興味深いことに、あとの二通は読んだあとに燃やされていた。ある新聞記事によれば、アーチーはこう語ったという。〝妻の居場所に関することは何も書かれていなかった〟

捜索はついに終わりのときを迎えた。ヨークシャーのハロゲート・ハイドロ・ホテルの楽団員のひとりがそこにクリスティーがいることに気づいたのだ（ある伝記作家によれば、彼女は〝イエス・ウィー・ハブ・ノー・バナナ〟にあわせて夜ごとチャールストンを踊っていたらしい）。おおかたの予想どおり、新聞各紙は記憶喪失が原因だったと報じた。新聞の一面には、テレサ・ニール名義でホテルにチェックインしていたと記されていたが、なぜか肝心な点には触れられていなかった。記憶喪失とされていた者が夫の愛人の姓を名乗っていたのだ。

それから一年余りののち、数カ月におよぶ種々の憶測と批判を経て、クリスティーはデイリー・メール紙の特別インタビューの場で沈黙を破った。なんでも、母親を亡くした悲しみと、〝受けいれがたい多くの私的トラブル〟のために、みずから命を絶つ決心をした。そのために車で採石場に向かったが、途中で事故を起こし、ハンドルで頭を打ち記憶を失った。それからの二十四時間は放心状態にあり、気がつくと、ロンドンに向かい、ヨークシャーのホテルに滞在していた。そこでは、自分を別の人間だと信じこみ、〝南アフリカのミセス・テレサ・ニールになっていた〟らしい。自分は未亡人であり、有名な作家が失踪したという記事を読んだときには、〝わざとらしい愚かなふるまいだと思った〟という。

クリスティーがみずからの失踪についておおやけに語ったのはこれが最後だった。回想録でもこの件については一切触れていない。

それから数十年、さまざまな説が乱れ飛びつづけた。

徘徊症だった。

現実の殺人事件を解決しようとしていた。

現実の殺人事件にかかわっていた。

アーチーに毒を盛られたことに気づき、治療のために身を隠していた。

アーチーへの腹いせに死んだと思わせようとした。アーチーが計画していた愛人との週末旅行を妨害するために失踪劇を仕組んだ（現実的には可能だが、心理的には物足りず、劇的には一九九九年の伝記中での結論を満足させていない）。

真実がどうであれ、ミステリ作家の謎をめぐる数々のドラマティックな可能性は、その後何十年にもわたって世を騒がせつづけた。

文芸上の興味深い事実その一――パトリシア・ハイスミスは、クリスティーの失踪を脚色した『慈悲の猶予』を書いた。ただ、作中の小説家は卑劣な夫であって、失踪した妻ではない。違いはほかにもある。ふたりの結婚生活は破綻していて、夫はどうやって妻を殺すかという妄想を小説にしていた。そのため、妻がなんの痕跡も残さず姿を消したとき、夫は警察に関与を疑われることになった。

文芸上の興味深い事実その二――クリスティーの失踪にヒントを得たスタンドプレーは翌年に始まり、その後数十年間にわたって続いた。たとえば、ニューズ・クロニクル紙の編集者は、謎めいた失踪をし、あちこちの海辺のリゾート地を渡り歩いていると思われる〝ロビー・ラッド〟なる男の写真を掲載し（新聞各社は俳優を雇って彼の役を演じさせた）、十ポンドの懸賞金をかけた。該当する人物を見つけだし、〝あなたはミスター・ロビー・ラッドですね。十ポンドいただきますよ〟と言うと、懸賞金を手にすることができるのだ。グレアム・グリーンは『ブライトン・ロック』のなかでこの逸話をプロットを前に進めるための仕掛けとして使用した。

文芸上の興味深い事実その三――一九九三年に、クリスティーの『グランド・メトロポリタンの宝石盗難事件』のテレビ版で、シナリオライターは原作にはないコミカルな味付けをした。エルキュール・ポアロは〝ロビー・ラッド〟ならぬ〝ラッキー・レン〟という名前の男に奇妙なほど似ているのだ。この話のなかで、ポアロは懸賞金目当ての旅行者たちから何度も呼びとめられる。かくして、クリスティーが生みだしたもっとも有名なキャラクターは、数十年前の実生活での失踪事件にインスパイアされた珍奇な思いつきに辟易させられることになったのである。

追記――クリスティーは一九二八年に夫のアーチーと離婚した（アーチーはすぐにナンシー・ニールと再婚。クリスティーのほうはのちに考古学者のマックス・マローワンと再婚し、終生幸せな結婚生活を送った）。離婚成立後、クリスティーははじめて海外への一人旅を計画した。目的地は中東。一九二八年の秋の吉日に、かの有名なオリエント急行に乗りこんだ。

*

〝6の集い〟が前夜のやや控えめで、とりとめもないバージョンとして幕をおろし、一日の終わりに近づいたころ、アダム・マカニスはひとり部屋に閉じこもっている。ベッドに腰かけ、そして立ちあがり、整理だんすの前へ行って、引出しのなかにコルトが入っていることを確認する。それから窓辺へ向かい、夜を覗きこむ。もしかしたら、みずからの身の安全に不安を覚え、落ち着かず、居ても立ってもいられないのかもしれない。あるいは、心ここにあらずの状態で手がかりを仕分けし、それをパズルのピースのように組みあわせて、どのような絵柄が現われるか見ようとしているのかもしれない。でなければ、女性のことを考えているのかもしれない。たとえばエマ・ブレイク。廊下を歩いていき、ドアを軽くノックすればいいだけのことだ。でなければ、スーザン・バーとどうすれば今夜ふたたび会うことができるかと考えているのかもしれない。もちろん、彼女も容疑者のひとりであると承知のうえで。

マカニスは服を着たままベッドに横になり、胸の上に灰皿を置いて煙草を喫う。そして考える。考える。考える。ニコチンの助けを借りながら。一方で、あなたにも検討すべきいくつかの問題点がある。

探偵が依頼人について嘘をついたこと。

ジョナサン・ゴールドとの会話。

ドクター・ブレイクが秘匿していた金属製の箱。

ダンカン・マイアーが妻の失踪について口を閉ざしていたこと。

存在していないと思われていた遺書が見つかったこと。

マカニスはまた煙草に火をつける。胸の上に置いた灰皿は煙草の吸いがらと灰でいっぱいになっている。このようなシーンはミステリではおなじみのものだ――〝事件について思案をめぐらせる偉大な探偵〟。シャーロック・ホームズは自室にこもって、バイオリンを弾き、葉巻をふかし、ときおり壁に銃弾を撃ちこみ、数時間後、ときには数日後にやつれた姿を現わす。だが、その目はぎらぎらと輝いていて、いきなり声を大にして叫ぶ。〝ワトスン君、ゲームは始まっているぞ!〟。エルキュール・ポアロは地中海のリゾートホテルのバルコニーを歩きまわり、〝灰色の小さな脳細胞〟が役立たずだと不平をこぼしているが、友人のなにげないひとことによって、小柄な卵型の頭のベルギー人は目を丸くし、そして得意げに言う。〝モン・デュー、ヘイスティングス、きみはいまなんと言ったかわかるかね。わたしはなんと愚かだったんだろう。急ごう。手遅れにならなきゃいいんだが〟

しかし、ここではこのようなとつぜんの閃《ひらめ》きは起きない。探偵の手はだらりと垂れている。灰皿の上の煙草は長い灰になってる。目は閉じている。あなたは眠っている男の胸が上下するのを見ながらふたたび自問する。こういった架空の探偵たちは夢を見るのだろうか。もし夢を見るとしたら、生きている者の夢か、それとも死者の夢か。

*

クローディア・マイアー

問

答　何年も。何年も、何年も、何年も。そのことを考えていないときはないくらい。それはわたしの秘密で、どうしても守らなければならないもの。理解してもらえるとは思わない。夫にも、かわいそうなオットーにも。誰にも。彼らはそれをわたしから奪おうとしている。わたしの秘密を。それが何より怖かった。彼らはできればなんとかしたいと思っていた。それで、わたしに薬を服《の》ませた。大量の薬を……薬を、薬を、薬を。効き目はなかった。でも、わたしは少しよくなったふりをした。それで喜んだのは彼らであって、わたしじゃない。わたしは変わらなかった。

問

答　答えるのはむずかしい。あるとき、夫はディランのコンサートのことを話し、〝ぼくはボブ・ディランの仮面をつけている〟という言葉を口にした。もちろん、そう言ったのはディランで、夫じゃない。彼はただディランの言葉を引用しただけ。あれはたしかハロウィーンの日のことだった。もっとも、わたしにとっては毎日がハロウィーンのようなものだけど。わたしはクローディア・マイアーの仮面をつけている。どう、似合ってる？

問

答　窓から外を見ているような感じ。あなたの目には外の景色が見える。木とか、湖とか、草とか。でも同時に、窓枠やレールやガラスまで見える。見えなくてもいいものまで見えてしまう。どういう意味かわかるかしら。始終そんな感じなの。透明な檻に閉じこめられた道化師のようなものよ。あなたに檻は見えない。でも、道化師には檻が見える。よほどのうつけ者でないかぎり。あなたはそこに立って、道化師を見ている。その道化師を檻から出したらいけないと思ってる。

問

答　いいえ。

問

答　そう。

問

答　わたしは知っていた。知っていた。知っていた。知っていた。でも、全部じゃない。知らなかったこともある。あのことは――

問

答　そう、あの子のこと。もちろんいまは大人だけど。それでも考えるとやはりつらい。そんなことって本当にあるのかと思う。どんな痛みでもいつかは消えると思っていたけど、そうじゃなかった。ほかのことは何も感じない。後悔も、悲しみも、幸せも。なのに、あの痛みはいまもそのまま残っている。いちばん新しい感情はいちばんあとまで消えないってことかもしれない。

問

答　ええ、残念ながら。いいえ、わたしはそのことを知らなかった。でも、ふたりの過去は知っていた。子供のころのことは知っていた。ふたりは恋人どうしだった。素敵な言葉だと思わない？　恋する子供たち。でも、その子供たちは大人になった。わたしはそのことを気にしていたわけじゃない。でも、もしかしたら、気にしていたのかもしれない。どっちかわからないというのが正直なところ。ひとが何を考えているか知るのは簡単なことじゃないでしょ。たとえば、〝このことをどう感じますか。あのことをどう思いますか〟と訊かれたときには、なんと答えたらいいのか。それに対する正しい答えって何なのか。そもそも正しい答えがあるのか。それを解決しようとすることはできるけど、正しい答えが見つかるかどうかは決してわからない。〝わたしはこのことをどう感じるか〟。どうすればその答えがわかるのか。ほかのひとがわかっても、わたしには最後までわからない。

問

答　いいえ。誰もが感じていたと思う。わたしたちはみな風に吹かれるウィンドチャイムのようなもの。いまの暮らしのなかで自分たちの望みどおりの音楽を奏でられている者はひとりもいない。音符は揃っているけど、演奏の仕方が間違っている。

問

答　そうなの。あの子が生まれたときにいろんなことが変わった。馬鹿な話だけど聞いてもらえるかしら。わたしが妊娠していたときには、秘密は気にならなくなると思っていた。赤ん坊を両手に持ち、抱きかかえ、授乳し、やがて成長し親元を離れるのを見届けよう。そうすれば、わたしは変われる。そう思っていた。でも、そうならなかった。赤ん坊は赤ん坊でしかなかった。そのあと、わたしは……以前よりひどくなったと夫は言うけど、それはちがう。わたしはまえより自分らしくなったのよ。彼らはそれが気にいらなかった。それで、いまのわたしはわたしじゃない、別の誰かなのだと、無理やり納得させようとした。そして、わたしの顔に仮面をかぶせた。その試みは功を奏した。しばらくのあいだは。

問

答　彼らは執拗にオットーを責めたてた。オットーが車を運転していたから。オットーはシートベルトを締めていたけれど、トリップは締めていなかった。アレックスはオットーも死んだほうがよかったと思っていたはず。でも、アマンダはちがう。アマンダはただ……悲しんで、悲しんで、悲しむばかりで。彼らはわたしたちと目をあわせようともしなかった。その後も、アレックスの憎しみは募るばかりだった。

問

答　わたしがこの場所を好きだったことは一度もない。夫は根っからのウェスト・ハートっ子よ。この地で生まれ育った。結婚当初、夫が平日に街で仕事をしているとき、わたしはここにずっと来ていた。そのときは、わたしが無難に立ちふるまっていると思っていたみたい。みんなとのお付きあいやら何やかやと。わたしがウェスト・ハートの一員になって、湖で日光浴をしたり、森を散策したり、子供たちの面倒をみたりして、充実した一日を過ごしていると思っていたみたい。でも、実際はそうじゃなかった。わたしは平日にひとりでここにいるのが好きだった。夫抜きで。オットーが家を出たあとは特に。わたしはここで誰にも会わず、誰とも話さずに一日を過ごしたかったの。来る日も、来る日も、来る日も。

問

答　何を話せばいいのかしら。わたしたちは別々の部屋で寝ていた。わたしが言いだしたのよ。寝相が悪いから別々に寝たいって。もちろん本当じゃない。わたしはひとりになりたかったの。翌朝夫は狩りに行くので、早く寝なきゃならなかった。

問

答　そう。それで先にベッドに入った。わたしが家を出たあと、夫が何をしていたかはわからない。そんなことはもうどうでもよかった。さっきも言ったように、わたしはもう何も感じていなかった。ただあのことで傷ついていただけ。おそらく夫にも秘密はあったんでしょう。わたしのとはちがう秘密が。でも、秘密は秘密。わたしは起きあがり、部屋着を身にまとった。あの大きなポケットがついた部屋着。そう、大きなポケットがついているから買ったのよ。そして、家を出た。満月だったので、外は明るかった。でも、真っ暗だったとしても、道に迷うようなことはなかったはず。

問

答　いいえ、クラブハウスには行っていない。

問

答　本当よ。

問

答　その日の朝早く、湖で子供たちに石を見つけてくれと頼んであったの。それでゲームをしようと言って。集めてくるのは、滑らかで、丸い石だけ。それをみんなで積みあげて――そうやってつくった石の山はなんと言ったかしら。

問

答　そう、ケルン。素敵な言葉ね。そこには古い魔法のような響きがある。それで石の山ができあがると、壊さないでそのままにしておいてと子供たちに頼んだ。みんな真顔で誓ってくれたわ。まるでそれがこれまででいちばん大切な約束であるかのように。子供というのはとても好奇心旺盛なものだけど、何も訊かずに約束を守ってくれた。石の山はあの晩ずっと湖のほとりにあった。そこでわたしを待ってくれていた。まるでわたしの命があるかぎりいつまでも待ちつづけていてくれるみたいに。古い魔法のように。

問

答　言ったでしょ。わたしは何も感じないって。何も。何も。ただひとつ、あのことで傷ついているだけ。それもじきに消える。そして本当に何もなくなる。

問

問

問

日曜日

たとえば、殺人は道徳的な手段によって捕らえられる……
でなければ審美的に扱われる……

あなたは新しいページをしたり顔で、あるいは眉を寄せながら読みはじめる。あなたは今日がこの物語の最終日だということを知っている。どうしてわかったのか。もしかしたら、この本がほかの本と様相を異にしている点に好奇心を抱き（もちろん、途中をすっとばして結末を見るためではあるまい。あなたはそのようなソシオパスではないはずだ）、ページをパラパラとめくって、〝日曜日〟が最後の章扉であることを知ったからかもしれない。あるいは、本書を手にとるきっかけになった書評に〝アメリカ独立二百年を祝う週末の四日間〟とあったからかもしれない。木曜日、金曜日、土曜日、日曜日……あなたはその書評のなかにあなたの背中を押してくれる言葉を熱心に探したにちがいない。〝最後の最後まであなたを考えこませるプロット〟とか、〝予想もつかない展開に大満足〟とか。もっともクライマックスを評する言葉については、作家の意図や書評家の気まぐれにもよるが、どうしても限定的なものにならざるをえない。〝エキサイティング〟とか、〝巧妙〟とか。あるいは、〝不可解〟とか、〝残念〟とか……

そんなわけで、あなたは一抹の寂しさを覚えながら日曜日の朝のページを開く。どうやら作者も同じ気持ちのようで、この日はこれまでとはちがうトーンで始まる。まるでこの話を終わらせたくないかのように多くの時間が割かれ、プロットに戻るのを遅らせるための描写が長々と続く。ウェスト・ハートの敷地、嵐のあとの森にさしこむ陽のきらめき、濡れた葉の音、静かに道を横切る鹿。あなたは思う。このような牧歌的な描写は、どろどろした男女関係を別世界の出来事であるかのように思わせるためのものではないか。

けれども、そういったとりとめもない文章も、やがては砂利道を歩いている男の関心事である殺人事件に戻ってくる。探偵は猛威をふるった嵐の痕跡をぼんやりと見ている。吹き飛ばされた屋根板、あちこちに散らばる木の枝、倒れた植木鉢、破れ、泥にまみれた旗布。国家の誕生日のことはほとんど忘れられている。

アダム・マカニスはクラブハウスに入る。廊下は薄気味悪いほど静かで、やはりほかには誰もいない。厨房に向かう。そこでコーヒーを淹れ、できあがるのを待ちながら、冷凍庫の前に立って思案をめぐらせる。それから深呼吸をして、重いドアをあけ、なかに入る。入れかわりに、そこから冷たい空気が吹きだす。

これは予想外だったにちがいない。なぜマカニスは死体の保管場所に戻ったのか。死体がまだそこにあるかどうかたしかめるためか。あるいは、そこからなくなったものがないかどうか調べるためか。小説の終盤にさしかかって、あなたはもしやと思う。ここで三幕目の大きな展開があるのではないか。死体が消えている？　死体に残されていた証拠が持ち去られている？　あるいは、罠？　何者かがクラブハウスまでマカニスを尾《つ》けてきて、これ以上の調査をさせないようにする機会をうかがっている？　カメラのフレームのなかにぬっと手が現われて、冷凍庫のドアをぴしゃりと閉め、探偵をなかに閉じこめる。そのなかでどんなに叫んだりわめいたりしても、まわりにその声を聞く者がいないことはわかっている。冷凍庫からの声は徐々に小さくなっていき、数時間で消える。この犯罪が露見するのはそれからしばらくたってからのことで、警察がようやく到着して冷凍庫のドアをあけると、そこにはひとつではなく、ふたつの死体が……

マカニスが震えながら出てくる。後ろ手でドアを閉め、金属のラッチをかけると、コーヒーを喉に流しこんで身体を温める。愚かな行為だ。そして不必要な行為だ——死体は起きあがって歩き去ったりしない。危険なのは言うまでもない。ここでは頼れるのは自分ひとりで、誰も信用できないということを忘れてはならない。依頼人と推測される人物ももちろん例外ではない。その人物についてマカニスが街で知りえた情報は、いずれも芳しいものではなかった。ジョナサン・ゴールドは誰もが語ることを恐れる男だった。とりわけ犯罪と権力の周辺にいる者たちが。たとえば密告者とか、麻薬の売人とか、悪徳弁護士とか。彼らの沈黙は不安を募らせるばかりだった。彼が通ったあとに死屍が累々と横たわっていたとしても驚くにはあたらないだろう。以前、ベトナムで同じような男を見たことがある。うつろな目をした軍曹や大尉。戦争の目のくらむような愉悦や、みずからの意志と強さの限界に挑む自由は、帰国してからの日常生活では決して味わえないものだったちがいない。もしかしたら、今回の悲劇を誘発させたのはジョナサン・ゴールドだったのではないか。じつのところ、その悲劇が起きることを当てにしていたのではないか。

　マカニスはまたコーヒーを飲む。こういうときには、金庫に耳を押しつけて、一生鳴らないかもしれないカチッという音に耳をそばだてている泥棒のような気分になる。しかし、冷凍庫で見たものについて考えるよりはましだ。忘れられた肉のかたまりのように霜のおりた死体。裸電球にぼんやりと照らしだされ、赤黒い氷で覆われた後頭部の裂け目。

*

　最後にもう一度身震いしてから、マカニスはクラブハウスをあとにし、ラルフ・ウェイクフィールドの地図を頼りに、泥だらけの道を死んだ男の家に向かう。

マカニスがやってきたとき、ジェーン・ガーモンドはクラブハウスのポーチでロッキングチェアに腰かけていた。まるで待ちうけていたかのように。隣の小さな木のテーブルには、紅茶のカップが置かれている。席をすすめてはこない。

「今日はわたしがいちばんなんですね。光栄ですわ」

「息子さんはいますか」

「ラムジー？」一瞬、顔が曇る。「いいえ。朝早く起きて、釣りにいくと言っていました。嵐のあとはよく釣れるそうなので。ひとりになる時間がほしかっただけかもしれないけど。彼がいるかどうかが大事なことなんでしょうか」

「ええ、大事なことです」

「なんのために」

「これからお訊きしようと思っていることのために」

「なんでもどうぞ」その顔の表情は読みとることができない。

「ご主人は知っていたんですか」

ジェーン・ガーモンドは紅茶を一口飲んだ。「それは事件と関係があることなんですか」

「関係ないとはいえません。ご主人は知っていたんですか」

「何を」

「わかっているはずです」

「ええ、知っていました。そのことについての話はしませんでしたが」

「クラブの面々はどうです」

「ここで誰が誰と寝ているかということ以外にどんな話題があるというんです」

「クローディア・マイアーが亡くなった木曜日の夜、あなたはひとりでずっと家にいたと言っていました。でも、本当はちがいますね」

「え、ええ」

「三一二号室にいたんですか」

口もとがほころんだが、目は笑っていない。「どうして知ってるんです」

「そのとき、ぼくは三〇二号室にいたんです」

ジェーン・ガーモンドは苦笑いした。「あなたも捨てたものじゃないわね。部屋に来て、ひとこと声をかけてくれたらよかったのに」

「上の階はときにずいぶん賑やかになるようですね。廊下で鉢あわせをしたり、うっかり別の部屋に入ってしまったりすることはありませんか。まるでドタバタ喜劇のように。翌朝にはそういった話で持ちきりになったりするんですか。それとも、みな何もなかったふりをするんですか」

「夜の不徳は朝になったら消えるものです」

「同感です。あなたのお相手が夫殺しの容疑者になっているということは気になりませんか」

「いいえ。そんなことは信じていませんから」

「あなたも容疑者ですが、それも気にならないと」

「ええ」

ロッキングチェアがメトロノームのように規則的にゆっくりときしみながら揺れはじめる。そこは日陰になっているが、風が木の枝を揺らしたときは、朝日が降りそそぐ。このときもそうで、ジェーン・ガーモンドの顔は内側から火がついたかのように輝き、こめかみの長い傷あとを白く浮きあがらせている。美しい。とても美しい。殺したくなるほど。

「ご主人は知っていたのかと訊いたのは、あなたの愛人のことだけではないんです」

「だったら何なんです」

「ご主人はあなたの息子さんのことを知っていたんですか」

この質問にジェーン・ガーモンドが身構えたのはあきらかだった。なんの反応も示さない。それは、否定するより、あるいは怒りや恥ずかしさをあらわにするより多くのことを語っている。

「なんの話かさっぱりわかりません」

「クローディアは遺書を残していました」

「警察に訊かれたときは、遺書はなかったと言っていたと思いますが」

「でも、あったんです」

ジェーン・ガーモンドはマカニスを睨みつけた。

「それで？」

「ぼくはそれを読みました。いまもぼくの手元にあります。そのなかでクローディアはあなたの息子さんのことにきわめて具体的に言及しています」

ジェーン・ガーモンドは立ちあがり、ポーチの端まで歩いていった。湖のほうを向いて何かを探しているように見えるが、そうではなくて、おそらくは時間稼ぎのためだろう。マカニスの頭に不吉な映像がよぎる——女がくるりと振り向く。その手には拳銃が握られていて、その目には険しさが宿っている。銃は使い慣れているのだろうか。当然だろう。ウェスト・ハート育ちなのだ。それに距離はいくらもない。彼女は秘密を守るためということで、あきらかに捨て鉢になっている。拳銃を構え、探偵の胸に弾丸を撃ちこみ、誰も銃声に気づいていないことを祈りながら、死体を隠す面倒な仕事に……

ジェーン・ガーモンドは振り向いて戻ってきた。椅子にはすわらない。

「あなたは自分のいまの仕事を気にいってますか」

「気にいっているときもあるし、いないときもあります」

「いまはどう」

「さほどには気にいっていません」

「聞いた話だと、あなたはジョンに雇われていると言ったそうですね」

「はい」

「みんなはその話を信じているみたいだけど」

「あなたは信じないんですか」

「ええ、信じていません」

「それが何か問題なんでしょうか」

「あなたは探偵を自称しています。たしかに街ではそうなのかもしれません。でも、ここでは何者でもない。ここのワインを飲んで、ここの女や娘たちと寝ている単なる余所者《よそもの》です」

「後者については誤情報です」

「エマはもう少し年をとるまで待つってことね」

「ぼくの質問に答える義務はかならずしもありません。そんな義務は誰にもない。でも、ひとつだけ言っておきます。これは厳然たる事実です。最初の四十八時間のうちで解決しなかった殺人事件の多くは、永久に解決しないということです。おわかりいただけますね、ミセス・ガーモンド。時間は刻々と過ぎていきます」

「誰が夫を殺したかわたしが知りたくないと本当に思っておられるの」

「ご自身で手を下したのでなければ、誰がやったかを知るのは怖くてためらわれるんじゃないかと思っています。それはあなたの大切なひとかもしれない」

マカニスはなんらかの反応があるのを期待していた。たとえば、顔をしかめるとか。隠しておきたい秘密があることを示す仕草を見てとれるものとばかり思っていた。だが、あてははずれた。ジェーン・ガーモンドはティーカップを手にとり、スクリーンドアのほうを向いた。

「その遺書なるものをどのように扱うかはあなた次第です。わたしが口出しをする筋あいはありません。でも、そのことによって影響を受けるひとへの配慮はどうかお忘れにならないように」

「約束します」

「それと、もうひとつお話ししておかなければならないことがあります。夫が亡くなった日のことです」

「お願いします」

「わたしは夫に電話がかかってきたと言いました」

「ええ」

「あなたは男性からだったか、それとも女性からだったかと尋ね、わたしはわからないと答えました。でも、それは嘘です」マカニスは待ったが、答えは聞くまえからわかっていた。「女性からでした」

ケーススタディ——誰が書いたか《フーローティット》

W・H・オーデンは彼が愛するジャンルについての有名なエッセイのなかで、ミステリの定義は〝誰がやったか《フーダニット》という、ごくありきたりのものが正しい〟と述べている。謎解きが最重視されていた初期の探偵小説では、それが〝どうやったか《ハウダニット》〟に変わる。さらに、作家が登場人物の性格や心理により強い関心を寄せるようになると、次は〝なぜやったか《ホワイダニット》〟モードに移行する。このような作品にはもうひとつの謎が誰にも見えるところに隠されている（ポーの『盗まれた手紙』のように）ことも多々ある。

真実を偽ったり隠したりすることに心血が注がれるミステリで、作家が別名を使うことがほかのどのジャンルより多いのは偶然ではあるまい。それはロンドンに屋根つきの二輪馬車が走り、ガス灯がともっていた時代に始まり、現在まで続いている。

S・S・ヴァン・ダインはウィラード・ハンティントン・ライト。エドガー・ボックスはゴア・ヴィダル。ニコラス・ブレイクはセシル・デイ＝ルイス。エラリイ・クイーンは二人組。ジェーン・ハーヴァードは四人組といった具合に。

極端な多作ぶりを隠すために別名が使われることもある（セシル・ジョン・チャールズ・ストリートはマイルズ・バートン名義で百四十四作、ジョン・ロード名義で六十九作を出版している）。職業上の理由からやむをえずという者もいる。しかし、多くの場合、別名を使う理由はみずからの著作が胡散臭いものであると思っているからと言わざるをえない。〝ジョン・バンヴィル、きみは屑だ〟――それはバンヴィルがベンジャミン・ブラック名義で書いた作品のなかで吐いた言葉だ（のちに彼はブラックを殺してバンヴィル名義でミステリを書くようになる）。

長年にわたって、世のインテリたちはミステリ好きを積極的に認めようとはせず、モルヒネやポルノなどと同様に、まわりの者にばれると恥ずかしい隠しごとのように扱っていた。文芸評論家のエドマンド・ウィルソンは、ミステリの魅力がわからないと広言していたことで知られている。オーデンはその魅力を認めつつも、ミステリは芸術たりえないと断じている。グレアム・グリーンはみずからのサスペンス系の小説を単なる〝エンターテインメント〟と呼んでいた。G・K・チェスタートンは真に芸術的であるのは、みずからの神学に関する小むずかしい著作であり、ブラウン神父ものの探偵小説ではないと考えていた。とはいえ、前者がもはや誰にも顧みられないのに対して、後者はいまも愛され読み継がれている。T・S・エリオットは探偵小説の書評を多くものしたが、小説そのものは一冊も書いていない。ただ、その詩劇のひとつには、『寺院の殺人』というミステリ風のタイトルが意図的に採用されている。また、この作品では、アーサー・コナン・ドイルのシャーロック・ホームズ物の短篇『マスグレイヴ家の儀式』の有名な一節がほぼ一字一句たがわずに使われている。

ドイル

それは誰のものだったか？
去ったひとのものだ。
それは誰のものであるべきなのか？
これから来るひとのものだ。
どの月だった？
はじめから数えて六番目の月。
（中略）
なぜ与えるべきなのか？
信義のため。

エリオット

それは誰のものだったか？
去ったひとのものだ。
それは誰のものであるべきなのか？
これから来るひとのものだ。
どの月になるのか？
はじめから数えて最後の月。
（中略）
なぜ与えるべきなのか？
力と名誉のため。

もちろん、すべての作家が同じような考え方をしているわけではない。ウィリアム・フォークナーは自分の名前で数点の探偵小説を発表している（ただし、ミステリ作品としてもフォークナー作品としても、さほど優れたものではないということは指摘しておかなければならない）。ホルヘ・ルイス・ボルヘスは驚異の形而上学的作品群でその名を世界にとどろかせるようになったが、そのなかには自分の名前で発表した少なくとも二篇の有名な探偵小説（『死とコンパス』、『八岐の園』）があり、ミステリの近縁と見なされる作品も多数ある（『裏切り者と英雄のテーマ』にはチェスタートンの『折れた剣』の影響を受けたことが控えめに述べられている）。ボルヘスがブストス・ドメックという別名を使ったのは、友人のアドルフォ・ビオイ＝カサーレスとともに、犯罪がらみの軽い風刺小説を数回にわたって書いたときだけだ。これはのちに一冊の本にまとめられ、『ドン・イシドロ・パロディ　六つの難事件』というタイトルで出版されている。

興味深いことに、女性と有色人種の作家の大半は本名で執筆している。ドロシイ・L・セイヤーズはドロシイ・セイヤーズ。ウォルター・モズリイはウォルター・モズリイ。チェスター・ハイムズはチェスター・ハイムズ。ナイオ・マーシュはファーストネームの〝イーディス〟をとっただけ。P・D・ジェイムズは名前をイニシャルにしただけ。

アガサ・クリスティーはその別名であるメアリー・ウェストマコットを、アンチと称される者たち（たいていは男性）が〝ロマンス〟として切りすてるような小説のために使用した。ただし、ロマンスと言っても、その言葉によって喚起されるお色気小説のたぐいではない。じつのところ、それは陰鬱な半自伝的小説であり、当時の批評家が無価値な文学と見なしていた主題――女性の内面を描いた作品だった。

＊

見覚えのある錆《さび》だらけのトラックが向かってきたので、マカニスは手をあげた。半分は挨拶であり、半分は車をとめるためだ。フレッド・シフレットが窓から顔を出した。

「どこかで事件を調べてなきゃならないんじゃありませんか」

マカニスは挑発に乗らなかった。「いまそうしているんだよ」

「それを聞いて安心しました」

「じつはあんたを捜していたんだよ。質問してもいいかな」

フレッド・シフレットは肩をすくめた。「内容によります」

「ここを出るための秘密の道があるようだが」

顔に狡猾そうな表情が浮かぶ。探偵とのやりとりを楽しんでいるように見える。

「それは質問ですか。それとも確認ですか」

「質問だが、確認に近い」

「どうしてわかったんです」

「森の小人さんが教えてくれたんだよ」

フレッド・シフレットは地面に唾を吐いた。「あの小僧だな。嗅ぎまわっているのはわかってました。誰彼の区別なく嗅ぎまわってるんです。双眼鏡を持ってあちこちを」

「では、あるんだね」

フレッド・シフレットは一呼吸おき、それからゆっくりと答えた。「ええ、あります。森を抜ける小道です。道といえるほど立派なものじゃないが、注意すれば車も通れる。何年もまえに自分でつくったんです。誰にも知られずにウェスト・ハートを出たくなったときのために」

「なぜそんなことをしたんだい」

「そりゃ、理由はいろいろと」

「嵐のあいだもその道は使えたということだな」

「そうです」

マカニスは信じられないといった表情で首を振った。

「なのに、黙っていたのか。殺人事件が起きたのに、町へ助けを求めにいくこともできず、みんないらいらしていたというのに。ジョン・ガーモンドの遺体を冷凍庫の肉のかたまりの横に保管しなきゃならなかったというのに」

「わたしの意見を求める者は誰もいなかったからですよ。あのときにかぎらず、いつだってそうです。わたしが冷凍庫のことを知ったときには、もうカチンコチンに凍っていましたよ」

「でも、どうして何も言わなかったんだ」

「言って何になるんです。わたしは誰も殺していない。つまり、ほかの誰かがやったということです。それに、放っておいたらどうなるかも知りたかったし」首を傾げてマカニスを見つめる。「農場で暮らした経験はおありですか、探偵さん。本物の農場です。わたしはそこで育ったんです。街の衆が知らないのは、あるいは知りたがらないのは、農場は血なまぐさいところだってことです。農場に自然死はありません。たいてい殺される。鶏小屋で、一羽の鶏が怪我をしたとしましょう。それをほかの鶏が見たとき何が起こるかわかりますか」

「いいや」

「共食いですよ。みんなして怪我をした鶏に襲いかかり、八つ裂きにするんです。けたたましい鳴き声をあげながら。攻撃をしている鶏が怪我をしたら、そいつも襲われる。その繰りかえしです。農場主が割ってはいらなければ、群れの半数が数分のうちに死ぬか、大怪我を負う」

「あんたは今回の騒ぎのなかでの農場主だというのか、シフレット」

「どこの誰でもない。それがわたしです。でも、言わんとすることはわかります。いいですか。わたしはクリスマスのたびにボーナスをもらいます。クラブの会長が現金の入った封筒を渡してくれるんです。恥ずべきことのようにこっそりと。去年は五十ドルくらいでした。会員から集めたものです。一軒あたりどれくらいか。一ドル？　二ドル？　もちろん、ゼロってところもあるでしょう。一年間、屋根を直し、薪を届け、膝まで糞につかって浄化槽を修理してです。ええ、そうなんです。連中のひとりが殺人犯だとわかれば、諸手をあげて大喜びですよ。なかなか犯人が見つからず、みな疑心暗鬼になって仲間割れをしてくれたら、もっと嬉しい」

「とにかく、その封筒をあんたに渡したのはジョン・ガーモンドなんだね」

「やれやれ。ほかの誰だって、それよりずっとまともな殺害の動機を持ってますよ」

「気持ちはわかるが……」

「わかるわけがない」

「ああ。たしかにわからない。でも、ことは急を要する。ほかにも犠牲者が出るかもしれない。死ななくてもいいひとが死ぬかもしれない。あんたはそれをとめられる。保安官事務所へ行って、ここで起きたことを話してくれ。そして、保安官をここに連れてきてくれ」

森のなかで鳥がさえずっている。フレッド・シフレットの視線の先で、アオカケスが頭上の枝にとまり、猛々しく一鳴きしてから、餌を探しに飛び去っていった。

「考えておきます。が、行くとしても、犬に餌をやってからです」

「ありがとう。あともうひとつ訊きたいことがある」

「なんです」

「ダンカン・マイアーの家へはどうやっていけばい

い」

＊

　マイアー宅は湖の反対側にあった。マカニスは重い足取りで小道を歩きはじめた。木に釘で打ちつけられた標識によれば、その小道の名前は〝タルボット・ウェイ〟というらしい。おそらくジェーン・ガーモンド（旧姓タルボット）の祖父がつけた名前だろう。ラルフ・ウェイクフィールドの地図を手に持って、ウェスト・ハートの種々のランドマークの前を通りすぎる。誰もいない早朝の砂浜、首つり縄のように垂れさがったロープ、おんぼろの差しかけ小屋、崩れかけた煉瓦の炉、子供たちが海賊と戦った島、黒ずみ石化して幽霊のように見える木。湖をつくるためにつくられたと思われる、いまは昨日の豪雨のせいで水があふれている堰堤。カヤックとカヌーがしまってある舟小屋。そのすぐそばで、数年のあいだをおいてふたりの女性の遺体が見つかったのだ。小道が波打ち際から遠ざかる少し手前で、湖のまんなかあたりに人影が見えた。遠すぎて顔はわからないが、ゆっくり水をかいて泳いでいる。

　マカニスの足もとは松葉で覆われ、その下の土は柔らかく湿っている。コンクリートとアスファルトに慣れっこになっている者にとって、そういった道を歩くのは新鮮で予想外に楽しかった。しばらくして、木々に囲まれた坂の上にマイアー宅が見えた。日は真夏の昼間だけしかささず、一日の大半は日陰になっているにちがいない。悲しみの淵に沈んでいる女性にとっては望ましい場所とはいえない。

　正面玄関の前に立ったとき、この家からも湖が見えることに気づいた。クローディア・マイアーは来る年も来る年もここのポーチから湖を眺め、どれくらいの深さがあるのかと考えていたのだろうか。

最初のノックに応答はなかった。二度目も同じだった。そっとドアノブをまわしてみたが、鍵がかかっていた。目のまわりに手で輪っかをつくって、窓を覗きこむ。それから指でゆっくり窓枠を押しあげる。

「いませんよ」

振りむくと、そこにオットー・マイアーがいた。

「誰がいないんだい」

「父です。捜してるんでしょ」

「どこにいるかわかるかい」

「いいえ、わかりません。でも、見当はつきます。湖です」

「えっ?」

「おかしな話だと思いますよね。あんなところ――あなたに言わせるなら〝犯行現場〟に戻るなんて。でも、父はいつも泳いでるんです。長距離を。ぼくが生まれたときからずっと。砂浜から島をまわってかえってくるんです。誰よりも遠くまで泳いでいくことができます」

「ここに来る途中、見たかもしれない」マカニスは言い、そして少し間をおいてから続けた。「このまえぼくに話したことを後悔していないかい」

「しています。起きてるあいだずっと」

「あの書きつけをかえしてほしいかい」

「いいえ」

オットー・マイアーは夜一睡もしていないようなやつれた顔で、こめかみを弱々しくさすっている。このとき、マカニスはふとあることに気づき、ジグソーパズルのピースのひとつがはまったときの満足感を覚えた。父親と同じ青灰色の目。

「ここにはきみのお父さんと話をしにきたんだけど、きみにも訊きたいことがあるんだ」

「でしょうね」

「ぼくが木曜日にクラブハウスからあとを尾《つ》けたのはきみかい」

オットー・マイアーは煙草に火をつけ、じっとそれを見つめた。「これが最後の一箱なんです。困っているのはぼくだけじゃないと思いますがね。道路が復旧しなかったら、本当に殺しあいが始まるかもしれません」顔をしかめて、「話がそれましたね。ええ、あれはぼくです。尾けられてることはわかっていました。でも、あなたの姿が月明かりに照らしだされるまでは誰かわかりませんでした。ぼくは身をかがめて、あなたをまいてから、折りかえして家に戻りました」

「きみは廊下にいたんだね。クラブハウスの三階の」

「ええ」

「三一二号室の前に？」

「ええ」

「どうしてそこに行ったんだい」

「わかりません。割ってはいって、とっちめてやりたかったのかもしれません。母は傷ついていました。だから、父も傷つかなきゃならないと思ったのです。でも、できなかった。やはりそんなことはしたくなかったんです」それから首を横に傾げて、「どうしてわかったんです」

「廊下の手前の部屋にいたから」

口もとに乾いた笑みが浮かぶ。「本当にひどいところです。子供のころは理想郷だと思っていました。夏は一日中湖で泳いだり、島でキャンプをしたり、森を探検したり。冬になれば、スノーシューズを履いて歩いたり、凍った湖でスケートしたり。でも、大きくなると、だんだんわかってきた。実際はとんでもないところだって。ここに幸せな者はいません。みんな腹に一物ある。みんな浮気をしている。最悪なのはそこから逃れられないってことです。来る年も来る年も、憎んでいる者たちや過去に愛した者たちと顔をあわせなきゃならない。結局、こんなところは売り払ってしまったほうがいいんです」

「なのに、きみはどうしてここに戻ってくるんだい」

「みんなと同じです。習慣からです。でも、あの事故以来、もうひとつ理由ができました。罪悪感です」

「これまでここで話を聞いたかぎりでは、きみのせいだと考えている者はひとりもいない」

「それは現場にいなかったからです。ぼくは車のなかで一時間ほど逆さまになってぶらさがっていたんです。トリップが血を流して死んでいくのを見ながら。ぼくがアレックス・カルドウェルなら、やっぱりぼくを憎んでいたと思います」

＊

マカニスがブレイク宅に戻ったとき、一階には誰もいなかった。キッチンのテーブルにはパン屑が散らばり、シンクには皿が積みあげられ、居間には昨夜のワイングラスが散乱し、灰皿には煙草の吸いがらがあふれている。まるでそこの住人が朝食の最中に世界の終わりの到来を告げられたかのように、日常の生活風景がぷっつりと途切れている。マカニスは幽霊になったような気がした。

テラスにエマ・ブレイクがいた。パジャマ姿で、いつものサングラスをかけ、雑誌を読んでいる。

「みんなはどこに行ったんだい」

「知らない。わたしが起きたときは誰もいなかった。コーヒーとケーキはいかが？」

「ありがとう」

「疲れてるみたいね」

「それはひどい顔をしてると言いたくないときに使う言葉だよ」

「たしかに」エマ・ブレイクはサングラスの縁《へり》の上からマカニスを見つめた。「あなたはひどい顔をしている」

「寝てないんだ」

「わたしも。だったら、そうね……いっしょに眠れない夜を過ごしてもよかったかもしれない」

「きみのお父さんの家の屋根の下で？」

エマ・ブレイクはいたずらっぽく訊いた。「クラブハウスを使えば？　三〇二号室でもいいし、三一二号室でもいい」

「おいおい、エマ」

「ごめん。調子に乗っちゃった。コーヒーは？」

「それはいつだってありがたい」

穏やかな沈黙のなかで、マカニスはすべてが片づいたあと、街でエマと再会することを想像した。一九七一年式のポンティアック・ボンネビルで迎えにいって、ブルックリンにあるマフィア御用達のバモンテスでのディナーに誘う。ウェイターが彼女を値踏みし、それからこちらを向いて、〝上玉じゃないか。どうやってものにしたんだい〟という表情を浮かべ、無慈悲にも予算超オーバーの赤ワインを勧める。もちろん即座にイエスと答え、だが、そのために何人の依頼人から何時間の仕事を引き受けなければならないかと思うと心は穏やかでない。パンにオリーブオイルをつけて食べていると、エマがほかのテーブルの客のことを訊く。みないかにもマフィア然としていて、そのなかには知っている顔の男もいる。マカニスは恐ろしい話をでっちあげる。JFK空港に到着した解剖用の死体のなかに数キロのヘロインが詰まっていたとか、グリーンポイントの倉庫で拷問を受けた男の死体が、ジョーンズ・ビーチの近くの沼地に捨てられていたとか。「作り話でしょ」と、エマは言って笑い、マカニスは百パーセント本当だと請けあう。夕食が終わったら、彼女のアパートメントの前に車をとめていちゃつく。部屋に誘われるが断わる。「紳士ぶるのも良し悪しよ」とエマは言うが、そんなにがっかりしている様子はない。それから数時間、マカニスは運転席にすわったまま、エマの部屋の窓の黄色い光がひとつ、またひとつと消えていくのを見届ける。生涯で最初で、おそらく最後の自分のための張りこみだ。

マカニスは訊いた。「ここにいないとき、きみはどこで何をしてるんだい」

「大量の武器弾薬を保有する孤立した狩猟クラブで、私立探偵と話している殺人事件の容疑者じゃないとき、ってこと？」

「そう、そのとおり」

「ニューヨークで働いてる。ふたりの女の子とアパートメントをシェアしてる」

「どんな仕事？」

「雑誌社。ライターか、少なくとも編集者にはなるつもりなので」

「それは希望だね。いまは何を？」

「秘書」

「なんていう雑誌？」

「『エスクァイア』」

「『ミズ』だと思ったけど」

「ちがう。でも、『ミズ』のグロリア・スタイネムには一度会ったことがある」

「どんな話をしたんだい」

「大学で教えられることを頭から信じるなって話を」

「それはいつのこと？」

「大学四年のとき」

マカニスは笑った。「いいアドバイスは決まって遅すぎる。ぼくが住居侵入容疑ではじめて逮捕され、ヤク中や詐欺師や手に糞を垂れるようないかれた男と同じ待機房にぶちこまれたとき、上司が保釈金を払いにきてくれたんだがね。鉄格子ごしににやにや笑いながらこう言った。〝言い忘れていたかもしれないが、私立探偵ってのはろくな稼業じゃないぞ〟」

「その言葉はあってたの？」

「おおよそのところは」

エマ・ブレイクはテラスに雑誌を置いた。「探偵の仕事は好き？」

「みんな同じことを訊く」

「それで？」

「それでって？」

「探偵の仕事は好き？」

「生計を立てる手段としては馬鹿げている。それ以外の点ではもっと馬鹿げている。でも、大学を中退し、哲学の単位を半分だけ取得し、ベトナムへ行き、子供のころ警察官に囲まれていただけの者に、それよりましな選択肢はなかった」

「文句が多すぎよ。あなたはその仕事が好きなんだと思うわ」

「そうかな」

　エマ・ブレイクはいつのまにか真顔になっていた。

「あなたは好きで探偵になったのじゃなくて、必要に迫られてと思いたいようだけど、本当のところはこっそり邪《よこしま》さを楽しんでるんじゃないの。卑劣な悪行とか、人間性の最悪の部分とか。探偵になれば、自分のなかにあるそういった要素を受けいれられるようになるから」

　ひとしきりの沈黙のあと、マカニスは静かに言った。

「まるでぼくのことをなんでも知ってるみたいに話すんだね」

「男性のことはたいていわかる」

「不名誉には確実性があるように思える」

「T・E・ロレンスね。そんなびっくりしないで。わたしは大学で教えられることを信じた口よ。でも、言っとくけど、あなたが読んだロレンスは、わたしが読んだロレンスとはちがう」

「きみはどうなんだい。『エスクァイア』のことをどう思ってるんだい」

「話題を変えようとしてるわけ？」

「まあね」

「いい雑誌よ。気どっていて、俗悪で、女性蔑視で、世間知らずの若者をタダ同然でこき使っていることを除けば」

「そいつは素晴らしい」

「古い頸木《くびき》から解放され、ピルを使っている娘はいつでもセックスに応じると、男たちは思っている。あるいは夢想している。でも、応じたらあばずれ、応じなかったら淑女きどりってことになってしまう」

「少なくとも仕事そのものは面白いんだろ」

「今月はニクソンの法律顧問のジョン・アーリックマンと、作家のウィリアム・F・バックリーの特集よ。後者は本人が書きおろしたものなの」

「マスターベーションの古い定義を思いだすよ」

「どんな」

「愛するひととセックスすること」

エマ・ブレイクは笑った。「いかにもバックリーが言いそうなセリフね」

「きみの両親は気にいるにちがいない」

「わたしたちはアーリックマンを反面教師として取りあげたんだけど、ここの人たちは」ウェスト・ハート・クラブを示す手ぶりとともに、「それを自分たちの行動指針として読むはずよ」

　ふたりの話は続く。のどかで、心地よい、ありふれた軽いおしゃべり。嵐の余波で空気がぴりぴりと張りつめていた昨夜とはずいぶんな変わりようだ。このようなときに燃えあがりかけた火が消える理由はいくらでも考えられる——見知らぬ者がやってきてマッチを貸してほしいと頼んだり、ラジオで場違いな曲がかかったり、列車が一分早く町に到着したり。もっと些細な事象が影響を与えることもある。気圧が一ミリバールほど低下したり、百フィート上空でツバメが羽ばたきをしたり、半ブロック先で足音が響いたり、数十億のニューロンのうちひとつが機能不全に陥ったり……ふたりは目をそらす。心拍がゆっくりになる。満ちつつあると思っていた潮がじつは引くところだったことに気づく。このようなもろもろの障害物に抗しえる可能性はどれくらいあるのか。ふたつの磁石がくっつくのは、思った以上に奇跡的なことではないだろうか。

とつぜんあなたはふたりの話が殺人事件に戻ったことに気づく。急いで本文に戻らないと新たな発見の機会を逃しかねない。

「それで、この事件は解決しそうなの？」と、エマ・ブレイクが訊く。

「〝この〟だとひとつみたいだけど、死体はふたつある」

「でも、クローディアは――みんな、何が起きたかわかってるわ」

「そうかもしれないし、そうでもないかもしれない。いずれにしても、自殺には殺人と同じくらいの説明が必要になる」

「だったら、ふたつの死体でいい。何が起きたかわかったの」

「おおむね。全容はほぼあきらかになった。手がかりは誰の目にも見えている」

「たとえば？」

「手がかりのこと？　それを聞きたいのかい」と、マカニス。あきらかにやりとりを楽しんでいる。

「そう」

「わかった。だったら、教えてもいい。ちょっと待ってくれ」

エマ・ブレイクは冗談のつもりで言ったのだが、とりあえず待った。本当に話してくれるのだろうか。あるいは、話すことができるのだろうか。

「じゃ、言うよ。いいかい」

「ええ」

マカニスは指折りながら列挙しはじめた。

「蝶々夫人。ヘンリー・フォード。チャールズ・リンドバーグ。オナイダ族。三一二号室。銘板の欠落。運のないギャンブラー。二発目の銃声。真夜中の電話。ある女性の腰の痣」

「そんなものが手がかりになるの？」エマ・ブレイクの目には懐疑の色がある。ブロンドの髪は陽の光の下で白っぽく見える。

「そう。あるいは、手がかりの手がかりになる」

「それで、あなたはこれからどうするつもり？」

「まずは昼寝かな。少し横になりたい。ちょっと気分が悪いんだ。食当たりかもしれない」

「毒を盛られたかもね」

マカニスは首を振った。「としたら、すごいどんでん返しになるね」

＊

ラルフ・ウェイクフィールドは日陰になったバー家のロッジの前の階段にすわり、前かがみになって紙に何かを書いていた。身体を前後に揺すりながらハミングをしている。それはまわりを遮断して集中しようとしているときの癖だ。たとえば、叔父と叔母が上の階でどなりあっているときとか。何かが何かにぶつかり、ガラスが割れる音がし、叔母が「嘘つき！」と叫び、寝室のドアがバタンと閉まる。でも、気にすることはない。大人はみんなそうだから。自分の両親もそうだった。家族全員が同じ国の同じ街にたまに揃ったときにはいつも喧嘩をしていた。

手に持っている紙は探偵に渡したウェスト・ハートの地図の秘密の最新バージョンだ。そこには、クラブに着いてから見つけたことがすべて書かれている。窓ごしに双眼鏡で覗いたり、階段の下に潜りこんで、ゴシップや議論やわめき声に耳を傾けたりして知ったことだ。なので、この秘密の地図こそウェスト・ハートの真実の地図なのだとラルフは思っている。

ほかの地図で方位を示す矢印が記されているところには、こう書かれている。

〝悲しさ〟
〝幸せ〟
〝愛〟
〝憎しみ〟

三軒の家の横には、新しい単語が書き加えられている。

〝不倫〟

クラブハウスの隣には、赤い波線（そのために色鉛筆を用意してきていた）が添えられた四本足の動物の絵が描かれ、その横に〝死んだ犬〟と書かれている。湖で溺れ死んだ女性のことをどう書けばいいかはわからなかった。大人たちが故意なのか事故なのかと話しあっていたのを聞いたからだ。結局、舟小屋の横には〝死んだ女性〟と書いた。

クラブハウス自体には、最新の情報を書き足したばかりだった――〝殺人事件〟

ラルフはしばらくのあいだ記憶に刻みこむように地図を見つめていた。それから紙を丁寧に折って、ジーンズのポケットに入れると、今度は算数の問題集を取りだした。何日かけても解けない問題があったので、ずっと気になっていたのだ。このまえ探偵に言ったことは嘘ではない。たいていは簡単に解ける。でも、この問題はちがう。最初の二問はわりと簡単に解けて、答えを小さなブロック体で書きこんである。字があまりにも小さすぎて、先生は眼鏡をかけても読めないと文句を言うかもしれないが、実際は眼鏡をかけたくないだけだろう。答えは以下のとおり。

1　確率は3分の1
2　ノー

三問めはずっとむずかしい。眉間に皺が寄る。ノートの上で鉛筆が迷走する。兄の机から失敬してきた三角関数の教科書に書かれていたことをいろいろ試してみる。その結果、答えはいままで出会ったことのない数かもしれないという考えに行きつく。つまり無理数だ。いつになく自信なさげに注意深く書きこむ。

3　割りきれない

四問めと五問めは比較的簡単だった。どちらも探偵と会った夜に解けている。四問めは数を足していくだけ。五問めはちょっと引っかかるけれど、項を単純化すれば解くことができる。答えは以下のとおり。

4　257分

5　比率は10対1

残るは最後の一問だけ。困った。問題を解くのに充分な前提条件がないような気がする。しかも、お腹がすいている。飽きてきてもいる。読みたい迷路の本もある。当てずっぽうでいいのではないか。答えは〝イエス〟か〝ノー〟の二択だ。こういう問題には〝場合による〟という可能性もあり、そのこともちらっと考えたが、なんとなくそれはないような気がする。やはり、〝場合による〟はなし。としたら、残るは〝イエス〟か〝ノー〟。どっちだろう。

お腹がグーと鳴る。叔母が階段をおりてくる音が聞こえる。もう何も考えずに、いつもより乱暴な字で書きこむ。

6　ノー

ほっとして問題集を閉じる。それからすっくと立ちあがり、ジョックスの赤いスニーカーでキッチンに駆けていく。その姿は夏の日の午後にすきっ腹をかかえて食べ物を探しにいく子供以上の何者でもない。

ケーススタディ——なぜ謎を解くのか《ホワイソルビット》

現実に解決されない謎は多いが、古典的な探偵小説の場合、そういったことはきわめてまれである（ナボコフには失礼ながら、〝現実〟という言葉はカッコで限定した場合にのみ意味を持つと認めざるをえないのだが）。レイモンド・チャンドラーが『大いなる眠り』の運転手を殺したのは誰かわからないと認めた（あるいは主張した）のは有名な話だ。トマス・ピンチョンの全著作は、未解決の謎や答えのない質問でできているといっても過言ではない（ハチャメチャだが純然たる探偵小説『ＬＡヴァイス』もそうだ）。ポール・オースターのニューヨーク三部作では何の解決も提示されず、犯罪がないとさえ言える。ヘンリー・ジェイムズの約百年前の作品『聖なる泉』には、犯罪も解決もなければ、探偵も出てこない。それでも、主人公が古典的なフーダニットの背景（上流階級のための田舎の保養地）で登場人物の秘密や関係性を探っているという点で、昔ながらの推理小説を思い起こさせる。

ロイ・ヴィカーズは（現実の）未解決事件をもとに、スコットランド・ヤードの（架空の）〝迷宮課〟を舞台とする（虚構の）ストーリーのシリーズを世に問うた。一九八〇年代の初頭にフロリダの新聞社が未解決《コールド》事件捜査班《ケース・ユニット》という言葉を使いだすまえのことだ。

社会通念上、〝黄金時代〟のミステリは解決を必要としていた。小説はしかるべき社会秩序の維持や回復に資すべきであるとされていたからだ。その後、まさに正反対の理由、つまり確立された秩序にはもはや守るべき価値がないという理由から、ミステリの結末は曖昧なものや満足できないものが多くなった。

アントニー・バークリーの『毒入りチョコレート事件』（一九二九年）では、〝犯罪研究会〟の安楽椅子探偵たちがそれぞれ異なる殺人犯と解決策を提示して〝ユーステス卿に毒入りチョコレートを贈ったのは誰か〟という不可解な謎に取り組んでいる。この本は、ある殺人者の動機や方法がまったく別の殺人者のそれにいとも簡単に置きかえられるさまを浮き彫りにすることで、このジャンルの小説の本質的な恣意性をあきらかにしている。すなわち、事件の解決法は神聖にして侵すべからざるものではないということだ。

未解決ミステリの最高傑作も例外ではない。巨匠アガサ・クリスティーの『そして誰もいなくなった』のことだ。おたがい見ず知らずの十人が孤島に招待され、古い（オリジナルは驚くほど人種差別的な）童謡をなぞるように、ひとりまたひとりと殺害されていく。この小説の類いまれな独特の脅威や恐怖は、被害者たちは目に見えない誰か、あるいは何かに殺されていくという疑念が忍び寄ることで生まれる。薄気味の悪い恐怖が垂れこめるなか、ついにはそこにいた者全員が殺されるが、最後の犠牲者は殺す者がいないところで殺される。

完璧で、不可解な結末であり、それはそのままにしておくべきだった。しかしながら、クリスティーは読者が途方にくれるとまずいと思ったようで、そこにエピローグ——瓶のなかのメッセージ——を付け加え、賢明でもあり、同時にがっかりするほど平凡でもあるやり方でタネあかしをした。

にもかかわらず、『そして誰もいなくなった』が素晴らしいのは、クリスティーの全著作のなかで、読者にかつては運命の女神のせいとされていた恐怖の支配力を感じさせる唯一の作品だからであろう。そこにあるのは、人間の運命を操り、支配する、悪意に満ちた、目に見えない潜在的な力なのだ。それは、シェイクスピアの〝幸《さち》薄き〟者たちが恐怖におののきながら〝星だ。頭上の星がわれわれの境遇を決めるのだ〟と語り、〝悪い惑星が支配している〟とつぶやき、〝天は高貴な者の死を前もって知らせる〟と恐れはばかって宣言するときの感情でもある。『リア王』のグロスター伯の苦悩に満ちた叫びもそのひとつと言えよう。

〝神々の手にある人間は腕白な子供の手にある虫だ。気まぐれゆえに殺される〟

その嘆きの言葉は、読者が次に死ぬのは誰だろうと考えはじめたとき、心にとめておかなければならないものである。

＊

探偵は部屋に戻り、ドアの鍵を閉める。着替えを入れた引出しをあける。一瞬ためらう。誰かになかを見られたり調べられたりしていないだろうか。そしてもう一度、拳銃がそこにあるのをたしかめる。服を掻きわけ、プラスティックの小さな薬瓶を見つけると、水なしで二錠服《の》み、また少しためらう。まあいい。厄介な日が続いたんだ。さらに二錠取りだして服み、薬瓶の蓋を閉め、ソックスの下に戻す。それから、クラブの一件書類を素早くめくる。何もなくなっていない。肩の力が抜ける。ベッドに横たわり、試験勉強をしている学生のように書類を広げて身体の横に置く。

煙草を喫いながら、事件について思案する。ここに来るきっかけとなった最初の依頼。そして、本来の目的を混乱させつづけている悲劇。

目を閉じる。クローディアについて考える。哀れなクローディア。クラブハウスのポーチにひとりでたたずみ、風向きが変わり、頭上のウィンドチャイムが『歓喜の歌』を奏でるのを虚しく待っている。部屋着のポケットに石を詰めこんで、震えながら、静かな冷たい水のなかに入っていく。

ジョン・ガーモンドの後頭部にあいたおぞましい穴のことも考える。ネズミが鼻をひくひく動かしながら、黒ずんだ血の臭いを嗅いでいる。その前日の夜、夕食のあとベランダを横切る妻の姿を追うジョンの目には、嫉妬と罪悪感が相なかばしていた。

あのとき、ジョンは知っていたのだろうか。それとも、ジェーンがマカニスにそう信じさせたかっただけなのか。どちらともいえない。煙草を喫いおえる。まあいい。なんとかなるかもしれないし、ならないかもしれない。頼まれた仕事のこともある。場合によっては、手を引いてもいい。

「とにかく、やるべきことをやればいいんだ」ホレーショ・ブラウンはよくそう言って、飛びまわる蠅を払うかのようにマカニスのためらいを言下にしりぞけた。「そのあとどうなるかなんて気にしなくていい」

そう言われてきた。言われたとおりにしてうまくいったためしはあまりない。

自分の手が震えているのに気づいたのは、火をつけようとした二本目の煙草が指から離れベッドの上に落ちたときだった。額を拭う。服は汗びっしょりになっている。よろよろと立ちあがり、足を一歩前へ出す。それから、また一歩。そしてベッドに寄りかかる。書類が床に散らばって落ちる。身体がくずおれ、膝が緑のシュニール織りの絨毯につく。窓からさしこむ陽光は三〇二号室の月明かりのようだ。物陰からスーザン・バーが微笑みかけている。子供のころ母親の手をつかんだように、彼女の手を握る。もう一方の手には着替えが入ったショルダーバッグを持っている。そこはみすぼらしいホテルのロビーだ。クラブハウスの廊下をうろつき、ドアの隙間からなかを覗いたことを思いだす。彼女は身体をひねってバスルームの鏡に背中を映し、そこにできた傷あとに顔をしかめている……

それはバークレーの路上で拉致した娘の腕にあったいくつもの注射のあとに似ている。車の後部座席で手錠をかけると、娘は大声で叫び、丘の上の別荘に着くまで窓を叩いたり蹴ったりしていた。信号も一時停止の標識も無視して走りつづけたのは、車をとめると何が起きるかわからないと思ったからだ。娘は罠に脚をとらえられた動物のようにわめきつづけたが、仕方がない。こんなふうにするのは本人のためなのだ。そう自分に言い聞かせた。けれども、結局は彼女の父親にだまされたことがわかった。そのあと、オークランドの海辺のうらぶれたバーでひとり酒を飲んでいたときには、自分は娘を牢獄から救って別の牢獄に送り届けたにすぎないとわかっていた……

シャーリーだ。思いだした。彼女の名前はシャーリーだ。父親に注射をうたれ、白目をむいてソファーにぶっ倒れた。まるでサイゴンの暗い地下室でクッションに崩れ落ち、世の内外をさまよっていた兵士のように。そこには、甘い匂いの白い煙が火鉢や長い木の煙管《きせる》から立ちあがっていた。手っとり早くイキたいときには注射針もあった。一カ月後、その地下室は上階のバーもろとも爆発で木《こ》っ端《ぱ》微《み》塵《じん》になった。だが、兵士たちの両親に伝えられたのは、戦死して二度と故郷に戻ることはないという事実だけだった。それ以来、夜の恐怖にうなされるようになった。彼らがそこにいた理由も、自分がそこにいた理由もわかっていた……

　マカニスはうめき声をあげる。そして寝室の床に倒れる。左腕がしびれ、口はからからに渇いている。叫ぼうとする。叫んだら、テラスにいるエマ・ブレイクに聞こえるだろう。だが、できない。叫べない。床の上に散らばった書類に目をやる。そこに這っていく。これじゃない。これでもない。くそっ。急がなきゃ。これだ。あった。

　マカニスは一枚の書類をつかむ。そして仰向けになる。口から笑い声に似た音が漏れる。ユーモアのない辛辣なジョークを聞かされたときの反応のようだ。それから、呼吸と呼吸のあいだに一瞬だが永遠の時が流れ、目を閉じる。

＊

「今度はなんだ」ウォーレン・バーが言った。「あと何人殺されたらいいんだ。一人？　二人？　三人？　どうしてそれだけなんだ。われわれが希望する人数は？　ここにいる者だけで十二人になる」

　わたしたちはクラブハウスの大広間に集まっていた。報せはあっという間に広がった。家から家へ。近所から近所へ。ラルフ少年が話を伝えるために砂利道を走っていくのが見えた。今回はこれまでほどの衝撃はなかった。悲劇は喜劇と同じく繰りかえすたびにパワーを失っていく。

　ほかにどうしたらいいかわからず、わたしたちはひとりで、あるいは誰かと連れだって重い足取りでクラブハウスに歩いていった。レジナルド・タルボット。

バー夫妻。ブレイク一家。ジェーンとラムジー・ガーモンド。ダンカンとオットー・マイアー。ジョナサン・ゴールド。すでにこの時点で、ドクター・ブレイクは息子の手を借りて新しい死体を冷凍庫に移しおえていた。

今回そんなに衝撃を受けなかったことには多少の後ろめたさを感じたが、結局のところ、あの探偵は余所《よそ》者《もの》なのだ。どういう人物かも知らないし、仲間でもない。できれば考えたくないことだが、このなかの少なくともひとりは探偵の捜査が打ち切りになったことにほっと胸を撫でおろしているにちがいない。

そう、わたしたちはアダム・マカニスのことをどれほども気にかけていなかった。それでも、知らせを聞いたときにはぞっとした。今回の悲劇の真の恐ろしさは、殺人がこれからも連続して起きるかもしれないということだった。童謡の歌詞のように――〝そして誰もいなくなった〟

「少なくとも、われわれは充実した時間を過ごすことができたよ」ウォーレン・バーは言って、革張りのソファーにどっかとすわった。

「よさないか、ウォーレン」と、ドクター・ブレイクが諌める。

「誰が見つけたの？」と、スーザン・バーが尋ねる。

「わたしと子供たちだ」ドクター・ブレイクは言って、状況を説明した――ドアをノックして名前を呼んだが、返事はなかった。ドアをあけようとしたが、なかから鍵がかかっていた。だから、そのときは眠っているのだろうと思っていた。ジェームズが建物の外側の窓を見にいった。窓は閉まっていた。

「床に倒れている」と、ジェームズは言った。「どうにかしてなかに入らなきゃ」

「ドアから？　窓から？」と、エマ。

少し考えたあと、ふたりの父が言った。「ドアから」

「壊してあげるの?」と、ジェームズ。

「そうだ」

ドクター・ブレイクの説明によれば、最初は肩で押しあけようとしたが、ドアは古いわりには頑丈にできていて、廊下には助走をつけるほどの距離がない。ドアを壊すのはいいが、どうすれば壊せるかわからない。結局、エマの思いつきで、ドアノブのプレートのネジをはずし、バールで鍵をこじあけることにした。

探偵は部屋の中央に横たわっていた。身体に暴行を受けた痕跡はなかった。目をつむり、片方の手は胸の上に置かれ、固く握りしめられていた。もう一方の手は行き先を示す道路標識のように横にのばされていた。

「後ろにさがっていなさい」と、ドクター・ブレイクは言って、死体の横にしゃがみこみ、指先を首に軽くあてがった。「脈がない」

「なんてことだ」と、ジェームズ。「いったい何があったんだろう」

「わからない。でも、身体はまだ温かい。死後一時間もたっていない」

「つまり……」

「かもしれない」ドクター・ブレイクは息子を見あげた。「彼はそういう男だったのか」

「そういう男って?」

「鬱病とか躁鬱病とか。他人の家の客室で自殺することを考えているような男とか。そういったことだ」

「どれもちがうと思う。でも、わからない。正直いって、彼のことはほとんど知らなかったといってもいい」

「自殺だとしたら、どうやって?」と、エマが訊く。

「さあ、わからない」

父と兄が見つめるなか、エマ・ブレイクは黙って整理だんすの前へ行き、いちばん上の引出しをあけ、マカニスがそこに隠していたコルト・ディテクティブ・スペシャルを取りだした。シリンダーをはじきだす。

「撃ってない。自殺するなら、これを使うはずよ」返事を待つことなく、拳銃を元に戻し、ふたたび引出しに手を滑りこませる。

「私物に手を触れないほうがいいんじゃないか」と、ジェームズ。

だが、エマは手品師のような仕草で薬瓶を取りだした。

「ラベルがない」ドクター・ブレイクは言い、エマから薬瓶を受けとると、数個の錠剤をてのひらに出した。

「薬局で買ったものではなさそうだ」

「なんの薬なの？」と、ジェームズ。

「わからない。打錠機があれば、誰でもどんな中身の錠剤でもつくることができる」

「錠剤をすりかえるのはそんなにむずかしいことじゃないはずよ」エマは言った。

「何が言いたいんだい」と、ジェームズ。

「すでに少なくとも一件の殺人事件が起きている。二件起きてもおかしくないわ」

ブレイク家の面々の説明が一段落すると、ウォーレン・バーは言った。「三件かもしれない」

「クローディアは自殺したのよ。みんな知っているわ」メレディス・ブレイクは言い、それから死んだ女性の夫と息子のほうを向いた。「ごめんなさい。でも、本当のことよ」

「ちょっといいかな」と、ドクター・ブレイクは言い、みながうなずいた。「一説によると、他人の考えに左右されやすい者は、それが間違ったものであったとしても、他人の真似をしがちだと――」

スーザン・バーが遮る。「マカニスは自殺じゃない」

わたしたちは彼女が大広間に足を踏みいれた瞬間から注意深く観察していた。彼女とジョン・ガーモンドの関係はもちろん知っている。大かがり火のとき、探偵といっしょにこっそり森に入っていくのも見ている。

〝スーザンが新しい相手を捕まえた〟とわたしたちは陰口を叩いたものだ。〝あの夫婦は協定を結んでいるのよ〟。だがいま、占い師が手相を見るようなわたしたちの目の前で、スーザンはどんな化粧でも隠しきれないほどやつれ、落ちくぼんだ目をしている。なぜマカニスが自殺ではないと断言するのかはわからない。

「自殺のほかに何があるというんだね」レジナルド・タルボットが訊いた。

「なんだってありうる。病歴もわからない」ドクター・ブレイクが答える。「心雑音があると言っていた。それが関係しているのかもしれない。でなかったら、脳卒中。年齢的にその可能性はそんなに高くないと思うがね。ほかにも考えられることはいくつもある。脚に血栓ができたとか。どんな薬を服んでいたかはわからないが、薬物の過剰摂取の可能性もある。でなかったら――」

「でなかったら、誰かに殺された」と、スーザン・バー。

「ドアには内側から鍵がかかっていた」と、ジェームズ・ブレイクが応じる。「犯人はどうやってなかに入ったというんです」

「そもそもどうやって誰にも気づかれずに家のなかに入ったというんだね」レジナルド・タルボットは室内を見まわしながら言う。「もちろん、この家の誰かが犯人でなければの話だが」

「ちょっといいかしら」と、エマ・ブレイク。

「なんだい」

「ふざけたことを言わないで、この糞ったれ」

「エマ！」エマの母が咎めだてる。

「いたずらに個人的な悲劇を詮索しても始まらない」レジナルド・タルボットは言った。「結局のところ、彼のことは誰も知らないんだ。ジェームズ以外は。残念ながら」

「ぼくはもう何年も会っていない。なぜ連絡をとってきたのかもわからない」

「連絡をとってきたのは、依頼された仕事の関係でここに招待してもらう必要があったからよ」ジェーン・ガーモンドが答えた。「だからなのよ。だから、彼のところに仕事の依頼が来たのよ。たしかに彼は誰にも疑われずにここに来ることができた。あなたはまんまと一杯食わされたってわけよ」

「なんてことだ」

「彼はわたしたちに関する資料を持っていた」エマ・ブレイクが遮った。「クラブについての一件書類よ」

　それはまったく予想していなかったことで、わたしたちはみなとまどいの色を隠さなかった。

　しばらくしてウォーレン・バーが口を開いた。「一件書類ってどんな？」

「彼の部屋で見つけたの。ファイル・フォルダーよ。財産目録みたいな。公文書とか、新聞の切り抜きとか、手書きのメモとかが入っていた」エマ・ブレイクはここで一息ついた。「それに、このなかの何人かについての個人情報も」

「それは誰なんだい？」ウォーレン・バーが訊く。

「書類を見せてくれ」レジナルド・タルボットが言う。

「どうして？　そこに何が書かれているか気になるの？　後ろめたいものがあるってこと？」

「いや、そんなことはどうでもいい」ドクター・ブレイクはもどかしげに言う。話しあわなきゃならないもっと大事なことがある」

「つまり？」

「つまり――このあと誰が探偵役をするのかということだ」

劇

ウェスト・ハート・クラブハウスの大広間と思われる広い部屋。舞台奥の壁を背に大きな石造りの暖炉がある。そのそばの床には、銃で頭を撃たれたときにできた染みがついている。ざっと拭きとられてから数時間たっているような感じだ。いくつかの革張りのソファー、椅子、小さなテーブル、そして絨毯。いずれも上品で、それなりの高級感をかもしだしていなければならない。テーブルの上には電話がある。照明はやや薄暗く（発電機がとまりかけている）、のちに通電して明るくなったときにそれとわかるようにする。

プロローグと第一幕では、〝読者〟の衣装や髪型などを観客と同時代のものにし、劇中の登場人物のものとははっきり区別すること。

〝読者〟は女性である。

プロローグ

舞台には誰もいない。上演前には、観客に不安感を与えるために、場内に流れる音楽をしばらくのあいだ停止する。〝読者〟がいる場所は、劇場のサイズや劇団員の経験に応じて変更可能。〝読者〟が観客席の最前列にすわっている場合には、立ちあがって、張りだし舞台の前まで急いで行き、そこから観客に向かって話す。〝読者〟が桟敷席にすわっている場合には、そこから観客に向かって語りかけるだけでいい。いずれの場合も、〝読者〟は演技を始めるまえに、プログラムを読んだり、まわりの者と会話をするなどして、観客の一員になりすましていること。

読者　（観客に向かって）このマーダー・ドラマは、ほかのすべてのマーダー・ドラマがそうであるように、あなたがここで見るものはリアルではないとか、登場人物は舞台上で生きたり死んだりしないとかいったことを信じたり、受けいれたり、あるいは主張しないことを求めています。詩人は夢から覚めるとき、自分が蝶になることを夢見た詩人なのか、それとも詩人になることを夢見ている蝶なのかを知りません。あなたたちも役者であり、あなたの夢を見ながら眠っているはずの〝赤のキング〟を起こしたら自分はどうなるのだろうと考えて恐れているアリスなのです。この芝居を見ているあなたは、それがどう決着するか知っていると思っていますか。暗くなった劇場のどこかに誰かがすわって、あなたを見ているのではないかと考えたとき、あなたが感じるのは希望ですか、それとも不安ですか。

プロローグのあと、暗転。登場人物が舞台にあがる。
それぞれが位置に着くと、明転。

第一幕

読者　最初から始めることにしましょうか。

ウォーレン　最後からではなくて？

読者　ミステリのなかにはそのように始まるものもあります。犯人は最初からわかっている。探偵が懸命に謎を追い、犯人があれやこれやの逃げを打つことで、サスペンスが醸成される。でも、これはそういった類いのミステリではありません。なので、最初から始めることにします。とりあえず、どのような犯罪があったか——正確に言うと、どのような犯罪と思われるものがあったかを振りかえってみましょう。殺人。殺人未遂。自殺。自殺教唆。嘘。不倫。脅迫。ゆすり。死者三名。わたしは〝犯罪〟という言葉を使いましたが、それらのうちのいくつかは〝罪〟と言ったほうがいいかもしれません。われわれはいまだに〝罪〟という宗教的な概念を信じているのかという問いに対しては、便宜上イエスと答えておきましょう。あとは、クラブの売却の問題や、このクラブにしては珍しい新入会員についての問題などもあります。

ジョナサン　（わざとらしく頭をさげて）告発のとおり罪を認めます。

読者　探偵のことも問題にする必要があります。誰に雇われ、なぜここに来たのか。

メレディス　ジョンに雇われたと言ってましたが。

読者　そうではないと考えられる根拠があります。その点についてはあとで触れます。まずはここ数日間の出来事をひとつひとつ見ていきましょう。犬が殺される。ひとりの男性が撃たれる。でも、命に別状はない。その男性はのちにクラブハウスで死亡しているのが見つかる——まさにこの部屋で。ひとりの女性が湖で死亡しているのが見つかる。もうひとりの男性が個人宅で死亡しているのが見つかる。これらはどのようにつながっているのか。そもそもつながりがあるのか。探偵は偶然が手がかりに変わり、間違った結論に行きつくことを危惧していました。それに倣うのが賢明でしょう。では、まずは殺人が起きた日の朝について。

ウォーレン　どの殺人だね。

読者　失礼しました。ジョン・ガーモンド。金曜日の朝のことです。その時点で、わたしたちはクローディアが死んだことを知りませんでした。そのあとの死についても同様です。少なくとも、ほとんどの者は知りませんでした。知っていたのは、言うまでもなく、ひとり、あるいは複数の犯人だけです。あのときのウェスト・ハートは言うなれば汚れなき状態でした。

オットー　（苦々しげに）とんだお笑い草です。

読者　数人の男性が違法な狩りに出かけた日のことです。それはガーモンド家の伝統だったと聞いています。参加者はレジナルド・タルボット、ジョン・ガーモンド、ラムジー・ガーモンド、そしてダンカン・マイアー。みなさんご存じだと思いますが、そのときにジョンが肩を撃たれました。探偵はこの出来事に強い関心を示していました。その直後のやりとりの場に立ちあっているので、そこにいた者の顔の表情を読みとることもできたはずです。そして、そのことについて多くの質問をしました。ダンカン？

ダンカン　（皮肉っぽく）なんだい。またわたしか？

読者　あなたはこの週末の多くの不穏な出来事の中心にいました。あなたに疑いの目が向けられるのは当然のことです。わたしがあなただったら、あるいはあなたと親しい者だったら、心穏やかではいられなかったはずです。あなたは探偵にあれは事故だと言いましたね。ちがいますか。

ダンカン　事故じゃなかったのなら、故意に狙って撃ったと言うのかね。

読者　事故じゃなかったのなら、撃ったのはあなたじゃないと言っているのです。（レジナルドのほうを向いて）レジナルド、あなたは狩りのペアを誰が決めたのか知らないと言い、だが、あらためて訊かれると、ダンカンだと答えた。なぜそう答えたのですか。

レジナルド　そうだったと思ったからだよ。

読者　そうだったと思った？　ということは、たしかではないということですね。

レジナルド　いいや、たしかだ。

読者　そんなふうに答えたのは、そうすれば、探偵のダンカンに対する疑惑がさらに強まると考えたからではありませんか。

レジナルド　もちろんちがう。妙な勘ぐりはやめてくれないか。

読者　あなたは探偵にひじょうに興味深いことを話しました。わたしはあとになってその重要性に気づきました。ジョンが撃たれてうめき声をあげたとき、あなたは鹿を撃った直後だったので、そっちに気をとられていたと言いました。

レジナルド　そのとおり。

読者　その鹿はどこにいますか。

レジナルド　えっ、なんだって？

読者　あなたは鹿を撃った。その鹿はどこにいるんですか。剝製にして、このクラブハウスのどこかに飾ってあることに、わたしが気づかなかったということでしょうか。

レジナルド　もちろんちがう。どこにいるかはわからない。森のなかだ。

読者　森のなか？　生きているということですか。弾丸《たま》は当たらなかったということですか。

レジナルド　そうだ。

読者　その鹿を撃ったとき、ラムジー・ガーモンドはあなたといっしょにいましたか。

レジナルド　いや。あのときには別々に行動していた。

読者　では、あなた以外は鹿を見ていないのですね。とすると、その鹿は想像の産物だったということになりませんか。

レジナルド　鹿の幻覚を見たというのかね。（いらだたしげに笑いながら）酒はまだいくらも飲んでいなかったんだが。

読者　鹿は存在しなかったのではないかと言っているんです。発砲する理由が必要だったから、その鹿をでっちあげたのではないかと言っているんです。森は静かで、音は遠くまでよく聞こえます。その日の朝、狩りをしていたほかの人たちは、もうひとつの銃声を聞いたはずです。（ダンカンのほうを向いて）あなたは何を狙って撃ったと思っていましたか。

ダンカン　鹿だよ。

読者　鹿ではなくて、ひとが撃たれたと知って驚きましたか。

ダンカン　もちろん。

読者　人間の心理はとても強い力を持っています。感覚を支配するくらいに。あのときの状況を再現しましょう。早朝です。あなたはあまりよく眠れなかった。奥さんのことが心配で。あなたたちの結婚は危機に瀕していました。理由はのちほど説明しますが、あなたとジョンの長年の友情はこじれていました。草むらのなかで血まみれになって横たわる彼の姿を見たとき、あなたは疑問の波に呑みこまれませんでしたか。自分のライフルの照準器ごしに見たものに疑問を抱きませんでしたか。あるいは、自分が見たものの記憶に疑問を抱きませんでしたか。この男を撃ったのは、もしかしたら自分かもしれないと？　もしそうだったとしたら、それは多少なりとも意図的なものだったのではないかと？

ダンカン　（おずおずと）そうかもしれない。わからない。そうは思わなかった……でも、ジョンが血まみれになっているのを見て、もしかしたら……

読者　もしかしたら自分が撃ったのかもしれないと思った？

ダンカン　そうだ。

読者　でも、実際はそうではなかったと思います。（レジナルドのほうを向いて）あの日の朝、あなたはジヨンを殺すつもりで撃ったんですか。

レジナルド　まさか——

読者　まえもってそういう計画を立てていたんですか。それとも、そのときその場で千載一遇のチャンスだと思ったんですか。それは咄嗟《とっさ》に閃いたことだったんですか。

レジナルド　どっちでもない。

読者　あなたはなんとしてもクラブを売却したかった。ちがいますか。

レジナルド　たしかに売りたかった。でも——

読者　あなたはジョンを殺すつもりで撃ったんですか。

レジナルド　いいや、そんなつもりは——

読者　では、あれは事故だったと？

レジナルド　そうだ。もちろん、わたしは——

読者　あの日の朝、あなたはジョンを殺すつもりで撃ったんですか。

レジナルド　いいや、そんなつもりは——

読者　あの日の朝、目を覚ましたとき、あなたはジョンを殺す計画を立てていたんですか。

レジナルド　いいや、そんなことは——

ジェーン　お願い、レジナルド、もう充分よ！

（しばしの沈黙。登場人物はそれぞれの表情をあらわにしている。ダンカン・マイアーは怒っている。ウォーレン・バーはほくそ笑んでいる。ジェーン・ガーモンドは嫌悪感をあらわにしている。ジョナサン・ゴールドは冷ややかに見ている）

ダンカン　なんてやつなんだ、レジナルド。

レジナルド　きみが罪の意識を感じたのはわたしのせいじゃない。わたしがやらなかったら、きみがやっていただろう。（〝読者〟のほうを向いて）でも、わたしは殺していない。

読者　探偵はそういった筋書きを念頭において根掘り葉掘り訊いていました。朝ジョンを殺しそこねた者が、その日の夜にあらためてそれをやりとげようとするでしょうか。その質問をしていたとき、探偵は先の発砲はあなたのしわざだと知っていたはずです。つまり、疑いを晴らすチャンスを与えてくれていたということです。なのに、あなたはそれをふいにした。もちろん、ミステリのなかには、裏の裏をかくというのもあります。もっとも有力な容疑者が犯人だったというわけです。あなたの場合もそれなんですか、ミスター・タルボット。

レジナルド　言ってるじゃないか。わたしは殺していないって。

読者　ラルフ・ウェイクフィールド少年はその日の夜に文章問題を解いていました。あなたにもひとつ出しますね。ギャンブル依存症の男を想像してください。借金で首がまわらなくなっている。妻は妊娠八カ月です。その男を殺人に駆りたてるには、最低何ドルの借金が必要でしょうか。

レジナルド　筋違いの話だ。

読者　クラブのお金に手をつけはじめたのはごく最近のことですか。それとも経理係になった直後のことですか。

レジナルド　いいや、わたしは——

読者　そうするために経理係になったんですか。

ドクター・ブレイク　ひどい話じゃないか、レジナルド。

レジナルド　そうじゃない。

ドクター・ブレイク　きみは二重帳簿をつけていた。

レジナルド　クラブのためだ。自分のためじゃない。数字をごまかさないと、融資を受けることができなかったんだ。仕方がなかったんだ。

ドクター・ブレイク　融資を受けたのは三年前だ。なぜそれ以降も嘘をつきつづけたんだ。

レジナルド　それは……また必要になるかもしれないと思って。一から始めるより、以前からのものを踏襲するほうが簡単だから。

読者　（ジョナサンに向かって）ミスター・ゴールド、あなたはその帳簿についてどう思いますか。

ダンカン　彼に何がわかるというんだ。

読者　ミスター・ゴールドはいま両方の帳簿をお持ちです。処分してしまったのでなければ。探偵から受けとったのです。

メレディス　なぜマカニスはそんなことを？

読者　ジョナサン・ゴールドがクラブを調べるように依頼したからです。

スーザン　ジョナサンが？

ウォーレン　（ジョナサンのほうを向いて）きみが？

スーザン　なぜ？

ドクター・ブレイク　それになぜ探偵はわれわれに嘘をついたんだ。

読者　（ため息をついて）死者の悪口を言うなとわたしたちは教わりましたが、残念ながらミスター・マカニスに関してはそうも言っていられません。彼はジョンの死を好機ととらえていました。嵐のせいでウェスト・ハートが孤立したことにより、どんなことでも訊ける立場に立てるようになったのです。つまり、この場所を支配できるようになったということです。

ドクター・ブレイク　そして、わたしたち全員を。

読者　（うなずいて）そう。あなたたち全員を。

ダンカン　でも、なぜジョナサンは探偵を雇ったんだ。

読者　ミスター・ゴールド？

ジョナサン　（落ち着いた様子で）下調べのためです。買い手の危険負担というやつです。馬に乗ろうとしたら、そのまえに、馬の歯を調べなければなりません。

ドクター・ブレイク　あなたはこのクラブを買うつもりだったんですか。

ジョナサン　わたしはクラブの購入に関心があるクライアントの代理だとお答えしておきましょう。

読者　レジナルド・タルボットはあなたの依頼主にどれだけの借金があるんでしょう。

ジョナサン　（わざとレジナルドを無視して）われわれにとっては微々たる金額ですが、もちろん彼にとっては大金です。ずいぶんお困りのようでしたが、そんなことはわれわれの知ったことじゃありません。もちろん、借金の返済計画については前向きに何度も話しあいました。（にやっと笑って）もうすぐ父親になろうとしている者の立場は、そんなに強いものじゃありません。

読者　その話しあいのなかで、この土地はもともとオナイダ族のものだったので、ここにカジノをつくったらどうかという案も出たんですね。

ジョナサン　もちろん最初は眉に唾してかかりました。でも、調べてみると、意外や意外。じつに素晴らしい案だとわかったのです。（微笑みながら）神は愚者に味方するということです。少なくともときどきは。

読者　でも、ひとつ問題がありました。拒否権を持っていて、売却に反対している者がひとりいました。

ジョナサン　障害は乗り越えられるものです。

読者　でなかったら殺される。

ジョナサン　よしてください。わたしがそんな荒っぽいことをすると思っているんですか。

読者　あなたならやりかねないと思っています。

ジョナサン　わたしの才能は――それを才能と呼んでいいのなら、やるべきことをやるための意志の強さを持っていることです。

読者　それが正しいことであるか間違ったことであるかに関係なく？

ジョナサン　（冷ややかに手を振って）いまは亡き愛すべき探偵のように、わたしも素人哲学者なんです。

もしかしたら職業病なのかもしれません。神がいないとすれば、正邪も善悪も人間が勝手につくりあげたものです。それは人と人との合意であり、不動産の賃貸契約となんら変わりはありません。提供する商品やサービスのための契約といってもいい。契約が守られなければ、暴力に訴えざるをえない場合もある。

読者　でももちろん、暴力による脅しが功を奏さない場合もあります。

ジョナサン　たしかに。弁護士やフィクサーにそれだけの力があれば、あるいは自分自身の暴力で暴力に対抗できるなら、問題は何もありません。

読者　あなたはレジナルド・タルボットにジョン・ガーモンドを殺すよう頼みましたか。

ジョナサン　いいえ。

読者　クラブの売却話をまとめたら、借金を棒引きにするとほのめかしましたか。

ジョナサン　われわれはごく一般的な話をしただけです——クラブが売却されたとしたら、ミスター・タルボットの財政事情は好転するだろうとかなんとか。

読者　でも、あなたは彼が捨てばちになっていることを知っていました。じつのところ、彼をそのような状態にしたのはあなたです。

ジョナサン　ミスター・タルボットは弱い男です。わたしがもし殺人のような厄介ごとに手を染めるとしたら、そのような危ない橋はわたりません。

読者　だとしても、あなたが遠まわしにほのめかした可能性はあるとわたしは考えています。殺したら救われると言った。だから、彼はそうした。

ジョナサン　考えるのはもちろんあなたの自由です。ここはアメリカですから。偉大な国。そして、信仰と神話の地。（レジナルドを見ながら）でも、あの臆病なウサギから得られるものは何もないと思いますよ。

読者　答えはわかっていますが、あえて訊きます。ジョン・ガーモンドはあなたが身分を偽って会員になろうとしていたことを知っていたのでしょうか。あなたの依頼主がこのクラブの購入に関心があることを知っていたのでしょうか。

ジョナサン　ジョン・ガーモンドが何を知っていたか、何を疑っていたか、深夜ひとり心の奥の闇のなかで何を考えていたか。訊くべき相手は夫人もしくは愛人です。わたしの与《あずか》り知るところじゃありません。

読者　（いらっとしたような表情で）そういう抽象的なことを訊いているわけではありません。

ジョナサン　そうでしょうか。

読者　事実と公的な記録についての質問です。言葉、仕草、表情。誰が誰にいつ何を話したのか。何がどのように行なわれたのか。カクテル・パーティーでのジョーク。部屋を見まわす目。書かれたのに送られない手紙。そういったことはすべて動機に結びつきます。では、もう一度お訊きします。ジョン・ガーモンドはあなたの入会申請に熱心でしたか。

ジョナサン　そうだったと思いますよ。

読者　新しい裕福なメンバーが加われればクラブの売却を防げると思ったからですか。

ジョナサン　おそらく。

読者　そう思わせるようにあなたが仕向けたんですね。彼はあなたがユダヤ人だということを知っていました。

ジョナサン　そうでしょうね。

読者　その点についてはあとでまた取りあげます。いまはこのクラブの売却問題について論点を絞りましょう。この部屋にいる全員が売却に賛成だと考えてよろしいですね。

（異議を唱える者はいない）

スーザン　あなたもなの、ジェーン？

ジェーン　ええ……再出発が必要だと思うので。

ウォーレン　言いかえれば、ここにとどまる気はないってことだな。

読者　わかりました。そういったことにこだわりを持つ者は、それが動機になります。つまり、動機は全員にあるということです。考えてみてください。探偵はこの問題に関係があると思われるいくつかの質問をしました。たとえば、一九三五年から一九四〇年までのクラブの会長は誰だったのかというような。

メレディス　なぜそんなことが問題になるの。

読者　誰かがそれを問題だと思ったからです。この期間の銘板が、上階の図書室から消えています。誰かが壁からはずしたのです。それはなぜなのか。

レジナルド　何十年もまえのものだ。子供が盗んだのかもしれない。ただ単になくなっただけかもしれない。そんなことは誰にもわからないよ。

読者　このクラブの歴史を塗りかえるために、最近になってはずされたのだと思います。（ドクター・ブレイクのほうを向いて）あなたはお父さまが会長をしていた時期についてなぜ嘘をついたのです。

ドクター・ブレイク　嘘をついたとは思っていない。

読者　探偵は直接あなたに尋ねました。なぜその銘板に関心があったのか、なぜあんな質問をしたのか不思議に思っていましたが、いまははっきりとわかります。残念ながら、遅きに失して、もう誰のためにもなりませんが。あなたはなぜ嘘をついたのですか。

ドクター・ブレイク　質問を取りちがえたんだと思う。

読者　お父さまのドクター・セオドア・ブレイクは一九三五年から一九四〇年までクラブの会長を務めていた。ちがいますか。

ドクター・ブレイク　会長だったのはたしかだ。期間についてははっきりとはわからない。

読者　期間はあっています。そのとき、彼はみずからの立場をある政治目的のために利用しようとした。そうですね。

（ドクター・ブレイクは黙っている）

たとえば、異なる人種の血液を区別できる機械を考案したという医師をクラブに招待したり。（ジョナサン・ゴールドのほうを向いて）ミスター・ゴールド、あなたの血液はドクター・ブレイクの血液よりもずっと低い周波数で振動することを知っていましたか。

ジョナサン　（そっけなく）いいえ。

読者　（ドクター・ブレイクのほうを向いて）もちろん、完全なたわごとです。でも、当時はそういった与太話が一部の人間のあいだでまことしやかに語られていました。あなたはお父さまがチャールズ・リンドバーグやヘンリー・フォードの訪問のお膳立てをしたことを知っていましたか。

ドクター・ブレイク　ここの会員は顔が広いからね。有名人や有力者がしばしば当地を訪れる。（メレディスのほうを向いて）去年は誰が来たんだったかな。俳優では。

メレディス　ビル・ホールデン？

ドクター・ブレイク　いや、そうじゃない。

メレディス　チャールトン・ヘストン？

ドクター・ブレイク　そう。チャールトン・ヘストンだ。（ジョナサン・ゴールドのほうを向いて）モーゼを演じたんだよ。

ジョナサン　知りませんね。

読者　たしかにここには昔から多くの有名人が訪れています。でも、あの特定の時期に訪れたふたりは特筆に値します。ウェスト・ハートの記録文書によると、彼らとヨーロッパ情勢について話しあったそうです。ふたりの講演会には多くの支援者が詰めかけたとも記されています。ひとつお訊きしますが、ドクター、あなたはドイツ鷲大十字勲章を知っていますか。星章付きドイツ鷲勲章は？

ドクター・ブレイク　いいや、知らない。

読者　どちらもアドルフ・ヒトラーの発案によってつくられた勲章です。ヘンリー・フォードはドイツ領事から星章付きドイツ鷲勲章を胸につけてもらいました。チャールズ・リンドバーグは第三帝国を訪問中にべルリンでヘルマン・ゲーリングからドイツ鷲大十字勲章を授与されました。リンドバーグはのちに議会でアメリカはヒトラーと話しあいの場を持つべきだと述べています。フォードは『シオンの議定書』など反ユダヤ主義の冊子を複数出版しています。あなたのお父さまが彼らを招待したのは、このようなテーマについての見解をウェスト・ハートの善良な市民であり支援者に共有させるためだった、とわたしは考えています。

（沈黙。〝読者〟は部屋にいる全員に向けて話しはじめる）

それは不都合な事実です。アメリカ人がいつもとても上手に忘れる種類の事実です。もちろん、忘れたくないのであれば別ですが。（ドクター・ブレイクのほうを向いて）あなたは狩猟小屋を持っていますね、ドクター・ブレイク。

ドクター・ブレイク　家族で使っている小屋だ。何年もまえに建てた。

読者　それは遠くの人目につかないところにあるんですね。隠れ家と呼ぶのは間違いですか。

ドクター・ブレイク　隠してなんかいない。

読者　探偵はそこのラグの下に隠してあるものを見つけました。金属の箱です。その箱の中身を説明してもらえますか。

（沈黙）

だめ？　だったら、わたしが言いましょう。（ふたたび部屋にいる全員に向けて）なかにはナチスゆかりの品々が詰まっていました。ＳＳとして知られる親衛隊がつけるピンもそのひとつです。新聞の切り抜きもあり、そこに掲載された写真には、ドクター・セオドア・ブレイクがヘルマン・ゲーリングといっしょに写っていました。父親思いの息子が大切にとっておくような記念品の数々です。（ドクター・ブレイクのほうを向いて）あなたはお父さまの思想信条を誇りに思っていましたか。

ドクター・ブレイク　馬鹿げた質問だ。

読者　あなたも同じような思想信条をお持ちですか。

ドクター・ブレイク　父を否定するつもりはない。

読者　あなたはミスター・ゴールドがウェスト・ハートの会員になることを苦々しく思っていましたか。

ドクター・ブレイク　（誇らしげに）ああ。（ジョナサン・ゴールドのほうを向いて）悪く思わないでくれたまえ。

ジョナサン　（冷ややかに）もちろん。

ドクター・ブレイク　同じ考えを持つ者は団結すべきだと考えているだけだ。身内は身内どうしでまとまっていればいい。

読者　血が同じ周波数で振動する者どうしということですか。

ドクター・ブレイク　馬鹿にしたいならすればいい。でも、わたしの言うことは間違っていない。（部屋にいる全員に向けて）みんなわかっているはずだ。わたしの言うことは間違っていない。

読者　その箱には拳銃も入っていました。ルガーです。あなたはそれを使ってジョン・ガーモンドを撃ったのですか。

ドクター・ブレイク　もちろんちがう。

読者　あなたはジョン・ガーモンドがここでリンドバーグに会っていたことを知っていましたか。

ドクター・ブレイク　（驚いて）いいや、知らなかった。あのとき、わたしはここにいなかった。シカゴ大学で研修医をしていたんだ。

読者　当然ながら、当時のジョン・ガーモンドはとても若かった。ウェスト・ハートの記録文書にはふたりがいっしょに写った写真があります。ジョン少年は飛行機が大好きで、のちにアマチュア・パイロットになったくらいです。スピリット・オブ・セントルイス号の英雄に会えるなんて夢のようだったにちがいありません。けれども、リンドバーグの名声はほどなく地に墜《お》ちることになります。多くのアメリカ人と同じように、ジョンは失望したにちがいありません。が、それより問題は彼がクラブの過去の汚点を知っていたということです。（部屋にいる全員に向けて）ここにいるみなさんの大半と同じように。みんなで罪悪感を分かち持っている。あるいは、記憶喪失を分かち持っているといってもいいかもしれません。いずれにせよ、そのことはジョン・ガーモンドの心に暗い影を落としていたはずです。いまクラブは存亡の危機に直面しています。彼はここで少年時代を過ごし、十代のころからの恋人と結婚しました。そして、ここで息子を育てました。そのクラブがなくなりかけているのです。道路脇には木材運搬用のトラックがとまっています。大恐慌時にしたように、木を伐採して売るためです。レジナルド・タルボットはクラブを存続させるために帳簿を偽造して融資を受けなければなりませんでした。探偵はここに来るまえニューヨークでクラブのことを仔細に調べたはずです。そのとき当地の不動産に抵当権がついているのを知ったとしても不思議ではありません。

（レジナルドに目をやるが、返事はかえってこない）

彼の部屋には、その書類の写しをいれたフォルダーがあるかもしれません。いずれにせよ、ジョン・ガーモンドはクラブが大きな問題を抱えていることを知っていました。ジョナサン・ゴールドが救いの手をさしのべてくれると考えたとしたら、その支援を仰ぐために邪魔っけになりそうなものを大急ぎで取り除いたり隠したりしなければなりません。ユダヤ人にクラブ加入をためらわせるかもしれないナチス関連の品物を含めて。（ジェーンのほうを向いて）あなたの家の奥のクローゼットのなかには、ドクター・セオドア・ブレイクの名前が刻まれた一九三五年から一九四〇年の銘板がしまってあるはずです。

ジェーン　（うろたえながら）でも、結果的にそんなことはなんの意味もなくなりました。主人はもう何も気にしていませんでした。（ジョナサンのほうを向いて）あなたは会員になろうとしていたのじゃなく、クラブを買いとろうとしていたんですから。主人はそれに反対していました。

読者　ミスター・ゴールド、あなたの依頼主はその種の過去を問題視するでしょうか。

ジョナサン　われわれが問題にするのは将来のことだけです。成果主義というわけです。

読者　そう思いました。（部屋にいる全員に向けて）これでいくつかのことがはっきりしました。経理係は借金まみれで、クラブの売却を促すよう圧力をかけられていた。買い手の代理人はここにやってきて、その目的について嘘をついていた。彼が雇った探偵もここにいて、やはりその目的を偽っていた。そして哀れなジョン・ガーモンドは朝に死を免れ、同じ日の夜に殺害された。以上の点について異論はありませんね。

（沈黙）

では、犬の件に移りましょう。

ジェームズ　（怪訝そうな顔で）犬？

読者　そう、犬です。アレックス・カルドウェルが犬を殺そうとしたかどうかは、たいした問題ではありません。正直なところ、アレックス本人でさえわからないかもしれません。犬が吠えるかどうかといった程度の問題です。大事なのは、犬の死がクローディア・マイアーの死につながる最初の出来事だったということです。すべての悲劇はわたしたちがこれまで話してきたこと以外のすべてと関連しているのです。それは木材のなかにひそかに腐食が進んでいくようなものです。（ジェーンのほうを向いて）クローディアの死の謎を解く重要な手がかりは、あなたが大かがり火の夜に歌ったアリアにあります。あなたはなぜあの歌を選んだのですか。

ジェーン　そのことはすでに探偵に話しました。

読者　わたしのためにもう一度話してください。

ジェーン　あの歌をうたいたかったんです。歌詞を知っていたので。

読者　あなたはプロのオペラ歌手でした。多くの歌の歌詞を知っているはずです。なのに、あえてあの歌を選んだ。探偵はこの点に関心を持っていましたが、わたしにはその理由がわかりませんでした。でも、いまはわかっています。

ジェーン　本当に？

読者　それはふたりの人間に対する共感、そしておそらくは謝罪を示すためだったのではないでしょうか。ひとりはその場にいました。もうひとりはいなかった。

ジェーン　どういう意味かわかりません。

読者　〝蝶々夫人〟というのはほかの女性を愛する夫を持つ女性の話です。子供を失う親の話でもあります。クローディア・マイアーは前者です。そしてあなたのご主人であるジョンは後者です。

ジェーン　（苦しげに）やめてください。

読者　すみません。でも、真実をあきらかにするためです、ミセス・ガーモンド。（ダンカンのほうを向いて）奥さまは多くの問題を抱えていましたね。

ダンカン　ああ。ここにいる誰もが知ってるよ。

読者　探偵は亡くなるまえの彼女の心理状態について尋ねました。でも、あなたは彼女がとつぜん行方をくらまし、数週間後、死のわずか数日前に戻ってきたことを話しませんでした。なぜ話さなかったのです。

ダンカン　さあ、わからない。

読者　わかっているはずです。答えたくないときに〝わからない〟と言っていいのは子供だけです。奥さまが亡くなった木曜日の夜、あなたは一晩中家にいたと探偵に言いました。でも、もちろん本当はそうじゃありません。どこにいたんですか。

（ダンカンは答えない）

　黙っているのは、見当ちがいな、あるいは時代遅れの紳士の礼儀からかもしれないし、女性の名誉を守りたいという思いからかもしれません。でも、まさにその女性がすでに打ちあけているのです。（ジェーンのほうを向いて）そうですよね。

ジェーン　探偵は知っていたわ、ダンカン。
読者　おそらく、クラブの半分が知っていると思います。ミスター・マイアー、あなたはジェーン・ガーモンドを愛していますか。
ダンカン　ああ。
読者　それはいつからのことですか。
ダンカン　（挑むような口調で）大昔からだ。
読者　若いころ求婚しましたか。
ダンカン　ああ。
読者　でも、彼女はジョン・ガーモンドと結婚した。
ダンカン　そうだ。
読者　そのあと、あなたはクローディアと結婚した。
ダンカン　そうだ。
読者　それ以降あなたたちふたりはずっと不倫関係にあった。
ダンカン　ずっとじゃない。
読者　最初のうちは、ってことですか。
ダンカン　ああ。
読者　そして最後も？

ダンカン　そうだ。

読者　木曜日の夜、あなたは三一二号室にいましたか。

（ダンカンはとまどっている）

ジェーンといっしょに。

ジェーン　（ダンカンにかわって答える）ええ、いました。

読者　あえて言葉を選ばずに言います。妻が亡くなった日の夜、あなたは別の女性の腕のなかにいた。そして、そのことについて探偵に嘘をついた。なぜですか。

ダンカン　（哀れっぽい口調で）きまりが悪かったからだ。決まってるじゃないか。きみだって嘘をつくだろ。

読者　あの夜、三一二号室のドアの外に誰かがいて、聞き耳を立てていたことを知っていましたか。

ダンカン　（驚いて）いいや。知らなかった。（間をおいて）クローディアか。

読者　最初はわたしもそうだと思っていました。そう思うように仕向けられたのです。でも、その点についてはあとでまた触れることにしましょう。大事なのは、奥さまが亡くなった夜、あなたにはアリバイがあったということです。そのアリバイは奥さまに誠実であれば得られなかったものです。言いかえれば、あなたの罪が無実を証明したということです。保安官にそのことを話しましたか。

ダンカン　いいや。

読者　あなたは保安官に遺書は残っていなかったと言いました。

ダンカン　残っていなかったからだ。

読者　そうでしょう、あなたはそう思っていたのでしょう。でも、本当はちがいます。クローディアは遺書を残していました。

ダンカン　（驚きの色をあらわにして）本当に？　どうして……何が書いてあったんだ。

読者　どうして行方をくらましたのか、どうして戻ってきたのか、そういったことが。少なくとも、わたしはそのように理解しています。実際にはわたしもまだ読んでいません。

ダンカン　それはどこにあるんだ。

読者　おそらくキッチンの冷凍庫のなかです。探偵が持っているはずです。でも、遺体を物色する必要はありません。それを読んだひとがここにいるのですから。

ダンカン　（ジェーンをちらっと見て）それは誰なんだ。

読者　遺書を見つけたひとです。オットー。

（オットーは立ちあがろうとする）

立つ必要はありませんよ。ここは法廷じゃないのだから。

オットー　法廷のほうがまだいい。

読者　オットー、木曜日の夜、あなたはどこにいましたか。

オットー　三一二号室の前です。

ダンカン　なんのために？

読者　なんのためにですか。

オットー　（父を無視して）そこに父がいると——彼女といっしょにいるとわかっていたから。それがどれだけ母を傷つけていたか、ぼくは知っていた。あるいは、知っていると思っていた。でも、本当は何もわかっていなかった。翌日になるまで。あの夜……父が家を出たとき、どこに行こうとしているかわかっていた。それで、割ってはいって、とっちめてやろうと思った。恥を知れと言いたかったんです。

読者　でも、そうしなかった。

オットー　ええ。怖気《おじけ》づいたんです。でなきゃ、そうしないほうがいいと思ったんです。それで、その場を離れました。探偵があとを尾《つ》けてきました。ぼくは小道に入り、湖のほうに向かい、でも途中で引きかえした。小道をそのまま進んでいたら……母と行きあっていたかもしれません。（感情をあらわにして）そうしたら、とめることができていたかもしれません。

読者　そして翌日、遺書を見つけたんですね。

オットー　ええ。でも、それをどうしたらいいかわからなかった。誰に相談したらいいかもわからなかった。それで、結局は探偵に……

読者　そこにはなんと書かれていましたか。

オットー　（ダンカンのほうを向いて）母は謝っていました。自分は嘘をついていたと。自分は良き妻であり母であるとぼくたちに思いこませようとしたと。（涙を抑えるためにまばたきをしながら）でも、父も同様に嘘をついていたと。

読者　お母さまが先月家を出ていった理由を知っていますか。

オットー　ええ。そのときはわからなかったけど、いまはわかっています。

読者　なぜ出ていったんです。

オットー　父が母に話したからです……別れたいと。

読者　ほかには？

オットー　（深く息をついて）父の子供はぼくだけじゃないと。

読者　それが誰なのかも書かれていましたか。

オットー　ええ。

（暗転。気まずい沈黙、そのあいだに登場人物の一部はそれが誰なのかわかりはじめ、そこに照明があたる。ほかの登場人物は暗闇のなかにとどまる）

ラムジー　（ショックの色もあらわに）なんてことだ。

ジェーン　ラムジー——

ダンカン　このことはあとで——

ラムジー　（ふたりに目をやって）とても信じられない。

ジェーン　ラムジー、説明させて——

ラムジー　みんな地獄に落ちろ。（まわりを見まわして）ほかに誰が知っていたんだ。（ジェーンとダンカンに）どうしてこんなことになったんだ。

ジェーン　そんなことは誰も望んでなかったのよ。

ダンカン　事故のようなものだ。

ラムジー　それを聞いてほっとしたよ。

ジェーン　そんなのじゃないの。

ラムジー　そんなの以外に何が考えられるんだ。

エマ　ひどい話。

ウォーレン　（にやにやしながら）面白いね。

ダンカン　よさないか、ウォーレン。

ラムジー　（ダンカンのほうを向いて）あんたは知っていたのか。

ダンカン　ちょっとまえまで知らなかった。

ラムジー　（ジェーンのほうを向いて、うろたえながら）父さんは知っていたのかい。

ジェーン　いいえ。

ラムジー　ずっと秘密にしておくつもりだったってこと？

ジェーン　そのつもりだったし、そうしてもいた。（大きく息をついて）何年も、何年も。女は秘密を守るものよ。少なくともわたしの世代や、それ以前の世代の女性は。年の離れた姉が実際には若くして妊娠した自分の母親だと気づかずに育った娘を、わたしの母は知っていたわ。（少し間をおいて）わたしは誰も傷つけたくなかったの。

ラムジー　でも、傷つけてる。
ジェーン　あなたのお父さんとこれ以上いっしょにいられないと気づいたとき——
ラムジー　（苦々しげに）どっちの？
ジェーン　ジョンから気持ちが離れていきつつあると気づいたとき、はじめてダンカンに話したのよ。
ラムジー　ぼくにはいつ話すつもりだったんだい。
ジェーン　それは——それはわからない。
ラムジー　これまでに話そうとしたことは？
ジェーン　（ちらっとダンカンを見て）なんともいえない……そんなに簡単な話じゃないのよ。
ラムジー　父さんが殺されていなかったら、ぼくに話した？
ダンカン　たぶん話さなかっただろうね。
ラムジー　まいったな。（オットーのほうを向いて）少なくともきみはぼくに話すべきだった。
オットー　ぼくもついこのまえ知ったばかりなんだ。この週末はぼくにとっても耐えがたいものだった。
ラムジー　（少したじろいで）すまない。あまりにも……
ジェーン　そうね。
ラムジー　単なるメロドラマだよ。ぼくをだしにした安っぽい狂言だ。（部屋を見まわして）ぼくがもうここにいる必要はない。みんなで残りのショーを楽しんでくれ。
ジェーン　ラムジー——

（ラムジー退場）

読者　放っておきましょう。

ジェーン　どうして？

読者　わたしたちにはしなければならないことが多く残されています。少なくともいまわたしたちは哀れなクローディアを少しだけ理解できるようになりました。彼女に対して行なわれたことは犯罪ではありません。罪ではあると思いますが。

ダンカン　（ぶっきらぼうに）話を進めてくれ。

読者　わたしたちはウェスト・ハートで起きた最初の殺人事件の謎に戻らなければなりません。誰がジョン・ガーモンドを殺したのか。

——幕——

エンターテインメント

〝暴力的な愉悦は、暴力的に終わるもの〟というシェイクスピアの言葉は、本人が意図していたこととは異なるが、何世紀にもわたって芸術家や道徳哲学者や社会活動家が抱えてきたジレンマを巧みに言いあらわしている。普通の読者は酸鼻をきわめる小説をぞっとしながら読む楽しみに気が咎めるようなことはないだろうが、そこにひとをいくらか不安にさせるものがあるのはたしかだ。これまで人間の創造力が産みだしてきた種々の怪奇譚《たん》を瞥見すれば、ひとは遠い昔から血に飢え、肉を求めるサディストの集団であったと見なすのはさほどむずかしいことではない。トロイアの英雄ヘクトールはその身を切り刻まれ、ローマの王女ラウィーニアは犯され、『アモンティリャアドの酒樽』のフォルトゥナートは地下墳墓に葬られている。ハンニバル・レクターは新たに用意した特別料理を玩味するためにナプキンを下襟にたくしこんでいる。

その点に関して言うなら、ミステリの登場人物がついいましがた息絶えた死体を前に軽口を叩くことにとまどい、不快感を示す読者もまれにいると思うが、それはコロセウムでの剣闘士の戦いに親指の上げ下げをするのをためらう者がいるのと同じだろう。ダンテは地獄の拷問を執拗なくらい生々しく描写し、罪深き人生を送ることを上べでは戒めつつも、実際は作者自身と読者のより根源的な衝動のおもむくままに苦痛そのものを楽しんでいる。

しかし当然のことながら、物語の作り手が何千年という長きにわたって殺人を追い求めてきても、それが文明の崩壊を導いたりはしなかった。人々がエンターテインメントとして死を消費するのは許されることであり、おそらくは望ましいことであると直感的には思える。ただ、なぜそう思えるかについて正確に説明するのは容易ではない。

トマス・ド・クインシーの風刺がきいたエッセイ『芸術の一分野として見た殺人』は、この議論の骨組みを形成する一助となる。同書は一八一一年に実際に起きた残虐非道な連続殺人事件から想を得ている。そのなかで作者はこの一連の事件を〝かつてない崇高な〟犯罪とし、犯人のジョン・ウィリアムズを〝天才の閃き〟をもって〝われらすべての者に殺人の理想形を掲げ示した〟という意味で〝孤独な芸術家〟であると称揚している。そして、自己弁護のために皮肉たっぷりにアリストテレスを引きあいに出し、『詩学』のなかで〝完璧な泥棒〟と〝良き泥棒〟について語るくだりで、不道徳な犯罪者でもその手腕は賞賛されるべきであるとしている。すなわち、われわれはウィリアムズの犯罪をよしとする審美眼を持っているということだ。

その数年後に書かれたこのエッセイの続篇で、ド・クインシーはウィリアムズの犯罪を細緻に再現してみせ、〝犯罪ドキュメンタリー〟と呼ばれる文学の新しいジャンルを切り拓いた。犯罪の描写はおぞましいものが多い。だが、それは何世紀にもわたって人びとを楽しませつづけてきた。シェイクスピアの時代には、最新の犯罪や逮捕劇の詳細を記した安っぽい冊子がロンドンの薄汚い通りにあふれた。そしてその後は、〝法を蹂躙《じゅうりん》する話〟をとりあげた書物が続々と出版され、読書好きの市民を大いに沸かせることになる。

ロバート・アリソンは『グラスゴー逸話集』（一八九二年）で、ジェームズ・マッキーンという男の逸話を紹介している。〝何不自由ない暮らしをしている腕のいい靴職人〟と陽気に紹介される人物だが、一七九六年に百十八ポンドの金をめぐっての揉めごとから相手の首を胴体から離れかけるほど深く切り裂いた殺人事件を起こした。さらには、その数年前に母親を殺した疑いもかけられており、絞首台にのぼる前日に聖職者にそのことを問われると、「あなたは秘密を守り通せますか、教会博士《ドクター》」と問いかえした。「もちろん」と聖職者が答えると、マッキーンは言った。「わたしも同じですよ」

ちょっとしたオチがついた愉快な話だ。それを楽しむのは眉をひそめるべきことだろうか。わたしたちのなかで何人が、哀れな犠牲者の人生最後の瞬間に首から血が噴きだすさまや、残された家族や友人のことなどに思いを致すだろうか。わたしたちはそういった想像力の不足や共感性の欠如を咎めることができるだろうか。

ほかにも、現実のものとして考察しなければならない問題がある。アガサ・クリスティーは作中でもっとも多くの人間を殺した人物のひとりであり、模倣犯を生むことを心配していたが、人生の終盤になってかねてよりの不安が現実のものとなった。タリウムを使って数人を毒殺したグレアム・ヤングの手口は、事件の十年ほどまえに出版されたクリスティーの『蒼ざめた馬』で用いられたものだった。この作品が犯人にどの程度の影響を与えたかはともかく（ヤングは読んでいないと言ったが、クリスティーに取りあげられるまえにタリウムのことを知る者はごく一部に限られていた）、それがヤングの逮捕につながったのは間違いない。事件にかかわった医師が『蒼ざめた馬』を読んでいて、そこに書かれていたことから被害者の症状を特定したのだ。

暴力をこのように楽しむことを危惧する声に対しては、実際に撃ち殺したり、刺したり、鈍器で殴ったり、首を絞めたり、溺れさせたり、窓から突き落としたり、毒を盛る者はいくらもいないと指摘することで用は足りるだろう。ところで、殺人を芸術たらしめる要素とはいったい何なのか。

　殺人に抽象的な有益性がある根拠を最初に、そしてもっとも大きな説得力をもってあきらかにしたのは、再度の登場となるアリストテレスである。例の『詩学』のなかで、彼は〝カタルシス〟の概念に触れ、古代ギリシアの演劇に関する文脈のなかで、観客はみずからが劇中の人物となって特定の感情（ここで触れられているのは哀れみと恐怖だけだが、その後何世紀にもわたる議論や研究を通じて、現在ではあらゆる感情がそこに含まれると考えられるようになっている）を経験することにより、自分のなかにある同種の感情を消し去ることができると述べている。一種の心理的〝浄化〟である。これが悲しい映画や本で〝素敵な涙〟を流したり、ホラー映画を観ながら愉快そうに笑ったりする所以《ゆえん》である。そういった感情が発現するメカニズムについては、フロイト派の学者や神秘主義者などが種々の考えを披露しているが、実際のところはまだよくわかっていない。それでも、カタルシスの作用に疑いの余地はほとんどなく、おそらくこれと裏表の関係にある神の存在証明について、バートランド・ラッセルは次のような言葉を残している。〝それが誤りにちがいないと確信を持つのは、どこに誤りがあるかを見つけだすより簡単なことだ〟

　カタルシスについての議論の不毛性があきらかになったのは、一九五二年五月二十五日、ニューヨークのチェリー・レーン・シアターでだった。公演初日、そこでは古代ローマの剣闘士をテーマにしたポール・グッドマン作の『ファウスティナ』が演じられていた。ぞっとするような恐ろしいクライマックスのあと、王女役の女優ジュリー・ボヴァッソが役を離れて、観客のほうを向き（作家は彼女が自分自身の言葉で語ることを容認していた）、彼らが血塗られた結末を黙って見ていたことを責めた。〝わたしたちは残忍な場面を演じ、若く美しい若者を生贄《いけにえ》にしました。そして、わたしは彼の血の海につかっていました。あなたたちが観客としての良心を持っているなら、ステージに駆けあがって、演技をとめたはずです〟。だが、観客は彼女の訴えに耳を貸さず、逆に怒りと反感を招く結果になってしまった。ジュリー・ボヴァッソはそれを屈辱と感じ、同じ夜、観客に向かって告げた。〝わたしが口にしたセリフはあまりにもおぞましいものでした。とても続けられそうにありません〟。そして、数回のステージのあと実際に降板してしまった。代役を務めた舞台監督のジュディス・マリーナは、この芝居のプログラムのなかで、観客の反応に言及し、作品を擁護するために、こう述べている。〝わたしたちは毎夜数百人が置いてきぼりにされる芸術の作り手であり……〟

公演は二週間後に打ち切りになった。

劇

先ほどと同様、ウェスト・ハートのクラブハウスの大広間。登場人物たちは、第一幕の終了時と同じ位置にいる。〝読者〟の服装は、観客ではなく、登場人物と同時代のものになっている。

第二幕

読者　（部屋にいる全員に向けて）本当に難儀なことだと思います。殺人事件を演じるなんて。でも、あともう少しです。わたしたちは情事をあぶりだしました。自殺の原因を解きあかし、何十年もまえの秘密を嗅ぎつけ、ナチスの件にまでたどり着きました。横領と脅迫の事実も判明しました。そして、殺人を犯そうとした者が自分の射撃の腕のいたらなさのせいで救われたこともわかりました。でも、もちろん、肝心な問題はまだ未解決のままです。殺人犯は誰なのか？（少し間をおき、それからスーザンに向かって）まずはあなたから、スーザン・バー。

スーザン　わたしから？

読者　ジョン・ガーモンドに電話するようにご主人から頼まれたのはいつですか。（スーザンはうつむき、それから夫のほうを見る）そっちは見ないで。わたしを見てください。その電話は夜の十二時にガーモンド家にかかってきました。事件が起きる直前のことです。そのあと、ジョンはクラブハウスに向かいました。その電話をかけるようにとご主人から頼まれたのはいつですか。

（沈黙）

答えてください。

ウォーレン　スーザン――

読者　答えてください。

ウォーレン　いいか、スーザン。

スーザン　（間をおかずに）夫といっしょに帰宅したときよ。

（ウォーレンは苦々しげな顔）

大かがり火のあと。

読者　ご主人は理由を言いましたか。

スーザン　夫は……（また夫を見る）

読者　そっちを見ないで。わたしを見て。ご主人はなぜあなたに電話をかけるように言ったのです。

スーザン　夫は全部知ってるって言ったのよ。それはわたしもわかっていた。だから、べつに驚きはなかった。驚いたのは、夫がそれを話したってこと。それまでそういう話をしたことはなかったから。少なくとも直接には。それから、夫はクラブの売却の件でジョンと話をしなければならないと言った。ジョンに正しい決断をさせるために。

ウォーレン　言っておくが、スーザン……

読者　ご主人のことは無視して。これ以上傷つけられることはないから。〝正しい決断〟というと？　売却を承認することですか。

スーザン　そう。どうしても必要だと言ってたわ。でないと、まずいことになると。わたしが知らない借金があったのよ。だから、困っているんだと。

ウォーレン　（椅子から立ちあがって）スーザン、いい加減にしないと――

ダンカン　おとなしくすわっていろ。

（ウォーレンは驚きの表情）

スーザンに指一本でも触れたら、その指をへし折ってやるからな。

ウォーレン　（冷ややかに）なんの話をしているかわかってもいないくせに、ダンカン。言葉に気をつけたほうがいいぞ。

ダンカン　わかっている。でも、あんたが街で誰を知っていようが、あるいは知ってると言っていようが、わたしはなんにも気にしちゃいない。わたしはスーザンの答えを聞きたいだけだ。（少し間をおいて）友人の身に何が起きたかを知るために。

（ウォーレンはためらい、それから薄ら笑いを浮かべて腰をおろす）

読者　（ジョナサンのほうを向いて）あなたのほうから何か言いたいことはありませんか、ミスター・ゴールド。

ジョナサン　（わざとらしく戸惑ったふりをして）わたしが？　どうして？

読者　（またスーザンのほうを向いて）さっき、まずいことになると言いましたね。それはどういうことでしょう。あなたはそれをどういう意味だと受けとったんですか。

スーザン　何かとても悪いことが起きるかもしれないと。主人が付きあっていたのは……情け容赦というものを知らないひとたちだから。

読者　ミスター・ゴールドもそのひとりですか。

スーザン　彼はただの使い走りよ。村にやってくる死の使い。

読者　（ウォーレンのほうを向いて）あなたはお金を動かす仕事をしていると探偵に言いましたね。それは誰のお金ですか、ミスター・バー。

ウォーレン　答えを知っているのなら、わざわざ訊くことはないと思うが。

読者　それはミスター・ゴールドと関係のある者ですか。

ウォーレン　クライアントは大勢いる。

読者　あなたは探偵にミスター・ゴールドとは今回が初対面だと言いました。でも、それは本当ではありませんよね。ビジネス上の関係があったと奥さまが探偵にあかしているんです。

（登場人物はひそひそ話をしている）

ドクター・ブレイク　（冷ややかな口調で）嘘をつくとは感心しないな、ウォーレン。

ウォーレン　嘘はウェスト・ハートの道徳の支柱となっているものだよ。わかっているはずだ。

ドクター・ブレイク　（ジョナサンのほうを向いて）本当のところ、きみは誰に雇われているんだね。

読者　名前を言ってください、ミスター・ゴールド。正義を実現させるために。

ジョナサン　もちろん、正義を実現させることには以前から強い関心を持っています。でも、こればかりは如何《いかん》ともしがたい。われわれは弁護士と依頼人の秘匿特権という古き良き伝統を守ることに関心を持たずにはいられないのです。

ドクター・ブレイク　便利なものだな。

ジョナサン　まことに。

ジェーン　もしかしたら、マフィアじゃ……

ジョナサン　（蔑《さげす》むような口調で）相手が犯罪者なら、なおさら名前をあげるわけにはいきません。（〝読者〟のほうを向いて）とにかく、話を先に進めましょう。わたしが返事を拒んだせいで進行を遅らせたくない。それに、あれこれ考えるのは楽しいことです。

読者　（スーザンのほうを向いて）あなたは何かとても悪いことが起きるかもしれないと言いましたね。それはご主人にですか。それともあなた自身にですか。

スーザン　あのときの感じだと、何が起きるにせよ、それはわたしたちふたりにってことだと。そして、わたしはそれを真に受けた。

読者　あなたが電話をかけたのは、それだけの理由からですか。

スーザン　どういうことかしら。

読者　脅されていませんでしたか。

（沈黙）

話を先に進めましょう。あなたは電話でジョンになんと言ったんです。

スーザン　会いたいって。
読者　ランデブーということですか。
スーザン　ええ、そういうことよ。
読者　返事にためらいの色はありませんでしたか。
スーザン　ためらうことなんか一度もなかったわ。（ジェーンのほうに手をやって）彼女の前でこんなことを言うのはどうかと思うけど。
ジェーン　だいじょうぶよ。（うんざりした様子で）続けてちょうだい。
読者　（スーザンに向かって）ご主人が何をするつもりだったかわかっていましたか。
スーザン　いいえ。神に誓って。（ジェーンのほうを向いて）本当に知らなかったのよ、ジェーン。
読者　ご主人が家に帰ってきたとき、あなたはまだ起きていましたか？　そして、そのあとも？
スーザン　ええ。
読者　ご主人はなんと言いました。
スーザン　なんにも。
読者　あなたはご主人に脅されていましたか。
スーザン　（感情をあらわにして）ええ。
読者　脅される理由があったわけですね。
スーザン　ええ。

読者　（優しい口調で）腰に痣がありますね、テニスボールくらいの大きさで、月明かりの下で青黒く見える痣です。

スーザン　（うなずく）

読者　（ウォーレンのほうを向いて）ミスター・バー。

ウォーレン　なんだい。

読者　ようやくあなたに質問する番が来ました。

ウォーレン　何も答えないよ。

読者　質問するだけでも得られるものがあると思いますので。科学者や哲学者がよく使う技法です。では、ミスター・バー、始めてよろしいでしょうか。

ウォーレン　どうしてもというなら。

読者　あなたは犯罪者に借金をしていますか。

（沈黙）

奥さまはジョン・ガーモンドに電話をしましたか。あなたは奥さまを脅していましたか。奥さまを殴りましたか。

（沈黙）

あなたはクラブハウスでジョン・ガーモンドに会うために、奥さまに電話をかけさせましたか。あなたは彼を殺しましたか。

（沈黙）

あなたはクラブの売却を確実なものにするためにジョン・ガーモンドを殺しましたか。奥さまを寝取られたことへの復讐としてジョン・ガーモンドを殺しましたか。（ジョナサンのほうに手をやって）彼にそそのかされたんですか。そうするように仕向けられたんですか。脅されたんですか。それは咄嗟にやったことですか。怖気づくといけないと思って、あと先のことも考えずに。それとも、じっくりと計画を練り、時間をかけてやったことですか。

（〝読者〟は移動して、ジェーンの横に立つ）

あなたは楽しみましたか。あなたは彼に理由を説明しましたか。それに対して、どんな返事がかえってきましたか。彼は命乞いをしましたか。それを見て、愉快に思いましたか。

（沈黙）

あなたはジョン・ガーモンドの後頭部に銃弾を撃ちこんで殺しましたか。

（室内に長い沈黙の時間が流れる。ジェーンとスーザンはすすり泣いているように見える）

ウォーレン　（〝読者〟と部屋にいる全員に向けて、ゆっくりとした口調で）これはわたしが自供すべき場面なのか。ひざまずいて許しを請う場面なのか。いいや、そうは思わない。言うまでもなく、証拠がない。ひとつもない。電話をかけただって？　そんなものは推測にすぎない。おろおろして、泡を食ってる女がそう言っているだけだ。誰とでも寝るし、ヤクもやっている女の言うことが信じられるか。拳銃はどこにある。わたしが経済的に追いつめられているという証拠はどこにある。わたしがジョナサン・ゴールドとつながっているという証拠はどこにある。何もないじゃないか。わたしには指一本触れられない。クラブの売却はすでに既定路線になっている。それは誰にとっても必要なことだ。ジョン・ガーモンドの死によって、その動きはさらに加速する。そして、こういったことはすべてすぐに夢のようになる。読み捨てた本の、うろ覚えのストーリーみたいなものだ。いくらのものでもない。（室内を見まわして）ここには昔なじみが大勢いる。多くの感情がある。恐れ。怒り。嫌悪。もしかしたら多少の賞賛の念もあるかもしれない。結局はみんなわたしに感謝するようになる。クリスマスにカードを送るくらいのことはしてくれるだろう。

ダンカン　妄想だ。

ウォーレン　本当に？（スーザンのほうを向いて）ところで、わが愛しのスーザン、もちろんきみのことは許す。

（スーザンはたじろぐ）

あとで話をしよう。

（スーザンをまじまじと見つめ、それから室内のひとりひとり順番に見ていき、にやりと笑う）

どなたか女性を打ちすえる専門技術をお持ちの方はいないだろうか。苦痛を——できるだけ大きな苦痛を与え、だが、なんの痕跡も残したくない。手荒さのなかにも、繊細さがなきゃならない。内臓破裂や内出血は避けたい。病院に運びこまれるようなことにはなりたくない。へたをすれば、警察ざたになりかねないからね。外から見える傷をつけてもいけない。顔はもちろん、腕とかにも。夏場は脚もだめだ。季節のことはつねに頭に置いておく必要がある。酒をどれくらい飲んだかもわかっていなきゃならない。ウィスキーを一、二杯飲んでリラックスするくらいがちょうどいい。それ以上は失敗のもとだ。もちろん道具選びも慎重に。オレンジを詰めた袋がいいという者もいる。石鹸を入れた靴下がいいという者もいる。昔ながらの手口も悪くない。握りこぶしは何よりコントロールしやすい。コントロールできれば、それだけ満足度も高くなる。

ジェーン　（怒りをあらわに）あなたはモンスターよ。

ウォーレン　（わざと驚いたふりをして）旦那はあんたに手をあげなかったかい。酔っぱらったときに。あんたの身持ちの悪さを改めさせるために。

（ダンカンが怒りを抑えきれずに飛びかかろうとする。ウォーレンがジャケットのポケットからリボルバーを取りだして構える。ダンカンは凍りつく）

ジェーン　やめてちょうだい！

ウォーレン　もう一歩前に出ろ、ダンカン。さあ。ニューヨーク州は正当防衛の規定が甘いことで知られている。目撃者は大勢いる。罪に問われない可能性はそれだけ高くなる。さあ、もう一歩前に出ろ。

ダンカン　ジェーンの言うとおりだ。おまえはモンスターだ。

ウォーレン　わたしは人間だよ。あんたと同じ。たぶんみんなと同じ。

読者　シリンダーには何発の弾丸《たま》が入っていますか、ミスター・バー。すでに一発撃ったんじゃありませんか。

（ウォーレンは顔をしかめている）

それを鑑識にまわす用意はありますか。

ウォーレン　ないね。実際のところ、いったん拳銃を出したからには、選択肢はふたつしかない。誰かを撃つか、それとも逃げるか。どっちがいい？

（沈黙）

返事はないようだな。よし、わかった。

（ウォーレンは拳銃の撃鉄を起こし、ダンカンに銃口を向ける。ダンカンは目をつむる）

スーザン　ウォーレン、やめて。

ウォーレン　ようやく話す気になったようだな。

スーザン　お願いだから。

ウォーレン　（ダンカンから目を離さずに）だったら、いっしょに家に帰るか？

スーザン　ええ。

ウォーレン　ちゃんと言え。

スーザン　あなたといっしょに家に帰るわ。

ウォーレン　（数秒の間をおいて拳銃をさげ、ほくそ笑みながら愉快そうに口笛を吹く）やれやれ。えらい騒ぎになってしまったよ。胸がどきどきしてるだろ、ダンカン。わたしも同じだ。アドレナリンが出まくっている。もう一度やってもいいくらいだ。

（また拳銃をかまえる。ダンカンは反射的に身をこわばらせる。ウォーレンは拳銃をさげる）

冗談だよ、冗談。暴力には依存性がある。なんだって同じだ。慣れてくる。（スーザンのほうを向いて）

さあ、帰ろう。

スーザン　ええ。

（ウォーレンは彼女の手を取り、指の付け根にキスし、手首を軽く叩く）

ウォーレン　いい子だ。

（ウォーレンとスーザン退場）

（しばらくのあいだ沈黙が続く。拳銃を持った者が去って、身の危険がなくなったと確信が持てるようになるまで、残った登場人物はみな息をこらしている。ダンカンは椅子に崩れ落ちる）

ジェーン　（ダンカンのほうを向いて）だいじょうぶ？

ダンカン　少なくともちびってはいない。

（照明器具が点滅し、部屋がぱっと明るくなる。発電機の小さな作動音が急にとまる）

メレディス　電気が戻ったわ。道路は復旧したかしら。

ジェーン　わたしたち、これからどうすればいいの？　あの男のことは？

読者　警察がこっちに向かってきていてもいいころです。

ジェーン　どこからどうやって？

読者　フレッド・シフレットがウェスト・ハートから出る秘密の抜け道を知っているんです。

ダンカン　抜け目のない男だ。
ジェーン　でも、ありがたいわ。
読者　警察はもうすぐ到着すると思います。
ジェーン　そうしたら、すぐにスーザンをあの男から引き離してもらわなきゃ。
ダンカン　そうとも。
ジェーン　あの男は地獄で朽ち果てるべきよ。
読者　ええ。でも、彼が言ったとおり、証拠がない。罪に問われる可能性は低い。（ジョナサンのほうを向いて）あなたの依頼主は優秀な弁護士を雇う資力を持っていると思います。
ジョナサン　もちろん。（肩をすくめて）でも、わたしたちの興味はもうここから離れています。ミスター・バーには自力でなんとかしてもらわなければなりません。
レジナルド　だったら、これで一件落着ってわけだね。
読者　そうでもありません。
レジナルド　どうして？
ドクター・ブレイク　探偵のことか？
読者　そうです。
ジェーン　あのひとは死んだ。それで、もうおしまいだと思うけど。
レジナルド　ウォーレンはなんで探偵を殺そうと思ったんだろう。

読者　ウォーレンがやったのではないと思いますよ。

ジェーン　じゃ、誰が？

読者　これまでここで三人が死亡しています。死体は三つ。それぞれちがっています。溺死と射殺。それは間違いありません。探偵の場合は……普通の死に方じゃありません。わたしの理解の範囲を超えています。

ジェーン　依頼人が見つけられたくないものを見つけたとか。

読者　その点についてどうお考えです、ミスター・ゴールド。

ジョナサン　殺人の美学には興味があります。みなさんと同様に、でも、現実のこととなると話は別です。実際の殺人に関しては、わたしはまったくの門外漢です。

読者　（ブレイク家の面々に向かって）部屋は内側から施錠されていたんですね。

エマ　はい。

読者　窓も？

ジェームズ　ええ。ぼくがたしかめました。

読者　（ドクター・ブレイクのほうを向いて）探偵の部屋に最初に入ったのはあなたですね。

ドクター・ブレイク　三人で入りました。

読者　あなたは医師として遺体を検分し、そのときほかの者に後ろにさがっていろと言いましたね。

ドクター・ブレイク　ええ。

読者　密室物の古典的なミステリになじんでいる者ならよく知っているように、特に注意を払わなければならないのは、最初に部屋に入って死体を調べた人物です。特に解剖に関する知識を持つ者。たとえば肉屋とか獣医とか。あるいは医者とか。(ジェームズとエマに向かって)あなたたちが部屋に入ったとき、お父さまはあなたたちが遺体を見ることができない位置にいましたか。

ジェームズ　いったい何が言いたいんです。馬鹿馬鹿しい。

読者　探偵が生きているかどうか調べるふりをしながら殺した可能性はないでしょうか。

ジェームズ　まさか。

読者　エマ?

エマ　そんな……そんなことはないと思います。

読者　木曜日のディナーの席で、探偵はベトナムに行かなかったという嘘をついたとき、心雑音があるという話をしました。その言葉は本当だったんじゃないでしょうか。(ドクター・ブレイクのほうを向いて)探偵が整理だんすにしまっていた薬を別のものにすりかえるのは簡単です。医師であれば、心臓の状態をさらに悪くするものや、死に至らせるものに変えることもできたはずです。あるいは別の手を使ったのかもしれません。鎮痛剤か何かを使って意識を失わせてから、自分が最初に部屋に入り、被害者を診るふりをして、こっそり致死性の薬物を注射するとか。遺体を検査すれば(キッチンの冷凍庫のほうへ指を向けて)腋の下に注射のあとが見つかるかもしれません。

ドクター・ブレイク　(挑むような口調で)だったら遺体を引っぱりだしてきて調べればいい。

読者　あなたでないとしたら、ドクター、誰だというんです。(〝読者〟は室内をゆっくり歩き、登場人物ひとりひとりの前で足をとめていく。最初はメレディスに）夫の名誉を守るために必死になっている妻？（ジェーンとダンカンに）それとも、十年にわたる秘密を隠し通そうとしている不倫カップル？（レジナルドのほうを向いて）それとも、さらなる不正の露見を恐れている悪徳経理係？（ジョナサンのほうを向いて）それとも、雇った探偵が予定外の調査を始めたために、一儲けできるはずだった取引がご破算になりかけた依頼主？

（〝読者〟はぐるりと元の位置に戻り、今度は部屋にいる全員に向けて）

これはむずかしい問題です。残念ながら、わたしたちは被害者みずからが残した、犯人の特定につながる最終的な手がかりを見つけだすことができていません。このジャンルの小説のなかでは、〝ダイイング・メッセージ〟と呼ばれているものです。本のページの角を破ったあととか、木に刻まれたイニシャルとか、聞き間違えられたかすれ声（たとえば〝パラダイス〟が〝ペア・オブ・ダイス〟になったり）とか。けれども、今回はそのようなメッセージはどうやら残されていないようです……（間をおいて）いや、残されていたかもしれません。（エマのほうを向いて）どうです。遺体を見て何か気づいたことはありませんでしたか。

エマ　特には何も。

読者　遺体を冷凍庫に移したのは誰です。

エマ　わたしの父とジェームズです。

読者　（ジェームズのほうを向いて）あなたはどうです。遺体を見て何か気づいたことはありませんでしたか。

ジェームズ　ありません。

読者　本当に？

ジェームズ　ええ。

読者　遺体の手に握られ、くしゃくしゃになった用紙にも気づかなかったんですか。

ジェームズ　（沈黙）

エマ　（心配そうに）ジェームズ？

読者　（執拗に）もう一度訊きます。あなたは用紙に気づきましたか。それは探偵が作成したクラブの一件書類の一部じゃありませんか。

ジェーン　その一件書類なるものをぜひ見せてほしいわ。

読者　（部屋のなかの全員に向かって）わたしも見ていません。でも、存在しているのはたしかです。言うならば、探偵版の登場人物一覧です。ここにいる者のほぼ全員が網羅されているはずです。個々の経歴、資産、抵当権、融資、借金。道徳的欠点、性的逸脱。おそらく、そういったことが書かれているんでしょう。

ダンカン　まいったな。

読者　それはミスター・ゴールドの依頼を受けて作成したものです。でも、いまは目下の問題に集中しましょう。（ジェームズのほうを向いて）その用紙には誰の名前が書かれていましたか。

（沈黙）

それを見たとき、ジェームズ、あなたはどう思いましたか。探偵の手に握られていた用紙に記されていたのは、あなたの父親のことだったはずです。

エマ　どうしてそんなことが――

ジェームズ　（だしぬけに）そんなものにはなんの意味もない。

ドクター・ブレイク　ジェームズ――

ジェームズ　冗談じゃありません。そんなものにはなんの意味もない。あるはずがない。その用紙をつかんだ理由なんて誰にもわからない。なんの理由もなかったかもしれない。

読者　どこでそれを見つけたんです。

ジェームズ　冷凍庫のなかで。

読者　そのとき、お父さまはどこにいましたか。

ジェームズ　外に。ぼくがちょっと待っててくれと言ったので。

読者　そのときに見つけたんですね。

ジェームズ　そう。

読者　それでどうしました。

ジェームズ　ポケットに入れた。

読者　それはいまどこにあります。

ジェームズ　キッチンのシンクで燃やした。

エマ　信じられない。

読者　（ドクター・ブレイクのほうを向いて）あなたがこの殺人に関与しているとしたら、息子さんは事後共犯者ということになります。何か言いたいことはありませんか、ドクター。

ドクター・ブレイク　（淡々とした口調で）わたしはアダム・マカニスを殺していない。

レジナルド　お笑いぐさだ。

ジェームズ　黙れ。

読者　（長い沈黙があり、それからドクター・ブレイクのほうを向いて）わたしはあなたの言葉を信じます。

エマ　本当に？

読者　ええ。機会はあるが、動機がないからです。（ふたたびドクター・ブレイクのほうを向いて）なぜあなたは探偵を殺さなければならなかったのか。探偵があなたの父のおぞましい思想信条を知り、かつ、あなたも同じ穴のムジナだということを知ったから？　その可能性はたしかにあります。でも、それだけでは充分じゃない。メインの食材を忘れたレシピのようなものです。探偵の死の謎は依然として謎のままです。あなたがやったと思うようにわたしたちが誘導された可能性もあります。あなたに目が向かうように仕向けるためのダイイング・メッセージ。〝密室〟のなかで見つかった死体という特殊な状況。死体を最初に見つけた人物が疑われるという鉄則。特にその人物が特定の職業にある場合には。ですから、あなたが槍玉にあがるのは自然なことです。ただでさえ医師というのは人間の死と深いかかわりを持つ存在です。たったひとことの診断結果や、判読できないような字で走り書きされた検査結果が、患者への死刑宣告になりえるのです。言うならば判決を下す裁判官のようなものです。そのように医師というのは罪深いものです。そして、わたしは実際にあなたのことを罪深い人間だと思っています。でも、それは探偵を殺したからではありません。

ジェームズ　あなたはぼくの父が陥れられたというんですか。

読者　そうです。

ドクター・ブレイク　誰に？

エマ　そもそも探偵を殺したのは誰なの？

——幕——

告白

〝なぜわたしはこの憎々しく、仰々しい、厄介な小男を生みだしてしまったのだろう〟

瓶のなかのメッセージ。新聞社やロンドン警視庁に宛てた手紙。ワトスン役の人物に読んでもらうため、田舎の領主館の整理だんすのなかに残された書きおき。いま、われわれ、つまり、あなたとわたしは自分たちが古き良き伝統を墨守《ぼくしゅ》していることを認めなければならない。ようやくすべてのカードがめくられるときが来た。

危機は去った。われわれは本当に魔術師にタネあかしをさせたいのか。ユーモア作家にジョークの説明をさせたいのか。そうすることによって失われるものはないのか。マジックは形無しになるのではないか。

それでも――

ページの下に謎の解決方法が逆さまに印刷されているくらいの多少のズルは許されるのではないだろうか。

*

古典的なマーダー・ミステリにおける動機は、アリストテレスではなくシェイクスピア的な悲劇の根底にあるもの――愛、憎しみ、恐れ、欲望、嫉妬などであり、それはさらに卑近な悪徳――肉欲、野心、憤怒、虚栄、恥辱、臆病などを伴っている。若い男は愛する婚約者を脅迫して金を奪いとろうとした悪党を刺し殺す。母親は可愛い息子が野心から犯した罪が露見するのを恐れて捜査員に毒を盛る。事業に失敗した企業家は成功をおさめた元同僚に対する嫉妬心から復讐を敢行する。母親に劣情を抱く息子は、恥の意識のせいで母親を殺害する。うぬぼれ屋の英雄は、じつは臆病者だということを知った兵士の命を奪う。店員は店主を憎しむ。息子は父親を憎む。妻は夫を憎む。自殺する者は自分を憎む……

問　それで、あなたの動機は何だったのですか。なぜアダム・マカニスを殺したのですか。
答　……
問　どうやって殺したのですか。
答　古代の神がひとりの女性を塩の柱に変えたのと同じ神秘の力が働いたのです。言ってみれば、魔術と神話と信念の組みあわせです。

わたしはアダム・マカニスを憎んでいなかった。なぜ憎まなければならないのか。むしろ、彼を悲惨な目にあわせたことを悲しく思っていた。クローディア・マイアーやジョン・ガーモンドも憎んではいなかった。あなたがこの告白を信じるなら、このことも信じてくれるだろう。これは情念ではなく、論理による犯罪なのだ。一連の死は想を得た時点でどうしても必要なものだった。彼らを殺すしか手立てはなかった。

マカニスを殺さなければならないと思ったのは、彼がウェスト・ハートに到着してからのことだ。クローディア・マイアーは最初に死んだが、以前から殺害する計画を立てていたわけではない。ジョン・ガーモンドに関しては最初から殺すことにしていた。

当然のことながら、この一連の殺人に手を染めるにあたって、わたしはいくつかの有名な殺人事件を参考にした。

アーサー・コナン・ドイルはシャーロック・ホームズをライヘンバッハの滝で死亡させ、世界を悲嘆にくれさせた（その死を悼んで、若者たちは黒い腕章をつけてロンドンの街を練り歩いた。信じがたいことにホームズは十年後にふたたび奇跡的な復活を果たす）。アガサ・クリスティーはエルキュール・ポアロに死に至る病を得させ、最後には残酷にもポアロ自身を殺人者に仕立てあげることによって、三十年にわたって引出しのなかに封じこめていた復讐を果たした（この本が出版されたとき、ニューヨーク・タイムズ紙はポアロの死亡記事を掲載した）。

しかしながら、残酷さにかけてはシェイクスピアの右に出る者はいない。みずから生みだした人物にいま優しい言葉をかけたかと思うと、その舌の根も乾かないうちに彼らを殺したり、拷問にかけたりする。コーデリア姫は捕虜となって息絶え、グロスター伯は両目をえぐられ、ハムレットは毒殺される。いったい何が悲しくてみずからの亡き息子とほぼ同じ名前を持つ登場人物の命を奪うことにしたのか。

それで――

クローディア・マイアーの部屋着のポケットに石を詰めさせたとき、わたしは涙を流していただろうか。ジョン・ガーモンドの後頭部にウォーレン・バーの拳銃を突きつけたとき、わたしの手は震えていただろうか。アダム・マカニスの命の火を消すために指を濡らしたとき、わたしは躊躇しただろうか。

一連の告発に対して、わたしはどう答弁すればいいのか。

わたしは有罪を認める。

では、なぜそんなことをしたのか。富と名声を追い求めてか。それとも別のことか。知的好奇心から？ それとも審美的な楽しみから？ 反社会的あるいはサディスティックでエロティックな妄想ゆえ？ わたしは有名なコールリッジの説にもとづくイアーゴーのように〝動機探し〟をしているだけではないのか。それはひとり殺人について思いをめぐらすのに永遠とも思える時間を費やしたことを事後に理屈づけるためのものにすぎないのではないか。

人類史上初のミステリのなかで、オイディプスはテーベの先王を殺した者を必死になって探し、その結果、犯人は自分であることを知り、みずからの身の破滅をもたらす絵図を描いたのは自分自身であったことを絶望のうちに理解する。

もっと最近の例をあげてみよう。ウジェーヌ・フランソワ・ヴィドックは十九世紀の犯罪者で、パリ警察の署長になり、のちに世界初の探偵事務所を開設した人物だが、その事務所はみずから犯罪に関与し、それを解決することで収入を得ていたと言われている。まさしく〝自分たちが脱出するための迷路を自分たちでつくったネズミ〟である。

W・H・オーデンはレイモンド・チャンドラーのために小説のプロットを考案した（チャンドラーには無視されたが）。ある暗殺者集団のなかに、金のためではなく楽しみのためにひとを殺している構成員がいることがわかり、私立探偵を雇って殺し屋のなかから殺し屋を見つけだすという話だ。

殺人事件の作者を取り調べるのに殺人事件の読者以上の適任者がいるだろうか。

このマーダー・ミステリは、ほかのすべてのマーダー・ミステリと同様、読者が終わったことを理解したところで終わる。そのときに謎が解けている場合もあれば、解けていない場合もあるが、実際のところ、それはこの種の小説に適用されるルールでもなければ、読者に対する裏切りでもない。わたしとあなたに残されるのは、われわれが加担した血なまぐさい犯罪に対する後ろめたい記憶だけだ。作家はみな殺人犯であり、読者はみな探偵なのだ。

謝辞

まず最初に、本書に着想を与えてくれた実在の〝ウェスト・ハート〟の住人各位のご厚意に感謝したい。彼らは本文中に出てくるいかがわしい連中とはまったくちがい、（わたしの知るかぎり！）敷地内に殺人犯はいない。架空のウェスト・ハートの地形や歴史や住人は、当然のことながら百パーセント想像の産物であり、作者が日時や天候や月の満ち欠けなどを自身の目的にあうように改変したのではないかと疑う読者がいたとしたら――わたしは有罪を認める。

この小説に関する調査のほとんどは一次資料（すなわち文献）から得たものであり、参考にした書物のなかでとりわけ多くを負っているのは、ジュリアン・シモンズの『ブラッディ・マーダー――探偵小説から犯罪小説への歴史』と『オックスフォード版クライム・ミステリ小説ガイド』（ローズマリー・ハーバート編）である。T・S・エリオットの『荒地』（一九二二年）の愛読者なら〝木曜日〟の題辞に見覚えがあるだろう。ちなみに、〝金曜日〟の題辞はジョン・ディクスン・カーの『三つの棺』（一九三五年）、〝土曜日〟の題辞はG・K・チェスタートンの『探偵小説の書き方』（一九二五年）、〝日曜日〟の題辞はトマス・ド・クインシーの『芸術の一分野として見た殺人』（一八二七年）、〝告白〟の題辞はアガサ・クリスティーの『エルキュール・ポアロ――小説のなかのもっとも偉大な探偵』（一九三八年）からの引用である。

以下の方々に心からの謝意を表する。わたしの文字どおりの共犯者であるディヴィッド・ブラック、スーザン・ライホファー、ポール・ボガーズ、ジェニファー・バース、そして本書の刊行を可能にするのに大いに骨折ってくれた友人、セバスチャン・クウィリッチとアン・ヘルマン。

最後に、そしてこれがもっとも大事なことなのだが、妻と子供たちの忍耐と愛情と応援に多謝。

ミステリ好事家のための番外地〜身勝手な邪推の愉しみ〜

ミステリ研究家　小山　正

今は亡き偉大な芸術家・岡本太郎が本書を読んだら、

「なんだこれは！」

と叫んだに違いない。

「ミステリは爆発だ！」

と言ったかはわからないけれど、そう思わせるほど、本書『ポケミス読者よ信ずるなかれ』はアバンギャルドだ。

本格ミステリにしてハードボイルド。メタミステリで反《アンチ》推理小説。物語と並行して随所に挿入される文学評論あるいはエッセイ風のコラム。Q&A形式の尋問シーン。戯曲形式。質問表と回答欄。アンケート。文字遊び——等々。人称も変幻自在で、わたし・あなた・彼・彼女・その他——とまあ賑やか。客観描写と思いきや、著者自身が登場して、読者に直接話しかける時もある。

ストーリーの合間に、ミステリ史に関する各種キーワードが取り上げられるのも特長だ。例えば、「ミステリの定義」「ルール」「探偵の罪悪感」「密室」といった様々な題目が、マニアックなエピソードとウンチクで語られる。アガサ・クリスティーやダシール・ハメットに係るゴシップなんて、新説・奇説の域だろう。活字作品以外にも、映像作品等も俎上《そじょう》に上がり、物語を補完する。興が乗りすぎて、脱線や余談も多い。

いやあ、最初から最後まで、「なんだこれは！」である。ギミックが次々に出てくるオモチャ箱のようなミステリだ。

でも、こんな風に本書のユニークさを書き連ねたら、未読の方は興ざめだろう。次に何が起こるかわからない面白さは、知識ゼロの白紙状態で味わいたい。だからこの先は、必要に応じてネタバラシ――とまでいわずとも、少し突っ込んだ書き方をしよう。さあ、ここからは番外地。本篇読了後にお読みください。

（ここから先は、本篇を読了してからお読みください）

・・・・・・・・・・・・・・・・・・・・・・・・・・・・・

とにかく、ポケミス刊行２０００番突破という記念すべきこの時期に、『ポケミス読者よ信ずるなかれ』のような変なミステリが、本叢書に収まるとは！　約七十年に及ぶポケミスは懐が深いなあ。

「変」とはいえ、メインプロットは昔ながらのハードボイルド風に始まる。

時は一九七六年、独立記念日の頃。舞台はニューヨーク州の人里離れた七千エーカーの敷地〝ウェスト・ハート〟。そこに佇《たたず》むリゾートホテル風の豪壮な建造物に、何組もの裕福な家族たちが、会員制コミュニティを作って滞在していた。狩猟などの余暇を楽しむ彼らの元に、私立探偵アダム・マカニスが訪れる。

レイモンド・チャンドラーの長篇ミステリ『大いなる眠り』風のオープニングを経て、やがて、謎の怪死事件、はては密室殺人が勃発。物語はアガサ・クリスティーの作品さながらの「カントリーハウス・マーダー・ミステリ」と化す。

まあ、これだけならばオーソドックスであろう。しかし本書の場合、巻頭一行目から著者のお節介が始まる。著者はマーダー・ミステリの冒頭の書き方について前口上を述べ、しかも次ページで読み手の意識に強引に乱入するのだ。狩猟クラブを論じる会話中で、探偵マカニスは「人間は？」と尋ねる。この軽いブラックジョークの直後に、

「あなたはいま『猟奇島』のようなプロットを頭に思い描いている」（一二ページ）

と、あなた＝読者の思考を強制誘導するのだ。

いうまでもなく「猟奇島」は、アメリカの作家リチャード・コネルが一九二四年に発表した短篇小説で、原題は“The Most Dangerous Game”。マンハント（人間狩り）を描いた古典的なスリラーとして名高い。ギャビン・ライアルの長篇冒険小説『もっとも危険なゲーム』や、映画『裸のジャングル』（一九六六）などにも影響を与え、繰り返し映像化されてきた。

そんな有名作だから思い描くのは当然なのだ、という強引さ。この余計なお世話を、ウザいとみるか、愉快とするか？　好みの分かれるところである。

メインストーリーを鉈《なた》で切るように中断し、唐突に挿入される長いコラムもまた、頻出するお節介である。例えば、本篇四七ページのコラム「ミステリの〈ルール〉」。ミステリの作劇を語る上で欠かせない基本指針の解説が、小説の途中で乱入してくるのだ。

有名なロナルド・ノックスの「探偵小説十戒」とヴァン・ダインの「二十則」に加えて、T・S・エリオットの「探偵小説作家が守るべき五つの〈ルール〉」が簡単に言及される。そして、ミステリの女王クリスティーこそが、〈ルール〉破りの常習者だったと述べる。

さらに著者は、〈ルール〉を語る歴史的文献として、アルゼンチンの作家ホルヘ・ルイス・ボルヘスとビオイ＝カサーレスが、一九四五年から同国エメセ社で刊行したミステリ叢書《第七圏》（El Séptimo Círculo）の刊行目録に載せたエッセイ「発刊にあたって」を引用する。これは彼らが、ミステリ作劇の困難さを幻惑的に語った伝説的な宣言文で、「謎や手掛かりをフェアに示す一方で、それでいて結末の必然性と意外性を重視せねばならない」という主旨の内容だ。

ミステリマニアならば、「そんなことは知ってるよ」という内容が延々と続く。しかし、そうした〈ルール〉の存在を知らない初級者にとっては、親切なレクチャーだろう。

　著者の〈ルール〉解説はまだ続く。

　次に紹介される「第四の壁」もまた、物語造りのメソッドにおいて大切なキーワードといえよう。ドイツ出身の優れた劇作家ベルトルト・ブレヒトが重視した演劇用語のひとつで、芝居に詳しい人にはよく知られたフレーズである。残念ながらコラムではさらりと触れるだけで、詳細はない。補完の補完といった様相を呈するけれど、せっかくなので詳しく書いておく。

　演劇の舞台には、奥と上手《かみて》＆下手《しもて》（向かって右左）の三つの壁とは別に、芝居スペースの手前にも本当は壁があるのだが（第四の壁）、その壁が実際にあると客側から芝居が見えなくなるために、〝透明化〟されている。しかしこの「第四の壁」を演出的・作劇的かつ完全に取り払うことで、舞台と客席との垣根が消え、同じ空間にいる俳優と客が能動的に関わることが可能になるのだ。

　著者はミステリの世界で「第四の壁」を突破した例として、アメリカＮＢＣ—ＴＶで放送されたジム・ハットン主演のＴＶドラマ〈エラリー・クイーン〉シリーズ（一九七五～七六）を紹介している。『ポケミス読者よ信ずるなかれ』の物語と同時期、一九七〇年代半ばにＯＡされたこの番組は、毎回ラストで提示される「視聴者への挑戦」が売りだった。ハットン扮する名探偵エラリイ・クイーンが、ＴＶを観ている視聴者に向かって、謎解きを促すのだ。このシリーズの制作には、ＴＶドラマ〈刑事コロンボ〉シリーズの作者リチャード・レヴィンソン＆ウィリアム・リンクが深く関わっており、彼らは映像時代ならではの新しいミステリ手法を模索した。結果、映像世界の「第四の壁」を乗り越えることで、TVを観る者が殺人事件の謎解きに積極的に参加できるようになった。

さらに同様の作品として、クリスティーの長篇『白昼の悪魔』を映画化した『地中海殺人事件』（一九八二）や、ミステリやスパイ小説を愛した英国の純文学作家キングズリイ・エイミスの長篇小説『リヴァーサイドの殺人』も紹介している。メディアを越境しつつ、様々な作品を言及する著者の博学ぶりに、感心することしきりである。

なんと、コラムはまだ続く。

最後に登場するのは、〈ルール〉を破壊するのではなく、逆に過剰なまでの縛りを設けて創作に挑んだ、フランスの実験的文学集団「潜在的文学工房〈ウリポ（Oulipo）〉」の話である。〈ウリポ〉は、フランソワ・ル・リヨネーとレイモン・クノーを中心とするアバンギャルド文学集団で、一九六〇年代に作家や学者十名程が集まって誕生した。彼らは言語活動の構造・解析・遊戯を通じて文学を捉え直し、新しい制約や数学的手法等を用いて創作活動を展開。ジョルジュ・ペレックやクノーなどのわが国でも知られた作家も参画していた。コラムの中ではジャン・レスキュールという作家の遊戯ミステリが長めに取り上げられている。「S＋7法」なる奇想に基づく前衛作品だそうで、ぜひとも読んでみたいなあ。

なんと〈ウリポ〉には、ミステリに特化した工房まであったらしい。それを踏まえてコラム末尾に引用されたクノーの言葉はエスプリが効いており、私はつい笑ってしまった。

とまあ、あくまで小説を補完するコラムなのに、濃密な解説・情報・ネタが満載である。最初からまだ四〇ページ目なのに、私の脳味噌は沸騰状態だ。しかも内容がオモシロいから、私もイロイロと足したくなってくる。こんな調子で著者に呼応していたら、いくらページがあってもキリがないなあ。

しかし、である。そもそも小説ではない部分——エッセイ要素や、奇抜な話法、ミステリ史の珍談奇聞——ばかりに目を向けるのは、私の本意ではない。肝心なのは小説部分の完成度。ミステリとしての評価だ。

結論から言うと、本書は奇抜なミステリに仕上がっていると思う。私流にいえば、振り切れたバカミス。ただし、メタフィクションゆえに、その結末の付け方で評価は割れそうだ。

メインプロットは「誰が犯人か？」を基調とするフーダニットであり、ラストは関係者が集まり、謎解きとなる。ところがクライマックス直前に衝撃の展開があり、探偵の意外な去就が判明する。そして最後の「告白」で示される犯人——。

いかにもメタフィクションな犯人なのだが、唐突すぎて私は一瞬戸惑い、ゲラを置いた。

この犯人は「文学的犯罪者」といえるだろう。エラリイ・クイーンの長篇に、この種の特殊な犯人を扱う作品があるけれど、今回はそれよりメタ度が高い。他の類似作だと、メタミステリが得意なわが国の作家・辻真先あるいは深水黎一郎の某長篇が該当する。

などと考えている時、ある想いがふと私の脳裏をよぎった。

著者の破天荒な作劇や、稚気あふれるウンチクを顧みると、ラストで明かされる「文学的な犯罪者」を、「はい、そうですか」と素直に受け取ってよいのだろうか？

探偵アダム・マカニスは他の登場人物から、こんなセリフを度々言われる。

「自分がそう思ったり、思わなかったりすることは、あなたがそう思ったり、思わなかったりすることとちがうかもしれません」（九二ページ）

「あなたのシェイクスピアはわたしのシェイクスピアとちがうわ」（一三九ページ）

「あなたが読んだロレンスは、わたしが読んだロレンスとはちがう」（二七五ページ）

執拗に登場する類似したセリフ。三つの内容に差異はあるが、主旨は同じである。

Ａと思ったことが実はＢでもあり、Ｃに見えたモノがＤだったりする――。

文学研究の世界でも、旧態依然とした視座の読解がある一方で、無限の異なる解釈をよしとする自由さが存在する。後者は「開かれた読み」と称され、物語の結末を縦横無尽に解析する鑑賞法だ。とすれば、右のセリフに模して言うと、

あなたが読んだ結末は、わたしが読んだ結末とは違う。

ということになる。なんだかフィリップ・K・ディックのSFに出てくる多元宇宙に迷い込んだ気分になるが、稚気あふれる本書の著者ならば、こうした戯《たわむ》れを許してくれるだろう。そこで、「あなたが鑑賞した読書世界とは違う世界が、実は存在する」――という解釈で、私なりに戯れを続けると――。

著者はミステリとして完結させるために、結末で犯人を特定した。それは「文学的犯罪者」という意表をつく犯人ではあるが、あくまでメタフィクションを着地させるための犯人である。実は著者は、異なった読み方をすれば、物語が別の結末になるように仕組んでいて、「文学的な犯人」とは別の殺人者が用意されている――。

エラリイ・クイーンの中期以降の長篇では、本当の解決の前に偽りの解決が置かれるけれど、本書の結末も偽りのそれなのではないか？　という仮説である。

天邪鬼の私は、こうした詮索が大好きだ。もし右のとおりならば、小説部分とコラム部分を再読し、挿入された主旨をもう一度考えなければならない。併せてメインプロットの行間を読み解き、登場人物たちの人間関係を洗い出す。それによって違う結末の『ポケミス読者よ信ずるなかれ』の真実が、姿を現すのではなかろうか？

いやはや、これはもう邪推以外の何ものでもない。

だが、やってみるものである。意識して本を読み直した結果浮かび上がってきたのは――登場人物たちの奥底に潜む「罪と罰の問題」であった。

探偵マカニスが対峙《たいじ》するのは、ウェスト・ハートに蠢《うごめ》く不穏な人間関係である。経済的な危機に加えて、彼らに影を落とすコミュニティでの男女の不倫、不貞、裏切りの数々。小説中に示された「登場人物表」には黒墨が目立ち、世間に知られたくないことや、忌まわしい秘密が、山のようにあることを示している。

コラム部分でも、人間の罪と罰に係る事例が何度も紹介されている。

例えば、一〇六ページのコラム「ケーススタディ――罪深い探偵」。ここではミステリ史における罪の意識の系譜が、探偵から始まる旨が記されている。

一九七ページで紹介されるのは、ホワイトという人物が砂漠を旅する際に、毒入りの水筒が盗まれ、その結果、喉の渇きで死んだという寓話だ。このエピソードの真意は何か？

一九九ページのハメットの長篇ハードボイルド『マルタの鷹』の挿話「フリットクラフトのたとえ話」も意味深長だ。このエピソードに注目する著者は、罪を抱きつつ人生の非情さを噛みしめるハメットに想いを寄せている。介在しない神の理不尽さを感じさせる、奥深い逸話である。

二二四ページで紹介される聖書の「ダビデとバテシバの罪と罰の物語」。また、二四一ページの「クリスティー失踪事件」で描かれる愛と裏切りのゴシップ。

さらに二三七ページでは、登場人物が「殺人をどう定義するかによります」などと、慄然《りつぜん》すべきセリフを言い放つ。

それぞれのエピソードや挿話から分かるのは、法による裁き、人による裁き、そして、神による裁きとは何か？　という本質的な問いだ。

罪を罪と思わない、殺人を殺人と認識しようとしないウェスト・ハートという虚栄の地に巣くう男と女たち。彼らの奥底に根付く邪悪さこそが、メインプロットの裏テーマなのだろう。

私は二度の精読で、小説の気になる箇所をメモし、テキストの行間の人間関係を洗った。さらに挿入されたコラムの意味を噛みしめながら、登場人物表を作り直し、黒塗り箇所を自己流に甦《よみがえ》らせた。

二七七ページでは、探偵マカニスが登場人物のエマ・ブレイクに対して、事件解明のヒントとなる十項目（蝶々夫人、ヘンリー・フォード、チャールズ・リンドバーグ、オナイダ族、三一二号室、銘板の欠落、運のないギャンブラー、二発目の銃声、真夜中の電話、ある女性の腰の痣）について語るシーンがある。これは映画『地中海殺人事件』で、ポアロが登場人物と観客に謎解きのヒントを示した〈観客への挑戦〉と、全く同じ演出である。

かくして、数々の手掛かりやヒントから見えてくるのは、戦後アメリカの光と翳《かげ》の中で、男たちに無慈悲に追い詰められた女性たちの底知れぬ哀しみだ。そうした悲劇を背景に、事件を裏で操る真の殺人者がいたのである。

著者は表だって、「真の殺人者」の名を記していない。だから私の迷推理が本当に正しいかは分からないが、でも、私には充分に納得出来る犯人像なのである。

そうなのだ。その真の殺人者とは――。

いや、その名を記すのは控えよう。皆さんも、一緒に邪推していただきたい。

本書こそが、「第四の壁」を壊した真の読者参加型ミステリなのだから。


それにしても、一筋縄ではいかない本書を上梓した著者ダン・マクドーマンとは、どのような人物なのだろうか？

デビューして間がないこともあり、彼の情報は極めて少ない。とはいえ本書刊行時に行われたインタビュー記事や、インターネット上で彼の本業の公開情報を見つけることができた。それらを手掛かりにまとめると、次のような人物である。

マクドーマンは一九七五年生まれ。一九九七年にニューヨークのコロンビア大学を卒業し、ＦＯＸテレビに勤務。その後マイクロソフトとＮＢＣ―ＴＶが共同で立ち上げたニュース専門ネットワークＭＳＮＢＣに移った。二〇一七年開始のケーブル&配信ニュース番組『The Beat with Ari Melber(アリ・メルバーが撃つ)』でエグゼクティブ・プロデューサーを勤め、現在に至っている。

マクドーマンは、子どもの頃から小説家になることを夢見ていたという。中学時代にフランク・Ｒ・ストックトンの短篇「女か虎か」の続篇を執筆。二十代は小説家になるために試行錯誤した。が、三十歳を過ぎて家族を持つと同時に報道マンのキャリアを積むうちに、作家志望が薄れてゆく。しかし近年、再び作家になりたいという気持ちが甦り、本書『ポケミス読者よ信ずるなかれ』を六カ月で書き上げたそうだ。

激務の日々を過ごし、調査報道のスペシャリストとしてキャリアを積んだ彼は、その傍らで小説や本への愛情を忘れなかった。インタビューには、彼が今までに読んだという文学作品や作家名が記されている。

アガサ・クリスティー、コナン・ドイル、G・K・チェスタートン、ポール・オースター。新ロスト・ジェネレーションの世代らしく、ジェイ・マキナニーの長篇『ブライト・ライツ、ビック・シティ』も挙げている。他にも、メキシコの作家カルロス・フェンテスの中篇『アウラ』、ウラジーミル・ナボコフの長篇『青白い炎』、デイヴィッド・ミッチェルの長篇『クラウド・アトラス』、フィリップ・ロスの長篇『背信の日々』、等々。案の定メタフィクションが多い。

ちなみに『ポケミス読者よ信ずるなかれ』を書く際に、最も影響を受けたのが、イタリアの作家イタロ・カルヴィーノの長篇『冬の夜ひとりの旅人が』だそうだ。これは作者と読者がすさまじく入り乱れる、究極の実験的メタフィクションである。

ミステリに留まらない広範な読書量。映像作品への造詣の深さ。遊び心に満ちた実験小説への愛。そんな嗜好があるからこそ、著者は破天荒なミステリ『ポケミス読者よ信ずるなかれ』を書くことが出来たのだろう。

マクドーマンは現在、妻と二人の子どもと一緒にブルックリンに住み、ジャーナリズム稼業の傍ら、第二作目の初稿を書き上げ、三作目の執筆に挑んでいるという。ちなみに第二作はメタフィクション要素等を盛り込んだ知的ＳＦスリラーとのこと。謎の個室に幽閉された主人公をめぐり、歴史的・哲学的・宗教的な諸要素が、パズルのように入り乱れるそうだ。出版を刮目《かつもく》して待ちたいと思う。

（参考ウェブサイト）

・アメリカのミステリ・ウェブサイトCrimeReadsによるインタビュー記事
https://crimereads.com/dann-mcdorman-on-exploring-literary-hijinks-and-meta-mystery/

・ニューヨークタイムズ（二〇二三年十月二十七日）
ダン・マクドーマンへのインタビュー
https://www.nytimes.com/2023/10/24/books/dann-mcdorman-west-heart-kill.html

二〇二四年三月

HAYAKAWA POCKET MYSTERY BOOKS No. 2002

田《た》 村《むら》 義《よし》 進《のぶ》

1950年生，英米文学翻訳家
訳書
『帝国の亡霊、そして殺人』ヴァシーム・カーン
『阿片窟の死』アビール・ムカジー
『流れは、いつか海へと』ウォルター・モズリイ
『窓際のスパイ』『死んだライオン』『放たれた虎』
ミック・ヘロン
『ゴルフ場殺人事件』『メソポタミヤの殺人〔新訳版〕』
アガサ・クリスティー
『エニグマ奇襲指令』マイケル・バー＝ゾウハー
（以上早川書房刊）他多数

この本の型は、縦18.4センチ、横10.6センチのポケット・ブック判です。

〔ポケミス読者《どくしゃ》よ信《しん》ずるなかれ〕

2024年4月10日印刷　　2024年4月15日発行

著者	ダン・マクドーマン
訳者	田村義進
発行者	早川浩
印刷所	星野精版印刷株式会社
表紙印刷	株式会社文化カラー印刷
製本所	株式会社明光社

発行所 株式会社 **早川書房**
東京都千代田区神田多町2－2
電話　03-3252-3111
振替　00160-3-47799
https://www.hayakawa-online.co.jp

（乱丁・落丁本は小社制作部宛お送り下さい
送料小社負担にてお取りかえいたします）

ISBN978-4-15-002002-6 C0297
Printed and bound in Japan